陽明先生詩歌集

[明]王陽明◎撰
王巨明◎編校

中国文史出版社

圖書在版編目（CIP）數據

陽明先生詩歌集 / ［明］王陽明撰； 王巨明編校 .
—北京 : 中國文史出版社 , 2022.10
ISBN 978-7-5205-3721-6
Ⅰ . ①陽… Ⅱ . ①王… ②王… Ⅲ . ①古典詩歌 – 詩集 – 中國 – 明代
Ⅳ . ① I222.748
中國版本圖書館 CIP 數據核字 (2022) 第 175035 號

責任編輯：詹紅旗

出版發行：中國文史出版社
社　　址：北京市海澱區西八里莊 69 號院　郵編：100142
電　　話：010- 81136606　81136602　81136603(發行部)
傳　　真：010- 81136655
印　　裝：北京溫林源印刷有限公司
經　　銷：全國新華書店
開　　本：710 毫米 ×1000 毫米　1/16
印　　張：17
字　　數：166 千字
版　　次：2023 年 3 月北京第 1 版
印　　次：2023 年 3 月第 1 次印刷
定　　價：78.00 元

陽明先生畫像

中國國家博物館藏

陽明先生誕辰五百五十週年（一四七二至二〇二二）

紀念版

陽明先生詩歌集編校說明

〔一〕陽明先生姓王氏，名守仁，字伯安，明浙江紹興府餘姚縣人。早年曾築室紹興城東陽明洞，因自號陽明山人 陽明居士，學者咸稱陽明先生。弘治十二年己未舉進士出身，觀政工部。正德元年丙寅以兵部主事上封事，下詔獄，謫貴州龍場驛驛丞，居夷三年。歷除廬陵縣知縣，南京刑部主事，吏部主事、員外郎、郎中，南京太僕寺少卿，南京鴻臚寺卿。正德十二年丁丑以都察院左僉都御史巡撫南安 贛州 汀州 漳州等處，平定諸寇，陞都察院右副都御史。正德十四年己卯奉勑勘處福建叛軍，逢寧王朱宸濠逆反，起兵征討，月餘即平，陞南京兵部尚書參贊機務，封新建伯。嘉靖六年丁亥以兼都察院左都御史征廣西，又暫兼理巡撫兩廣。嘉靖七年戊子平定思恩 田州之亂，大破斷藤峽 八寨；十一月卒於江西 南安府 大庾縣，終年五十七歲。隆慶初，贈新建侯，謚文成；萬曆中，從祀孔廟。明史有傳。

〔二〕本書爲陽明先生詩歌總集，著録陽明先生創作的詩、賦、騷、歌、詞、曲，統稱「陽明詩」。

〔三〕陽明先生少溺詞章，樂詩好吟。平生經行之地，多有題詠；過從之士，時相贈和。陽明詩寫作年代涵蓋其生平所歷成化 弘治 正德 嘉靖全部四朝，現存最早的陽明詩爲遊金山寺和蔽月山，時在成化十八年壬寅，陽明先生十一歲；現存最後的陽明詩爲題甘泉居和書泉翁壁，時在嘉靖七年戊子閏十月，一個月後陽明先生離世。

〔四〕陽明先生生前嘗編訂過弘治初年和筮仕之始時期所作詩文，自題上國遊，未付梓；部分散佚篇什見存於嘉靖後期編刊的陽明先生詩文集。

〔五〕丘養浩敘刊韓柱 徐珊校跋居夷集（嘉靖三年甲申刻本，中國國家圖書館藏本）是現存最早的陽明先生詩文集，凡三卷，卷一爲文和賦，卷二、卷三爲詩，著録阳明先生被逮下獄貶謫貴州時期所作詩文。居夷集也是陽明先生在世時編訂刊行的惟一一本阳明先生詩文合集。

〔六〕陽明先生殁後，薛侃 歐陽德 錢德洪等弟子即廣泛搜羅陽明先生平生著述文字，展開陽明先生詩文全集編輯。錢德洪序薛侃後序錢德洪編輯薛宗鎧刻梓陽明先生詩録（嘉靖九年庚寅刻本，日本九州大學藏本，以下簡稱「詩録」）是現存最早的陽明詩專集和陽明詩全集，凡四卷，按陽明先生履歷分類編次，卷一著録滁州稿 南都稿 贛州稿，卷二著録江西稿 居越稿 兩廣稿，卷三著録歸越稿 山東稿 京師稿 獄中稿 赴謫稿，卷四著録居夷稿 廬陵稿 京師稿，滁州稿及以後所作爲第一、第二卷，作正稿，滁州稿以前所作爲第三、第四卷，作附稿。

〔七〕岑莊 岑初 徐學校刻陽明先生文録（嘉靖九年庚寅刻本，日本九州大學藏本，其中卷三註有「餘姚板」，以下簡稱「餘姚板文録」）也是陽明先生殁後較早刊刻的陽明先生詩文集之一，凡四卷，卷一、卷二、卷三爲文，卷四爲文和詩，成書時間與詩録同時或略晚。

〔八〕黄綰序黄綰 歐陽德 錢德洪 黄弘綱等編訂陽明先生存稿（又名陽明先生文録，嘉靖十二年癸巳刻本，中國國家圖書館藏本，以下簡稱「存稿」）是現存最早的陽明先生詩文全集，凡二十八卷，文録五卷，外集九卷，别録十四卷；其中外集卷一至卷四爲詩集，係在居夷集 詩録等基礎上編輯完成，編者取消了詩録「正稿」「附稿」之分，各卷各部分完全以時間先後分類編次，增補了賦、騷作品，調整了部分篇章歸類，對以類統稱部分詩作分立題名，删除了於詩集體例不合的個别篇目，體例更爲規範。

〔九〕王杏跋趙昌齡 陳文學 葉梧校刊新刊陽明先生文録續編（嘉靖十四年乙未刻本，上海圖書館藏本，以下簡稱「新刊續編」）也是刊刻年代較早的陽明先生詩文集之一，凡三卷，卷一爲文類 書類，卷二爲書類 跋類 雜著 祭文 墓誌 詩類之五言絶句 七言絶句 五言律詩，卷三爲詩類之五言律詩 七言律詩 五言古詩 七言古詩 長短句古詩，著録有居夷集 詩録 存稿等未録的陽明詩，其中很多居夷期間的作品，不見於同期和稍後編刊的陽明先生詩文集。新刊續編著録的陽明詩依照詩體分類編排，爲明刻各本陽明詩文集所罕見。

〔一〇〕黄綰 鄒守益序黄綰 歐陽德 錢德洪 黄弘綱等編訂錢德洪 黄省直 釐類聞人詮刻梓陽明先生文録（嘉靖十五年丙申刻本，中國國家圖書館藏本，以下簡稱「陽明文録」）是存稿之後廣受重視的陽明先生詩文全集，凡二十四卷，文録五卷，外集九卷，別録十卷；其中外集卷一至卷四爲詩集，係在詩録存稿等基礎上，補充了新搜集陽明詩，調整了部分篇目序次，對部分詩作的個別文字作了訂改。

〔一一〕鄒守益序刊錢德洪等編次陽明先生文録（嘉靖十五年丙申刻本，中國國家圖書館藏本，以下簡稱「鄒序本文録」）是同時期另一重要的陽明先生詩文全集，凡二十四卷，卷次篇目與陽明文録一致，總目之前增加了錢德洪刻文録敘說，個別文字略有異同，刊刻時間甚或早於陽明文録。

〔一二〕孟津序刊良知同然録（嘉靖三十六年丁巳刻本，臺灣中央圖書館藏本）凡二册，上册爲文和詩，下册爲文，其中上册著録有陽明先生與各地門生弟子示贈答和的詩作。

〔一三〕胡宗憲敘刊黃綰 鄒守益序唐堯臣跋王畿後語錢德洪 王畿編次陽明先生文録（嘉靖三十七年戊午刻本，日本國立公文書館藏本，以下簡稱「胡刻本文録」）是陽明文録的增訂重刻本，凡二十四卷，文録五卷，外集九卷，別録十卷；各卷卷首增加了編輯人員姓名，外集卷一至卷四爲詩集，卷次和篇目與陽明文録一致，改訂了個別篇章文字。

〔一四〕王春復引談愷序董聰編刊錢德洪訂正陽明先生全録（嘉靖四十三年甲子刻本，首都圖書館藏本，以下簡稱「全録」）是存稿的增訂重刻本，凡二十八卷，正録五卷，外録九卷，別録十四卷；其中外録卷一至卷四爲詩集，調整了贛州詩 江西詩部分篇目的歸類和序次，改訂了個別篇章文字。

〔一五〕胡宗憲序錢德洪編述王畿增輯徐必進校刻陽明先生文録續編（嘉靖四十五年丙寅刻本，首都師範大學藏本，以下簡稱「文録續編」）是陽明文録的續編本，凡八卷，卷一至卷五爲文與詩，卷六至卷八爲家乘，其中卷四著録上國遊部分散佚詩篇和其他新搜集的陽明詩，特別填補了此前各本陽明先生詩文集舉進士之前詩歌作品的空白。

〔一六〕徐階序錢德洪編次王畿增葺郭朝賓 謝廷傑等刊刻王文成公全書（隆慶六年壬申刻本，日本國立公文書館藏本，以下簡稱「郭刻本全書」）將此前獨立刊行的傳習録 陽明文録 文録續編 陽明先生年譜等匯集校訂刻梓，凡三十八卷，語録三卷，文録五卷，別録十卷，外録七卷，續編六卷，附録七卷，是歷代收録最爲齊備的陽明詩文全集。郭刻本全書將陽明文録外集卷一、卷二兩卷合編爲卷十九外集一，將陽明文録外集卷三、卷四兩卷合編爲卷二十外集二，卷二十九續編四著録文録續編中的陽明詩。

〔一七〕徐階序錢德洪編次王畿增葺謝廷傑匯集王文成公全書（隆慶六年壬申刻本，中國國家圖書館藏本，以下簡稱「謝刻本全書」）是現當代影響最爲廣泛的陽明詩文全集，凡三十八卷，卷次篇目與郭刻本全書完全相同，個別文字略有異同，刊刻時間略晚於郭刻本全書，或在萬曆元年癸酉。

〔一八〕林釬 王志道 黄道周序施邦曜重編曾櫻參訂陽明先生集要（崇禎八年乙亥刻本，中國國家圖書館藏本，以下簡稱「集要」）是特色鮮明的陽明詩文選集之一，凡十五卷，理學編四卷，經濟編七卷，文章編四卷，其中文章編卷四將精選的陽明詩按作品主題編次爲寄興詩 憂患詩 戰伐詩 道學詩四類，間有評述，是各明刻本陽明詩文集中比較特别的一種。

〔一九〕編校者自海内外出版物和互聯網搜集甄釐出陽明先生各類詩稿手跡、詩稿手跡刻石刻板拓本、詩稿手跡刻石圖片計四十六件，録出各體陽明詩六十五題八十七首，剔除重復者七題十首，實際録得五十八題七十七首，全息留存有關陽明詩的原生狀貌。

〔二〇〕本書編爲六卷：正編四卷，副編一卷，附録一卷。

〔二一〕本書正編卷收入前列各明刻本陽明先生詩文集所著録的各體陽明詩，并從存世陽明先生手跡（刻石刻板拓本）中録入前列各明刻本陽明先生詩文集未載的各體陽明詩，總計四百六十五題六百七十二首（章），其中各類重復著録者五題七首，實際著録陽明詩四百六十題六百六十五首（章）。正編卷各篇著録，「見」者示所在，「録」者指所輯，「據」者明所出。

〔二二〕本書正編卷沿用陽明文録陽明詩編輯體例，卷一著録寓京詩 歸越詩 山東詩 京師詩 獄中詩 赴謫詩，其中寓京詩係編校者增設，收録陽明先生自成化十八年壬寅離越如京師至弘治十二年己未舉進士出身觀政工部間所作；卷二著録居夷詩；卷三著録廬陵詩 居京詩 在越詩 滁州詩 南都詩 贛州詩，本卷居京詩，陽明文録作京師詩，本卷在越詩，陽明文録作歸越詩，擬改意在避免重疊，便於識別；卷四著録江西

詩居越詩 兩廣詩。陽明文録 外集卷一 賦騷七首各篇、陽明先生詩文集外詩稿手跡（刻石刻板拓本）各篇、散布陽明文録各卷、郭刻本全書卷二十九續編四等各體文字及陽明先生文稿信札手跡中之爲歌爲詩者，編校者已特别輯出各立題名，依據詩録及寫作年代分别編入正編卷各卷。

〔二三〕本書正編卷文字以陽明文録 文録續編和陽明先生詩稿手跡（刻石刻板拓本）爲底本，依照陽明先生手跡（刻石刻板拓本）和居夷集 詩録 餘姚板文録 存稿 新刊續編 鄒刻本文録 良知同然録 胡刻本文録 全録 郭刻本全書 謝刻本全書 集要等重新校訂，或訂改，或增補，或移入，或校註；校訂中優先遵從陽明先生詩稿手跡（刻石刻板拓本），注重保留前列各明刻本特别是詩歌作品初刻本的異文信息，殘缺或模糊難辨處以「□」標示；其他典籍著述志書譜牒中存留的陽明詩異文信息，嚴格囿於校註内顯示，確保正編各卷陽明詩文字的純净和權威。

〔二四〕本書副編卷輯録前列各明刻本陽明先生詩文集和存世陽明先生手跡（刻石刻板拓本）著録外的各體陽明佚詩，總計一百零一題一百一十三首，大致按寫作年代先後排列。

〔二五〕本書副編卷輯録陽明佚詩，遵循實事求是，有異從疑原則，於明人著作、筆記、年譜和地方志書、其他個人著述等文獻，無異即録；於譜牒家乘、清人筆記小説等所著，則需其他文獻同時著録才予採録。副編卷所有作品均據各本原著録出，註明出處，不作校訂。

〔二六〕編校者以近年出版的新編陽明先生詩文全集及陽明先生佚文補編類著述爲綫索，將其中真僞存疑、作者待考、誤讀他人之詩爲陽明先生所作，依據僞造假冒陽明先生手跡（刻石拓本）録出者，共計六十七題九十三首，匯爲本書附録。附録部分作品大致分爲三類：第一類爲僅見收於譜牒家乘一類著述者，同一作品於不同文獻甚至同一文獻地方志書署名各異者，文獻編著者本人録而存疑者，據海内外拍賣市場那些雖署陽明先生名號但非陽明先生真跡的所謂詩稿手跡（刻石拓本）録出，但無文獻證明係他人之作者，清人筆記小説中假托陽明先生所作者，經專家學者考證真僞存疑者，本書稱「疑詩」；第二類係據海内外拍賣市場那些雖署陽明先生名號但非陽明先生真跡的所謂詩稿手跡（刻石拓本）録出且有文獻證明係他人之作者，本書稱「僞作」；第三類係原本他人之詩而今人誤認爲是陽明先生所作而編入陽明先生詩文集者，本書稱「誤讀」。附録部分各篇文字均據各本原著和原始資料録出，註明相關信息，録以存照，僅供參考。

〔二七〕本書採用繁體豎排，并依據國家標點符號用法標點。全書力求體例規範統一，凡一題之下有二首（章）以上者，近體詩各首之間均不標序數，古體詩各首之間加標序數，各章之間則直接依次排列，不標序數，古體詩與近體詩之間加標序數；一題之中有二首及以上的，題目中統一綴加首數；所有作品的分類名稱及題名無重疊。在正編各卷中，除保留陽明先生詩稿手跡中的各體異體字（含通假字、古今字、簡寫字），其餘各本陽明先生詩文集出現的各體異體字（含通假字、古今字、簡寫字），除保留箇別可能引起歧義的，均從底本，底本各異的，依據陽明先生詩稿手跡的書寫習慣予以統一。

〔二八〕本書徵引的文獻圖文資料，陽明先生詩稿手跡（刻石刻板拓本）的採選，注重稿本（刻石刻板拓本）內容的真實性和多樣性，一稿多本的同時刊用，真僞存疑的不予刊用；陽明先生詩文集的採選，以明刻本（含原版影印本）爲主，箇別參考清人編刊本。

〔二九〕本書編訂過程中引用和參考了計文淵編王陽明法書集（西泠印社，一九九六年版，以下稱「法書集」）、故宮博物院 紹興博物館 王陽明研究院編王陽明書法作品全集（故宮出版社，二〇一七年版，以下簡稱「書法全集」）、吳光 錢明 董平 姚延福編校新編本王陽明全集（浙江古籍出版社，二〇一一年版，以下簡稱「新編全集」）、束景南 查明昊輯編王陽明全集補編（上海古籍出版社，二〇一八年版，以下簡稱「全集補編」）等著述成果，謹向原編著者和陽明先生手跡（刻石刻板拓本）原件收藏單位及個人致以誠摯的感謝。

王巨明　二〇二二年八月改定於浙江 餘姚

陽明先生詩歌集目録

目録

正編卷二

目録

正編卷三

正編卷四

副編卷

附録

陽明先生詩稿手跡圖片一覽（目録附）

陽明先生詩歌集正編卷一

寓京詩

成化十八年壬寅離越如京師至弘治十二年己未舉進士出身觀政工部間作，陽明先生十一歲至二十八歲。〔一〕

遊金山寺〔二〕

金山一點大如拳，打破維揚〔三〕水底天。醉倚妙高臺上月，玉簫吹徹洞龍眠。

蔽月山〔四〕

山近月遠覺月小，便道此山大於月。若人有眼大如天，還見山小月更闊。

以上見集要 文章編卷四詩 寄興詩。

謁伏波廟〔五〕

捲甲歸來馬伏波，早年兵法鬢毛皤。雲埋銅柱雷轟折〔六〕，六字題文〔七〕尚不磨。

此予十五歲時夢中之作。今來祠下，宛如始寤，茲行若有不偶然者，因識其事於此。

以上見詩録卷二兩廣稿。

太白樓賦〔八〕

歲丙辰之孟冬兮，泛扁舟予南征。凌濟川之驚濤兮，覽層構乎任城。曰太白之故居兮，儼高風之猶在。

〔一〕寓京詩係編校者增設，詩録 存稿 新刊續編 陽明文録 文録續編及各本陽明先生詩文集無獨立分設寓京詩。〔二〕錢德洪編次羅洪先考訂陽明先生年譜（凡三卷，嘉靖四十三年甲子刻本）卷上（成化）十八年壬寅條有録；詩録 存稿 新刊續編 陽明文録 文録續編無本詩。〔三〕錢德洪編次羅洪先考訂陽明先生年譜（凡三卷，嘉靖四十三年甲子刻本）卷上（成化）十八年壬寅條作「維揚」。〔四〕錢德洪編次羅洪先考訂陽明先生年譜（凡三卷，嘉靖四十三年甲子刻本）卷上（成化）十八年壬寅條有録；詩録 存稿 新刊續編 陽明文録 文録續編無本詩。〔五〕存稿 陽明文録之外集卷四題作夢中絕句，識在詩前，參見本書正編卷四；錢德洪編次羅洪先考訂陽明先生年譜（凡三卷，嘉靖四十三年甲子刻本）卷上（成化）二十二年丙午條題作夢謁伏波將軍廟。〔六〕存稿 陽明文録作「轟析」。〔七〕存稿 陽明文録作「題詩」。〔八〕陽明文録題下註有「丙辰」。

蔡侯導余以從陟兮，將放觀乎四海。木蕭蕭而亂下兮，江浩浩而無窮。鯨敖敖而湧海兮，鵬翼翼而承風。月生輝於采石兮，日留景於嶽峰。蔽長煙乎天姥兮，渺匡廬之雲松。慨昔人之安在兮，吾將上下求索而不可。蹇予雖非白之儔兮，遇季真之知我。羌後人之視今兮，又烏知其不果！吁嗟！太白公奚爲其居此兮？余奚爲其復來？倚穹霄以流盼兮，固千載之一哀！昔夏桀之顛覆兮，尹退乎莘之野。成湯之立賢兮，迺登庸而伐夏。謂鼎俎其要說兮，維黨人之擠詬。曾聖哲之匡時兮，夫焉前枉而直後！當天寶之末代兮，淫好色以信讒。惡來妹喜〔一〕其猖獗兮，衆皆狐媚以貪婪。判獨毅而不顧兮，爰命夫以僕妾之役。寧直死以顑頷〔二〕兮，夫焉患得而局促！開元之紹基兮，亦遑遑其求理。生逢時以就列兮，固雲臺麒閣〔三〕而容與。夫何漂泊於天之涯兮？登斯樓乎延佇。信流俗之嫉妬兮，自前世而固然。懷夫子之故都兮，沛余涕之湲湲。廟堂之偃蹇兮，或非情之所好。惟不合於斯世兮，慫沉酣而遠眺。進吾不遇於武丁兮，退吾將顏氏之簞瓢。奚麯糵其昏迷兮？亦夫子之所逃。管仲之輔糾兮，孔聖與其改行。佐璘而失節兮，始以見道之未明。睹夜郎之有作兮，橫逸氣以徘徊。亦初心之無他兮，故雖悔而弗摧。吁嗟！其誰無過兮！抗直氣之爲難。輕萬乘於褐夫兮，固孟軻之所嘆。曠絕代而相感兮，望天宇之湯湯。去夫子其千祀兮，世益隘以周容。媒婦妾以馳騖兮，又從而爲之吮癰。賢者化而改度兮，兢規曲以爲同。

卒曰〔四〕：嶧山青兮河流瀉，風颼颼兮澹平野。憑高樓兮不見，舟楫紛兮樓之下。舟之人兮儼服，亦有庶幾夫子之蹤者！

以上見陽明文録外集卷一賦騷七首。

雨霽遊龍山次五松韻五首〔五〕

雨中與錢二塢魏五松約遊龍山，次日適開霽，錢公忽有歸興，遂乘晚晴，攜酒登絕頂，半酣，五松有作，即席次韻。

〔一〕存稿作「妹喜」。〔二〕詩録、存稿、陽明文録作「顣頷」，編校者從全録訂改。〔三〕郭刻本全書作「麟閣」。〔四〕存稿、陽明文録無「卒曰」二字，編校者據郭刻本全書訂補。〔五〕文録續編本題五首以序爲題，編校者據郭刻本全書訂補；郭刻本全書、謝刻本全書本題共二首，無序，無第一、第四、第五等三首；郭刻本全書目録題作雨中與錢二塢魏五松約遊龍山。

冒雨相期上釣臺，山靈特地放陰開。兒童叩馬知將別，草木餘光惜再來。晴渚鳧眠江色淨，暮天鴻帶夕陽迴。共憐巘菊寒猶盛，爲報溪梅且讓魁。

晴日須登獨秀臺，碧山重疊畫圖開。閒心自與澄江老，逸興誰還白髮來！潮入海門舟亂發，風臨松頂鶴雙迴。夜憑虛閣窺星漢，殊覺諸峰近斗魁。

嚴光亭子勝雲臺，雨後高憑遠目開。鄉里正須吾輩在，湖山不負此公來。江邊秋思丹楓盡，霜外緘書白鴈迴。幽朔會傳戈甲散，已聞南檄授渠魁。

容易誰當到此臺？草亭唯與子陵開。高風直節公何忝？野性疎才我亦來。斜日半江人欲醉，紫雲雙闕首重迴。暮年不獨雄文藻，豪興猶堪四座魁。

日落滄江雲滿臺，眼前詩景逐時開。踈鐘暝靄千峰寂，一鶴青霄萬里來。身遇明時唯可飲，醉分禪榻未須迴。行廚不用愁供給，一味山羹足芋魁！

雪窗閒卧

夢回雙闕曙光浮，懶卧茆齋且自由。巷僻料應無客到，景多唯擬作詩酬。千巖積素供開卷，疊嶂迴溪好放舟。破虜玉關真細事，未將吾筆遂輕投。

次韻畢方伯寫懷之作

孔顔心跡臯夔業，落落乾坤無古今。公自平生懷直氣〔一〕，誰能晚節負初心！獵情老去驚猶在，此樂年來不費尋。矮屋低頭真局促，且從峰頂一高吟。

春晴散步二首〔二〕

清晨急雨〔三〕過林霏〔四〕，餘點〔五〕煙稍尚滴衣〔六〕。隔水〔七〕霞明桃亂吐，沿溪風暖〔八〕藥初肥。

〔一〕謝刻本全書訛作「真氣」。〔二〕詩録卷二居越稿和存稿 陽明文録之外集卷四居越詩三十四首著録山中漫興，與本題第一首大同小異，參見本書正編卷四。〔三〕詩録作「忽雨」。〔四〕詩録 存稿 陽明文録作「度林扉」。〔五〕詩録 存稿 陽明文録作「餘滴」。〔六〕詩録 存稿 陽明文録作「濕衣」。〔七〕存稿 陽明文録作「雨水」。〔八〕詩録 存稿作「煖」。

物情到底能容懶，世事從前且任〔一〕非。對眼〔二〕春光唯〔三〕自領，如誰〔四〕歌詠月中歸！

祇用舞雩裳，巘花自舉觴。古崖松半朽〔五〕，陽谷草長芳。徑竹穿風磴，雲蘿繡石牀。孤吟動梁甫，何處卧龍岡？

次魏五松荷亭晚興二首

入座松陰盡日清，當軒野鶴復時鳴。風光於我能留意，世味酣人未解醒。長擬心神窺物外，休將姓字重鄉評。飛騰豈必皆伊呂！歸去山田亦可耕。

醉後飛觴亂擲梭，起從風竹舞婆娑。踈慵已分投箕潁〔六〕，事業無勞問保阿。碧水層城來鶴駕，紫雲雙闕笑金娥。摶風自有天池翼，莫倚蓬蒿斥鷃窠！

以上見文録續編卷四。

送陳懷文尹寧都

木之產於鄧林者無棄材，馬之出於渥洼者無凡足。非物性之有異，其種類土地使然也。剡溪自昔稱多賢，而陳氏之居剡者，尤爲特盛。其先有諱過者，仕宋，爲侍御史；子匡，由進士爲少詹事〔七〕；匡之四世孫聖，登進士，判處州；子頤，徵著作；頤子國光，元進士，官大理卿；光姪彥範，爲越州路總管；至懷文之兄堯，由鄉進士掌教濮州；弟璟，蜀府右長史；珂，進士，刑曹主事。衣冠文物，輝映後先，豈非人之所謂鄧林渥洼者乎！宜必有瓌奇之材，絕逸之足，干青雲而躡風電者，出乎其間矣。懷文始與予同舉於鄉，望其色而異，耳其言而驚，求其世，則陳氏之產也。曰：「嘻！異哉！土地則爾，他時柱廊廟而致千里者，非彼也歟！」既而匠石靡經，伯樂不遇，遂復困寂寞而伏塩車者十有五年，斯則有司之不明，於懷文固無病也。今年赴選銓曹，授尹江西

〔一〕詩録 存稿 陽明文録作「頓覺」。〔二〕詩録 存稿 陽明文録作「自擬」。〔三〕詩録 存稿 陽明文録作「還」。〔四〕詩録 存稿 陽明文録作「好誰」。〔五〕鄒序本文録作「朽」。〔六〕文録續編訛作「頴」，編校者據王燕緒總校沈颺詳校王文成全書（凡三十八卷，乾隆四十三年戊戌刻本）卷二十九續編四訂改。〔七〕謝刻本全書作「少詹士」。

之寧都。夫以懷文合抱之具，此宜無適而不可。顧寧都百里之地，吾恐懷文之驥足有所不展也。然而行遠之邇，登高之卑，自今日始矣。則如予之好於懷文者，於其行，能無言乎！贈之詩曰：

矯矯千金駿，鬱鬱披雲枝。跑風拖雷電，梁棟唯其宜。寒林棲落日，暮色江天卮。元龍湖海士，客衣風塵緇。牛刀試花縣，鳴琴坐無爲。清濯廬山雲，心事良獨奇。悠悠西江水，别懷諒如斯。

以上録自文録續編卷四送陳懷文尹寧都序。

遊大伾山〔一〕

曉披烟霧入青峦，山寺踈鍾萬木寒。千古河流成沃野，幾年沙勢自風湍。水穿石甲龍鱗動，日繞峰頭佛頂寬。宮闕五雲天北極，高秋更上九霄看。

大明弘治己未仲秋朔　餘姚王守仁

以上據書法全集著録大伾山詩手跡刻石拓本（圖一）録入。

大伾山賦〔二〕

王子遊於大伾之麓，二三子從焉。秋雨霽野，寒聲在松。經龍居之窈窕，升佛嶺之穹窿。天高而景下，木落而山空。感魯衛之故迹，吊長河之遺蹤。倚清秋而遠望，寄遐想於飛鴻。於是開觴雲石，洒酒危峰，高歌振於岩壑，餘響逓於悲風。二三子慨然太息曰：「夫子之至於斯也，而僕右之乏二三走，偶獲供焉，兹山之常存，固夫子之名無窮也。而若走者，曩榮枯於朝菌，與蟪蛄而始終。吁嗟乎！亦何怪於牛山峴首之沾胸！」王子曰：「嘻，二三子尚未喻於向之與尔感嘆而吊悲者乎！當魯衛之會於兹也，車馬玉帛之繁，衣冠文物之盛，其獨百倍於吾儕之聚於斯而已耶？而其囿於麋鹿，宅於狐狸也，既已不待今日而知矣，是固盛衰之口〔三〕然。尔尚未睹夫長河之决龍門，下底柱以放於兹土乎？吞山吐壑，奔濤萬里，固千

〔一〕河南省濬縣大伾山存陽明先生遊大伾山手跡碑刻三：一在呂祖祠，二在禹王廟（圖一），三在天寧寺（圖二）。

〔二〕河南省濬縣大伾山存陽明先生大伾山賦手跡碑刻二，一爲舊碑，一爲新碑，均在禹王廟前。〔三〕原碑脱一字，嘉慶濬縣志（凡二十二卷，金石録二卷，嘉慶六年辛酉刻本）金石録卷下作「必」。

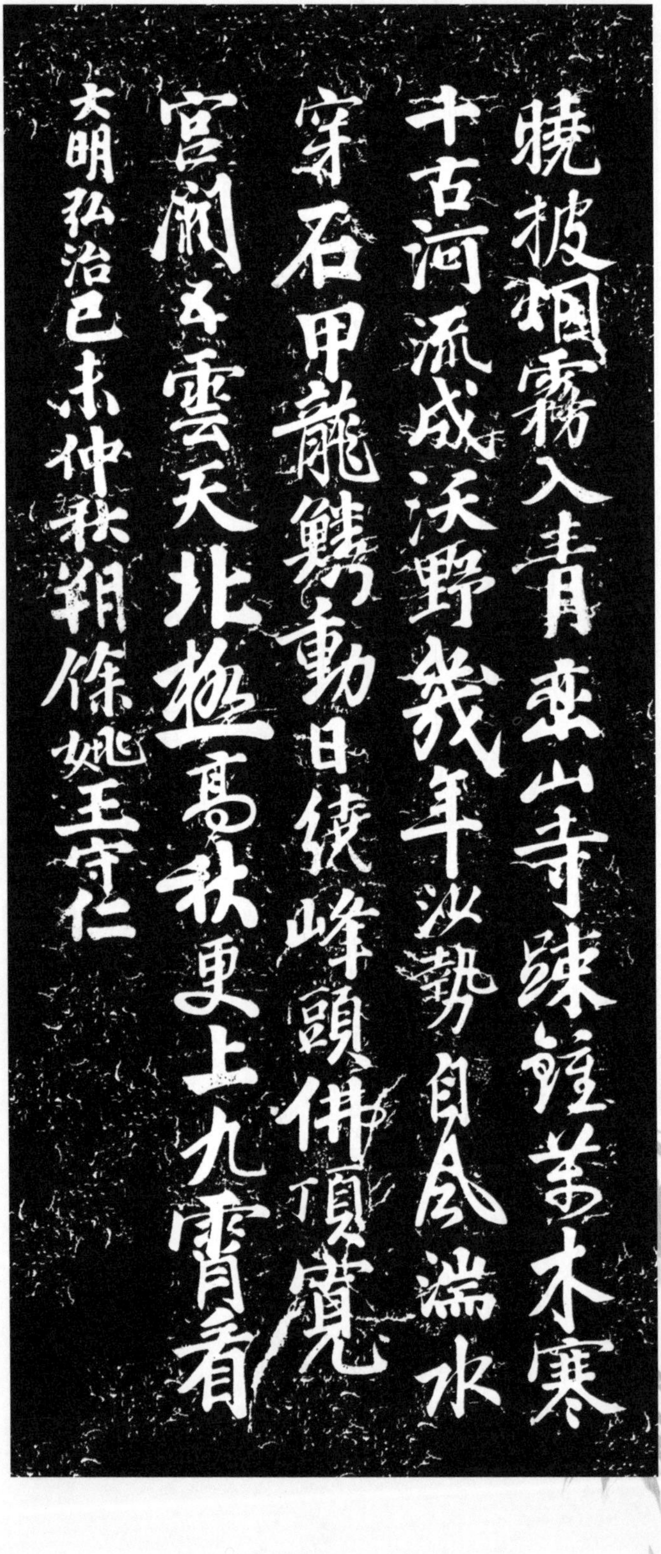
曉披烟霧入青巒山寺疏鐘萬木寒
千古河流成沃野幾年沙勢自風湍水
穿石甲龍鱗動日繞峰頭佛頂寬
宮闕五雲天北極高秋更上九霄看
大明弘治己未仲秋朔餘姚王守仁

圖一　遊大伾山手跡一（碑刻拓本）

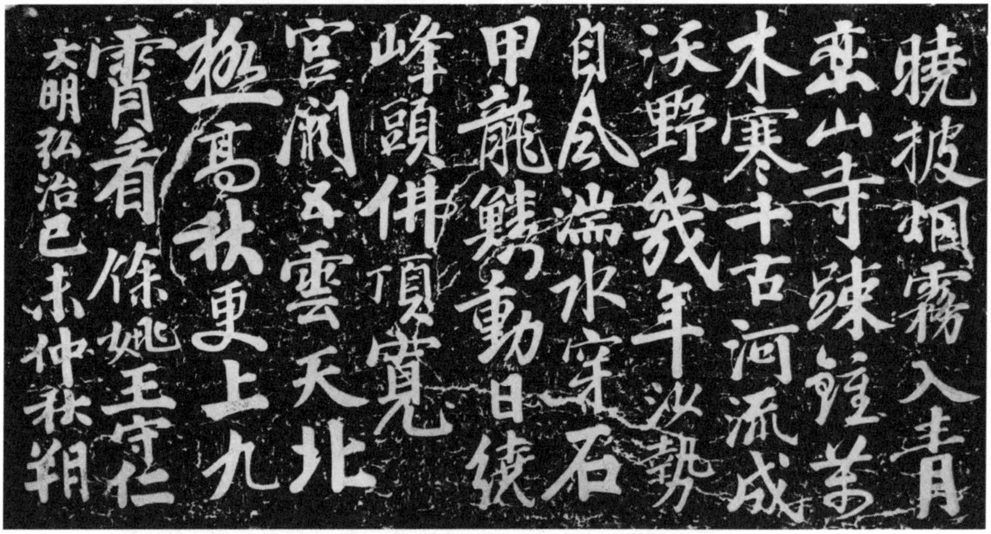
曉披烟霧入青
巒山寺疎鐘萬
木寒千古河流成
沃野幾年沙勢
自風湍水穿石
甲龍鱗動日繞
峰頭佛頂寬
宮闕五雲天北
極高秋更上九
霄看 餘姚王守仁
大明弘治己未仲秋朔

圖二 遊大伾山手跡二（刻石拓本）

圖三　大伾山賦手跡（碑刻拓本）

古之經瀆也。而且平爲禾黍之野，崇爲邑井口〔一〕墟。吁嗟乎！流者而有湮，峙者其能無夷？則斯山之不蕩爲沙塵而化爲烟霧者幾希矣！况吾與子集露草而随風葉，曾木石之不可期，柰何忘其飄忽之質而欲較久蹔於錙銖者哉！吾姑與子達觀於宇宙，可乎？」二三子曰：「何如？」王子曰：「山河之在天地也，不猶毛髮之在吾軀乎？千載之於一元也，不猶一日之於須臾乎？然則久蹔奚容於定執，而小大未可以一隅也。而吾與子固將齊千載於喘息，等山河於一芥，遨遊八極之表，而往來造物之外，彼人事之倏然，又烏足爲吾人之芥蔕者乎！」二三子喜，乃復飲。已而夕陽入于西壁，童僕候於巘阿，忽有歌聲自谷而出，曰：「高山夷兮，深谷嵯峨。將胼胝是師兮，胡爲乎蹉跎！悔可追兮，遑恤其他！」王子曰：「夫歌爲吾也。」盖急起而從之，其人已入于烟蘿矣。

大明弘治己未重阳餘姚王守仁伯安賦并書

以上據書法全集著録大伾山賦手跡碑刻拓本（圖三）録入。

來兩山〔二〕雪圖賦

昔年大雪會稽山，我時放跡遊其間。巘岫皆失色，崖壑俱改顔。歷高林兮入深巒，銀幢寶纛森圍圜。長矛利戟白齒齒，駭心慄膽如穿虎豹之重闗。澗溪埋沒不可辨，長松之杪，修竹之下，時聞寒溜聲潺潺。沓嶂連天，凝華積鉛；嵯峨嶄削，浩蕩無巔〔三〕。嶙峋眩耀勢欲倒，溪迴路轉；忽然當之，却立仰視不敢前。嵌竇飛瀑，豁然〔四〕中瀉；氷磴崚嶒，上通天罅。枯藤古葛，倚巘嶔而高掛，如瘦蛟老螭之蟠糾，蜕皮換骨而將化。舉手攀援足未定，鱗甲紛紛而亂下。側足登龍虯，傾耳俯聽寒籟之颼颼。陸風蹀躡，直際縹緲，恍惚最高之上頭。迺是僊都玉京，中有上帝遨遊之三十六瑶宫，傍有玉妃舞婆娑十二層之瓊樓。下隔人世知幾許？真境倒照見毛髮，凡骨高寒難久留。劃然長嘯，天花墜空，素屏縞障坐不厭，琪林珠樹窺玲瓏。白鹿來飲澗，騎之下千峰。寡猿怨鶴時一叫，彷佛深谷之底呼其侶，蒼茫之外爭行鷖陣排天風。鑑湖萬頃寒濛濛，雙袖拂開湖上雲，照我鬚眉忽然皓白成衰翁。手掬湖水洗雙眼，囬看羣山萬朶玉芙蓉。草

〔一〕原碑脱一字，嘉慶濬縣志（凡二十二卷，金石録二卷，嘉慶六年辛酉刻本）金石録卷下作「之」。〔二〕謝刻本全書訛作「來雨山」。〔三〕謝刻本全書訛作「顛」。〔四〕謝刻本全書作「忽然」。

團蒲帳青莎蓬，浩歌夜宿湖水東。夢魂清徹不得寐，乾坤俯仰真在冰壺中。幽朔陰巘地，歲暮常多雪，獨無湖山之勝，使我每每對雪長鬱結。朝回策馬入秋臺，高堂大壁寒崔嵬。恍然昔日之湖山，雙目驚喜，三載又一開。誰能縮地法？此景何來？石田畫師我非爾，胸中胡爲亦有此？來君神骨清莫比，此景奇絕酷相似。石田此景非爾不能摸，來君來君非爾不可當此圖。我嘗親遊此景得其趣，爲君題詩，非我其誰乎！

弘治己未季冬〔一〕

以上見文録續編卷四。

歸越詩

弘治十三年庚申授刑部雲南清吏司主事次年奉命審録江北事竣告病歸越至弘治十七年甲子春末離開間作，陽明先生二十九歲至三十三歲。

九華山賦〔二〕

循長江而南下，指青陽以幽討。啓鴻濛之神秀，發九華之天巧。非效靈於坤軸，孰搆奇於玄造！〔三〕涉五溪而徑入，宿無相之窈窕。訪王生於邃谷，掏金沙之清潦。凌風雨乎半霄，登望江而遠眺。步千仞之蒼壁，俯龍池於深杳。吊謫僊之遺跡，躋化城之縹緲。飲〔四〕鉢盂之朝露，見蓮花之孤標。扣雲門而望天柱，列僊舞於晴昊。儼雙椒之闢門，真人駕陽雲而獨蹻。翠蓋平臨乎石照，綺霞掩映乎天姥。二神昇於翠微，九子隣於積稻。炎熾起於玉甑，爛石碑之文藻。回澄秋於枕月，建少微之星旐。覆甌承滴翠之餘瀝，展旗立雲外之旌纛。下安禪而步逍遥，覽雙泉於松杪。踰西洪而憩黃石，懸百丈之灝灝。瀨流觴而縈紆，遺石船〔五〕於澗道。呼白鶴於雲峰，釣嘉魚於龍沼。倚透碧之峗岏，謝塵寰之紛擾。攀齊雲之巉峭，

〔一〕郭刻本全書 謝刻本全書未署歲時。〔二〕存稿 陽明文録題下註有「壬戌」；蔡立身修九华山志（凡六卷，萬曆二十三年乙未刻本）卷六文翰下題作九華賦有序，其序曰：「九華爲江南奇特之最，而史記所録獨無其名，蓋馬遷足跡之所未至耳，不然當列諸天台 四明之上，而乃略而不書耶？壬戌正旦，予觀九華，盡得其勝。已而有所感遇，遂援筆而賦之。其辭曰」。
〔三〕蔡立身修九华山志（凡六卷，萬曆二十三年乙未刻本）卷六文翰下本句後有「遷史缺而弗録，豈足跡之所未到？白詩鄙夫九子，實兹名之所肇。予將窮祕窞於崔嵬，極玄搜而歷考」六句。〔四〕謝刻本全書訛作「欽」。〔五〕鄒序本文録作「石盤」。

鑑琉璃之浩漾。沿東陽而西歷，殆九節之蒲草。樵人導余以冥探，排碧雲之瑶島。羣巒翳其繆藹，失陰陽之昬曉。垂七布之沉沉，靈龜隱而復佻。履高僧而屧招賢，開白日之杲杲。試明茗〔一〕於春陽，汲垂雲之淵湫。凌繡壁而據石屋，何文殊螺髻之蟠糾？梯拱辰而北盻，隳遺光於拾寶。緇裳迓於黃匏，休圓寂之幽俏。鳥呼〔二〕春於叢篁，和雲韶之嚶嚶。喚起促余之晨興，落星河於簷橑。護山嘎其驚飛，恠遊人之太早。攬卉木之如濯，被晨暉而爭姣。靜鑱聲之剥啄，幽人劚參蕨於冥杳。碧雞嘁於青林，鸝翻雲而失皓。隱搗藥於樛蘿，挾提壺〔三〕餅焦而翔繞。鳳凰承盂冠以相遺，飲沉瀣之僊醥。羞竹實以嬉翺，集梧枝之娟娟。嵐欲雨而霏霏，鳴濕濕於蘴葆。躐三遊而轉青峭，拂天香於茫渺。席泓潭以濯纓，浮桃瀉而揚縞。淙澌澌而落蔭，飲猿猱之捷狡。睨斧柯而昇大還，望會僊於雲表。憫子京之故宅，欸知微之碧桃。倏金光之閃映，睫累景於穹坳。弄玄珠於赤水，舞千尺之潛蛟。并花塘而峻極，散香林之迴飈。撫浮屠之突兀，泛五釵之翠濤。襲珎芳於絕巘，裊金步之摇摇。莎羅躑躅芬敷而燦燿，幢玉女之妖嬌。搴龍鬚於靈寶，懫鉢囊之飄飖。開僊掌於嶔嵌，散青馨之迢迢。披白雲而踸崇壽，見參錯之僧寮。日既夕而山冥，掛星辰於窿嶅。宿南臺之明月，虎夜嘯而羆嘷。鹿麋羣遊於左右，若將侶幽人之岑寥。迥高寒其無寐，聞冰壑之洞簫。溪女厲晴瀧而曝术，雜精苓之春苗。邀予觴以玉液，飯玉粒〔四〕之瓊瑶。溘辭余而遠去，颯霞裾之飄飄。復中峰而悵望，或僊蹤之可招。迺下見陽陵之蜿蝘，忽有感於子明之宿要。逝予將遺世而獨立，採石芝於層霄。雖長處於窮僻，迺永離乎阨囂。彼蒼黎之緝緝，固吾生之同胞。苟顛連之能濟，吾豈靳於一毛！矧狂胡之越獗，王師局而奔勞。吾寧不欲請長纓於闕下，快平生之鬱陶！顧力微而任重，懼覆敗於或遭。又出位以圖遠，將無誚於鷦鷯。嗟有生之迫隘，等滅沒於風泡。亦富貴其奚爲？猶榮蕣之一朝。曠百世而興感，蔽雄傑於蓬蒿。吾誠不能同草木而腐朽〔五〕，又何避乎羣喙之呶呶！已矣乎！吾其鞭風霆而騎日月，被九霞之翠袍。摶鵬翼於北溟，釣三山之巨鰲。道崑崙而息駕，聽王母之雲璈。呼浮丘於子晉，招勾曲之三茅。長遨遊於碧落，共太虛〔六〕而逍遥。

〔一〕存稿陽明文録作「胡茗」，編校者從鄞序本文録訂改。〔二〕存稿陽明文録作「烏乎」，編校者從郭刻本全書訂改。〔三〕存稿陽明文録作「壺」，編校者從鄞序本文録訂改。〔四〕鄞序本文録作「玉立」。〔五〕存稿陽明文録作「腐柯」，郭刻本全書作「腐朽」，編校者從鄞序本文録訂改。〔六〕存稿陽明文録作「大虛」，編校者從鄞序本文録訂改。

亂曰：蓬壺〔一〕之藐藐兮，列僊之所逃兮。九華之嶠嶠兮，吾將於此巢兮。匪塵心之足攬兮，念鞠育之劬勞兮。苟初心之可紹兮，永矢弗撓兮！

以上見陽明文録外集卷一賦騷七首。

遊牛峰寺四首 牛峰，今改名浮峰。

洞門春靄閉〔二〕深松，飛磴纏空轉石峰。猛虎踞崖如出柙，斷螭蟠頂訝懸鐘。金城絳闕應無處，翠壁丹書尚有蹤。天下名區皆一到，此山殊不厭來重。

縈紆鳥道入雲松，下數湖南百二峰。巘犬吠人〔三〕侍〔四〕出樹，山僧迎客自鳴鐘。凌飈陟險真扶病，異日探奇是舊蹤。欲扣靈關問丹訣，春風蘿薜隔重重。

偶尋春寺入層峰，曾到渾疑是〔五〕夢中。飛鳥去邊懸棧道，馮夷宿處有幽宮。溪雲晚度千巘雨，海月涼飄萬里風。夜擁蒼崖卧丹洞，山中亦自有王公。

一卧禪房隔歲心，五峰煙月聽猿吟。飛湍映樹懸蒼玉，香粉吹松〔六〕落細金。翠壁年多霜蘚合，石牀春盡雨花深。勝遊過眼俱陳跡，珎重新題滿竹林。

遊牛峰寺四絕句〔七〕

翠壁看無厭，山池坐益清。深林落輕葉，不道是秋聲。

恠石有千竅，老松多半枝。清風灑巘洞，是我再來時。

人間酷暑避不得，清風都在深山中。池邊一坐即三日，忽見巘頭碧樹紅。

兩到浮峰興轉劇，醉眠三日不知還。眼前風景色色異，惟有人聲似世間。

姑蘇吳氏海天樓次鄺尹韻

〔一〕存稿、陽明文録作「蓬壺」，編校者從鄒序本文録訂改。〔二〕謝刻本全書作「蔽」。〔三〕詩録作「犬人」。〔四〕存稿、陽明文録作「時」，編校者從詩録訂改。〔五〕存稿作「入」。〔六〕陽明文録作「香」，編校者從詩録訂改。〔七〕新刊續編題作牛峰寺。

晴雪吹寒春事濃，江樓三月尚殘冬。青山暗逐回廊轉，碧海〔一〕真成捷徑通。風暖簷牙雙燕劇，雲深簾幙萬花重。倚闌天北疑回首，想像丹梯下六龍。

山中立秋日偶書

風吹蟬聲亂，林卧驚新秋。山池靜澄碧，暑氣亦已收。青峰出白雲，突兀成瓊樓。袒裼坐溪石，對之心悠悠。倏忽無定態，變化不可求。浩然發長嘯，忽起雙白鷗。

夜雨山翁家偶書〔二〕

山空秋夜靜，月明松檜涼。沿溪步月色，溪影摇空裳〔三〕。山翁隔水語，酒熟呼我嘗。褰衣涉溪去，笑引開竹房。謙言值暮夜，盤餐百無將。露華明橘柚，摘獻冰盤香。洗盞對酬酢，浩歌入蒼茫。醉拂巉石卧，言歸遂相忘。

尋春

十里湖光放小舟，謾尋春事及西疇。江鷗意到忽飛去，野老情深只自留〔四〕。薄暮〔五〕草香含雨氣，九峰晴色散溪流。吾儕是處皆行樂，何必蘭亭説舊遊！

西湖醉中謾書二首

十年塵海勞魂夢，此日重來眼倍清。好景恨無蘇老筆，乞歸徒有賀公情。白鳧飛處青林晚，翠壁明邊返照〔六〕晴。爛醉湖雲宿湖寺，不知山月墮江城。

掩映紅粧莫謾猜，隔林知是藕花開。共君醉卧不須到，自有香風拂面來。

九華山下柯秀才家〔七〕

〔一〕詩録作「碧漢」。〔二〕新刊續編題作月夜雨山翁家偶書。〔三〕陽明文録作「空蒼」，編校者從詩録訂改。〔四〕存稿作「流」。〔五〕陽明文録作「日暮」，編校者從詩録訂改。〔六〕詩録作「反照」。〔七〕詩録本詩及以下四題五首著録於卷二江西稿。

蒼松〔一〕抱層嶂〔二〕，白瀑〔三〕繞〔四〕雙溪。下有幽人宅，蘿深客到稀〔五〕。

夜宿無相寺〔六〕

春宵臥無相，月照五溪花。掬水洗雙眼，披雲看九華。巖頭金佛國〔七〕，樹杪謫僊家。彷彿聞笙鶴，青天落絳霞。

題四老圍棋圖

世外煙霞亦許時，至今風致後人思。却懷劉項當年事，不及山中一着棋。

無相寺〔八〕

老僧巖下屋，繞屋皆松竹。朝聞春鳥啼，夜伴巖虎宿。

無相寺夜宿聞雨二首

坐望九華碧，浮雲生曉寒。山靈應祕惜，不許俗人看。

靜夜聞林雨，山靈似欲留。只愁梯石滑，不得到峰頭。

化成寺六首〔九〕

化城高住萬山深，樓閣憑空上界侵。天外清秋度明月，人間微雨結浮陰。鉢龍降處雲生座，巖虎歸時風滿林。最愛山僧能好事，夜堂燈火伴孤吟。

〔一〕存稿 陽明文録作「蒼峰」，編校者從詩録訂改。〔二〕鄒序本文録作「翠壁」。〔三〕存稿 陽明文録作「翠瀑」，編校者從詩録訂改。〔四〕詩録作「流」。〔五〕存稿 陽明文録作「迷」，編校者從詩録訂改。〔六〕王一槐撰九華山志（凡六卷，嘉靖十五年丙申刻本）卷四詩志著録重遊，録詩十五首，詩後有識：「予重遊九華，諸山之僧兢持紙索詩。一時乘興走筆，不復記憶，僧會慈輝沿途默記，得十五首，歸至青陽行臺，以此紙請，遂書以遺之。」其第十二首即本詩。〔七〕詩録作「物國」。〔八〕存稿 陽明文録本詩與無相寺夜宿聞雨二首合題作無相寺三首，編校者從詩録訂改。〔九〕詩録卷三歸越稿無本題六詩及以下八題十詩；王一槐撰九華山志（凡六卷，嘉靖十五年丙申刻本）卷四詩志著録重遊，録詩十五首，其第八、第九、第十首即本題第四、第五、第六首。

雲裏軒窗半上鈎，望中千里見江流。高林日出三更曉，幽谷風多六月秋。僊骨自憐〔一〕何日化？塵緣翻覺此生浮。夜深忽起蓬萊興，飛上青天十二樓。

雲端皷角落星斗，松頂袈裟散雨花。一百六峰開碧漢，八十四梯踏紫霞。山空僊骨葬金櫬，春暖石芝抽玉芽。獨揮談麈拂煙霧，一笑天地真無涯。

化城天上寺，石磴入星躔。雲外開丹井，峰頭耕石田。月明猿聽偈，風靜鶴參禪。今日指雙眼，幽懷二十年。

僧屋煙霏外，山深絕世譁。茶分龍井水，飯帶石田砂。香細雲嵐雜，窗高峰影遮。林棲無一事，終日弄丹霞。

突兀開穹閣，氤氳散曉鐘。飯遺黃稻粒，花發五釵松。金骨藏靈塔，神光照遠峰。微茫竟何是？老衲話遺蹤。

李白祠二首〔二〕

千古人豪去，空山尚有祠。竹深荒舊徑，蘚合失殘碑。雲雨羅文藻，溪泉繫夢思。老僧殊未解，猶自索題詩。

謫僊棲隱地，千載尚高風。雲散九峰雨，巘飛百丈虹。寺僧傳舊事，詞客吊遺蹤。囬首蒼茫外，青山感慨中。

雙峰

凌崖望雙峰，蒼茫竟何在？載拜西北風，爲我掃浮靄。

蓮花峰

夜靜涼飈發，輕雲散碧空。玉鈎掛新月，露出青芙蓉。

〔一〕存稿作「懷」。〔二〕王一槐撰九華山志（凡六卷，嘉靖十五年丙申刻本）卷四詩志著録重遊，録詩十五首，其第十三、第十四首即本題二詩。

列僊峰

靈峭九萬丈，參差生曉寒。僊人招我去，揮手青雲端。

雲門峰

雲門出孤月，秋色坐蒼濤。夜久羣籟絕，獨照宮錦袍。

芙蓉閣二首〔一〕

青山意不盡，還向月中看。明日歸城市，風塵又馬鞍。

巘下雲萬重，洞口桃千樹。終歲無人來，惟許山僧住。

書梅竹小畫〔二〕

寒倚春霄蒼玉杖，九華峰頂獨歸来。柯家草亭深雪〔三〕裏，却有梅花傍竹開。

以上見陽明文録外集卷一歸越詩三十五首

次張體仁聯句韻四首〔四〕

眼底湖山自一方，晚林雲石坐高凉。閒心最覺身多繫，遊興還堪鬢未蒼。樹杪飛泉〔五〕長滴翠，霜前巘菊尚餘芳。秋江畫舫休輕發，忍負良霄〔六〕燈燭光！

山寺幽尋亦借忙〔七〕，長松落落水浪浪。深冬平野風烟淡，斜日滄江鷗鷺翔。海内交遊惟酒伴，年來蹤跡半僧房。相過未盡清雲〔八〕話，無柰官程促去航。

〔一〕詩録本題二首著録於卷二江西稿中，參見本書正編卷四。〔二〕陽明文録題下註有「二首」，實録詩一首；編校者據存稿訂改。〔三〕鄒序本文録作「深雲」。〔四〕文録續編 郭刻本全書 謝刻本全書本題共三首，無第四首；何福安編著寶晋齋碑帖集釋（黄山書社，二〇〇九年版）著録次張體仁聯句韻手跡刻石拓本（圖四）有一題三首，其第一、第二首即本題第一、第二首，其第三首與文録續編 郭刻本全書 謝刻本全書本題第三首各異。〔五〕文録續編 郭刻本全書 謝刻本全書作「風泉」。〔六〕文録續編 郭刻本全書 謝刻本全書作「良宵」。〔七〕文録續編 郭刻本全書 謝刻本全書作「惜忙」。〔八〕文録續編 郭刻本全書 謝刻本全書作「青雲」。

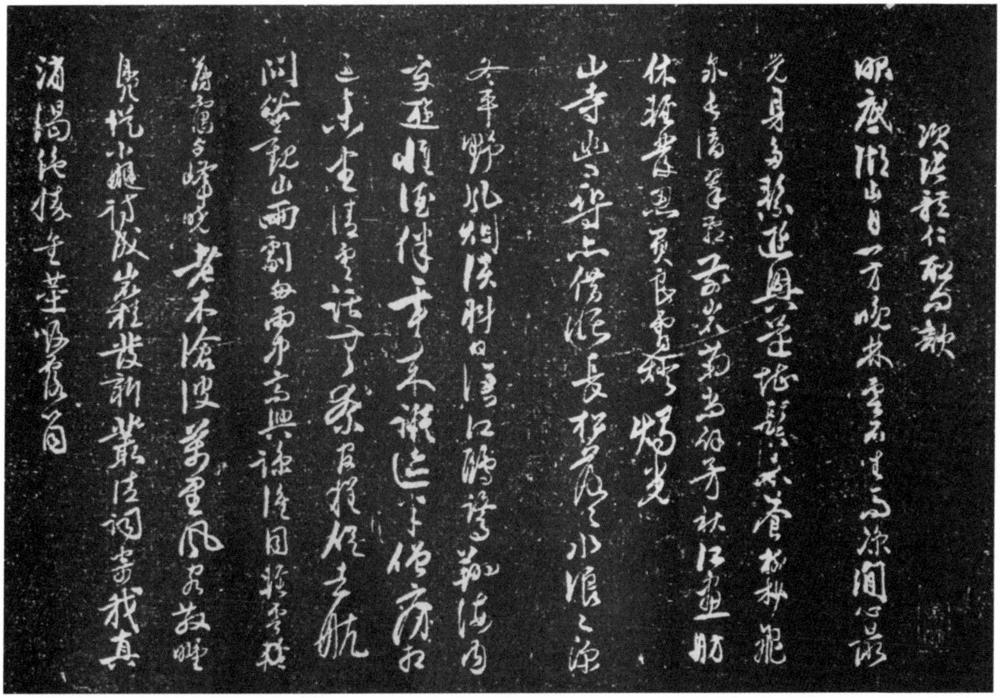

圖四 次張體仁聯句韻手跡（刻石拓本）

青林人靜一燈歸，囬首諸天隔翠微。千里月明京信遠，百年行樂故人稀。已知造物終難定，唯有煙霞或可依。總爲迂踈多牴牾〔一〕，此生何忍便脂韋！

問俗觀山兩劇匆，雨中高興諒誰同。輕雲薄靄千峰曉，老木滄波萬里風。客散野亭從小艇，詩成岩桂發新叢。清詞寄我真消渴，絶勝金莖吸露筒。〔二〕

題郭詡濂溪圖

郭生作濂溪像，其類與否，吾何從辨之？使無手中一圈，蓋不知其爲誰矣。然筆畫老健超然，自不妨爲名筆。

郭生揮寫最超羣，夢想形容恐未真。霽月光風千古在，當時黄九解傳神。

西湖醉中漫書

湖光瀲灔晴偏好，此語相傳信不誣。景中況有佳賓主，世上更無真畫圖。溪風欲雨吟堤樹，春水新添没渚蒲。南北雙峰引高興，醉携青竹不須扶。

以上見文録續編卷四，有增補。

題興國守胡孟登生像

弘治十年，胡公孟登以地官副郎謫貳〔三〕興國。越三年，擢知州事。公既久於其治，乃奸鋤利植，而民以大和。又明年壬戌，擢淛江〔四〕按察司僉事以去。民既留公不可，則相率祀公之像以公德。而學宮之左有疊山祠以祀宋臣謝枋得者，舊矣。其士曰：「合祀公像於是。嗚呼！吾州違胡元之亂，以入於皇朝，雖文風稍振，而陋習未除，士之登名科甲以顯於四方者，相望如晨天之星，數不能以一二。蓋至於今，遂茫然絶響者，凡幾科矣。自公之來，斬山斥地，以恢學宮，洗垢摩鈍，以新士習。然後人知敦禮興樂，而文采蔚然於湖湘之間，薦於鄉者一歲而三人。蓋夫子之道大明於興國，實自公始。公之德惠，固無庸言，而化民成俗，於是爲大。祀公於此，其宜哉！」民曰：「不

〔一〕謝刻本全書作「牴晤」。〔二〕文録續編郭刻本全書謝刻本全書題下無本詩，編校者據次張體仁聯句韻手跡刻石拓本（圖四）增補。〔三〕存稿作「謫二」。〔四〕鄒序本文録作「浙江」。

可。其爲公别立一廟。公之未來也，吾民外苦於盜賊，内殘於苛政，濱湖之民，死於漁課者，數千餘家。自公之至，而盜不敢履興國之界，民違猛虎魚鱉之患，而始釋戈而安寢，歌呼相慰，以嬉於里巷。公之惠澤，吾獨不能出諸口耳！嗚呼！公有大造於吾民，乃不能别立一廟，而使并食於謝公，於吾心有未足也。」士曰：「不然。公與謝公皆以遷謫而至吾州。謝公以文章節義爲宋忠臣，而公之氣槩風聲，實相輝映。祀公於此，所以見公之庇吾民者，不獨以其政事，而吾民之所以懷公於不忘者，又有在於長養恩恤之外也。其於尊嚴崇重，不滋爲大乎！」於是其民相顧喜曰：「果如是，吾亦無所憾矣。然其誰紀諸石以傳之？」士曰：「公之經歷四方也久矣。四方之人，其聞公之賢，亦既有年矣。然而屢遭讒嫉，而未暢厥猷意，亦知公之深者難也。公嘗令於餘姚，以吾人之知公，則其人宜於公爲悉。」乃走幣數千里而來請於某，且告之故。某曰：「是姚人之願，不獨興國也。公之去吾姚已二十餘年，民之思公，如其始去。每有自公而來者，必相與環聚，問公之起居飲食，及其履歷之險夷，丰采狀貌，鬚髮之蒼白與否，退則相傳告以爲欣戚。以吾姚之思公，知興國之爲是舉，亦其情之有不得已也。然公之始去吾姚，既嘗有去思之碑，以紀公德，今不可以重復其説。而興國之績，吾雖聞之甚詳，然於其民爲遠，雖極意揄揚之，恐亦未足以當其心也。」姑述其請記之辭，而詩以係之。公諱瀛，河南之羅山人，有文武長才，而方嚮於用。詩曰：

於維胡公，允毅孔直。惟直不撓，以來興國。惟此興國，實荒有年。自公之來，闢爲良田。冠乘於垣，死課於澤。公曰吁嗟，兹惟予謫〔二〕！勤爾桑禾，謹爾室家。歲豐時和，民謡以歌。乃築泮宫，教以禮讓。弦誦詩書，溢於里巷。庶民諄諄，庶士彬彬。公亦欣欣，曰惟家人。維公我父，維公我母。自公之去，奪我恃怙。維公之政，不專於寬。雨暘維若，時其燠寒。維公文武，亦周於藝。射御工力，展也不器。我拜公像，從我父兄。率我子弟，集於泮宫。〔三〕父兄相謂，毋爾敢望。天子用公，訓於四方。

以上録自陽明文録 外集卷七興國守胡孟登生像記。

〔一〕謝刻本全書作「讟」。〔二〕薛綱纂修吴廷舉續修湖廣圖經志書（凡二十卷，嘉靖元年壬午刻本）卷二武昌府文類句後有「願公永年，于百千祀。公德既溥，公壽曷涘」四句。

陳直夫南宮像贊

夫子稱史魚曰：「直哉！邦有道如矢，邦無道如矢。」謂祝鮀宋朝曰：「非斯人，難免乎今之世矣。」予嘗三復而悲之。直道之難行而諂諛〔一〕之易合〔二〕也，豈一日哉！魚之直，信乎〔三〕後世，其在當時，曾〔四〕不若朝與鮀之易容也。悲夫！吾越直夫陳先生，嚴毅端潔，其正言直氣放蕩，佞諛之士嫉視若讐，彼寧無知之卒於己非便也。故先生舉進士不久，輒致仕〔五〕而歸；屢薦復起，又不久輒退，以是也哉。然天下之言直者，必先生與焉。始予拜〔六〕先生於錢清江〔七〕上，歡然甚得。先生奚取於予？殆空谷之足音也。世日趨於下〔八〕，先生而在，雖執鞭之事，吾亦爲之。今既沒矣，其子子欽〔九〕以先生南宮圖像請識一言。先生常〔一〇〕塵視軒冕，豈一第之爲榮！聞之子欽〔一一〕，蓋初第時有以相遺者，受而存之。先生沒，子欽〔一二〕始裝潢，將藏諸廟，則又爲子者宜爾也。詩曰：

有服襜襜，有牝翼翼。在彼周行，其容孔式。秉笏端弁，中溫且栗。既醉以酒，既飽以德。彼何人斯？邦之司直。邦之司直，宜公宜孤。既來既徂，爲冠爲模。孰久其道？衆聽且孚。如江如河，其趨彌汙。邦之司直，今也則亡。

以上録自陽明文録外集卷九陳直夫南宮像贊。

和九栢老仙〔一三〕

石澗西頭千樹梅，洞門深鎖雪中開。尋常不放凡夫到，珎重唯容道士來。風亂細香笛無韻，夜寒清影衣生苔。于今踏破石橋路，一月須過三十迴。

九栢老仙之作本不可和，詹鍊師必欲得之，遂爲走筆，以塞其意，且以彰吾之不度也。弘治辛

〔一〕新刊續編作「諛諂」。〔二〕新刊續編作「悅」。〔三〕新刊續編作「於」。〔四〕陽明文録脫一字，編校者據存稿訂補。〔五〕新刊續編作「致政」。〔六〕新刊續編作「見」。〔七〕新刊續編作「錢江」。〔八〕新刊續編作「以僥」。〔九〕新刊續編作「世恭」。〔一〇〕新刊續編作「嘗」。〔一一〕新刊續編作「世恭」。〔一二〕新刊續編作「世恭」。〔一三〕正德嘉興志補（凡十二卷，正德七年壬申刻本）卷九嘉興縣題詠題作梅澗，詩後無識。

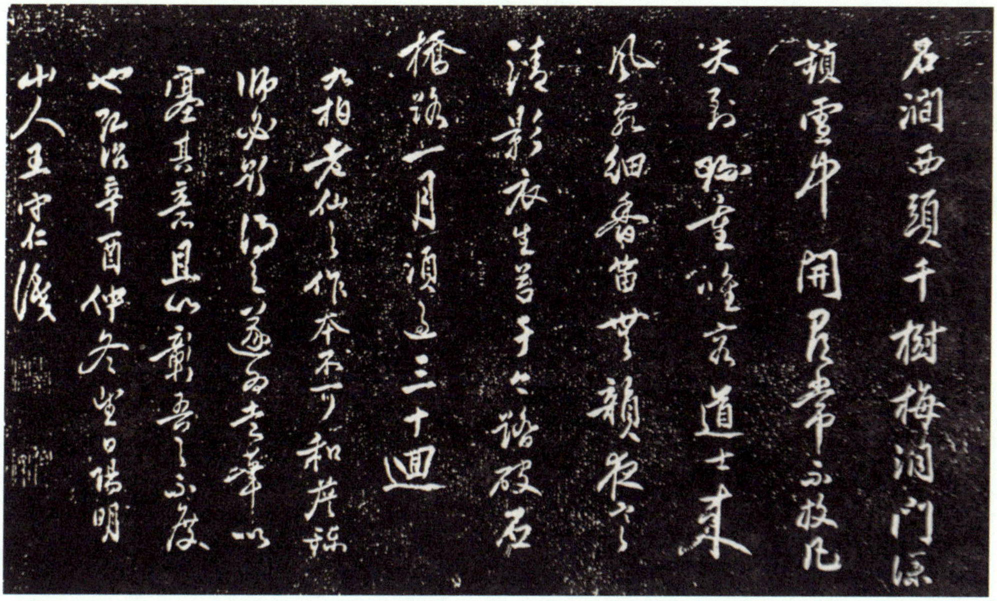

圖五 和九栢老仙手跡（刻石拓本）

酉仲冬望日　陽明山人王守仁識

以上據法書集著録和九栢老仙詩手跡刻石拓本（圖五）録入。

致舫齋

□□園可□□□□之期□此□□進謁□仙府，無任怏悒。所欲吐露，悉以寄於令姪光實，諒能爲我轉達也。言不盡意，繼以短詞。

別後殊傾渴，青冥隔路岐。徑行懼伐木，心事寄庭芝。扳擢能無喜，瞻依未有期。胸中三萬卷，應念故人飢。

侍生王守仁頓首，舫齋先生寅長執事。小羊一牽，將賀意耳。正月十三日來。

以上據截玉軒藏宋元明清法帖墨跡（上海書畫出版社，二〇〇八年版）著録陽明先生行書致舫齋手札（圖六）録入。

屋舟題詠〔一〕

小屋新開傍島嶼，沉浮聊與漁舟同。有時沙鷗飛席上，深夜海月來軒中。醉夢春潮石屏冷，櫂歌碧水秋江空。人生何地不踈放？豈必市隱如壺公！

陽明王守仁次

以上據網絡下載陽明先生詩手跡（圖七）録入。

別友

千里來遊小洞天，春風無計挽歸舡。柳花撩亂飛寒白，何異山陰雪後天。

□年來訪予陽明洞天，其歸也，賦首尾韻，以見別意。弘治甲子四月朔陽明山人王守仁書

以上據書法全集著録別友詩扇面（圖八）録入。

耶溪送別〔二〕

〔一〕陸心源編穰梨館過眼録續録（凡十六卷，光緒十七年辛卯刻本）卷七屋舟題詠卷有録。

〔二〕日本大阪博文堂有本詩手跡影印本王陽明先生若耶溪帖墨妙。

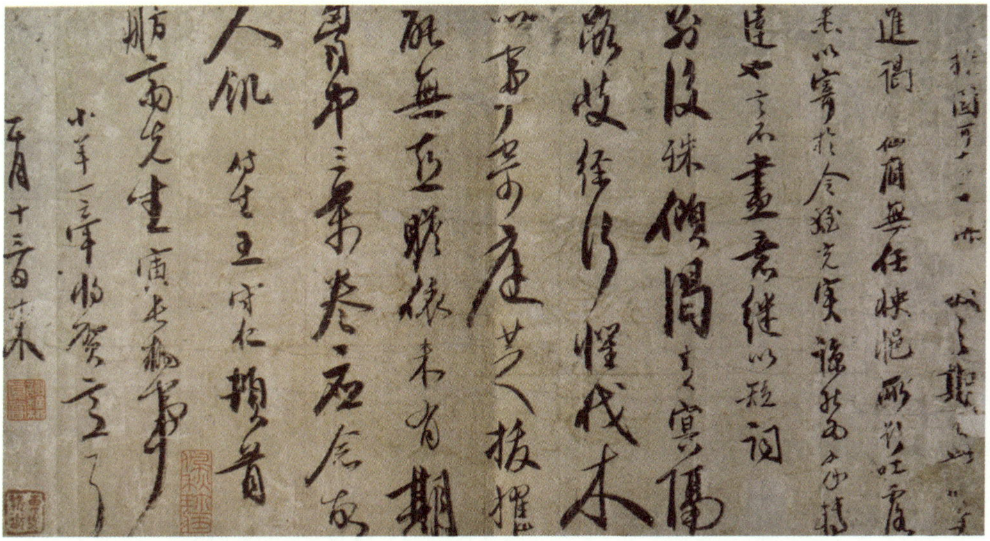

圖六　寄舫齋手跡（墨跡紙本）

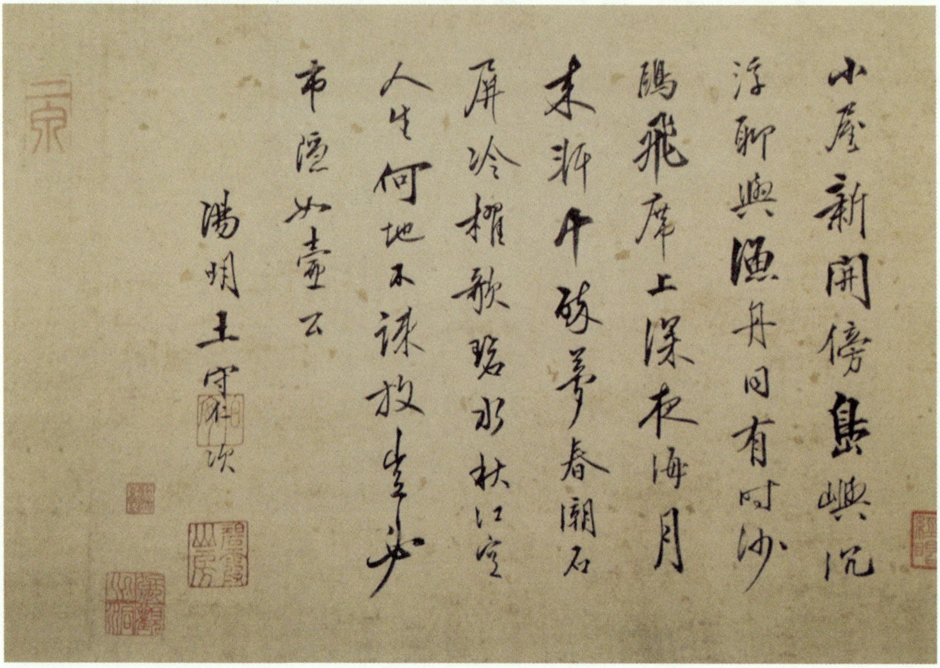

圖七 屋舟題詠手跡（墨跡紙本）

圖八　別友手跡（墨跡紙本）

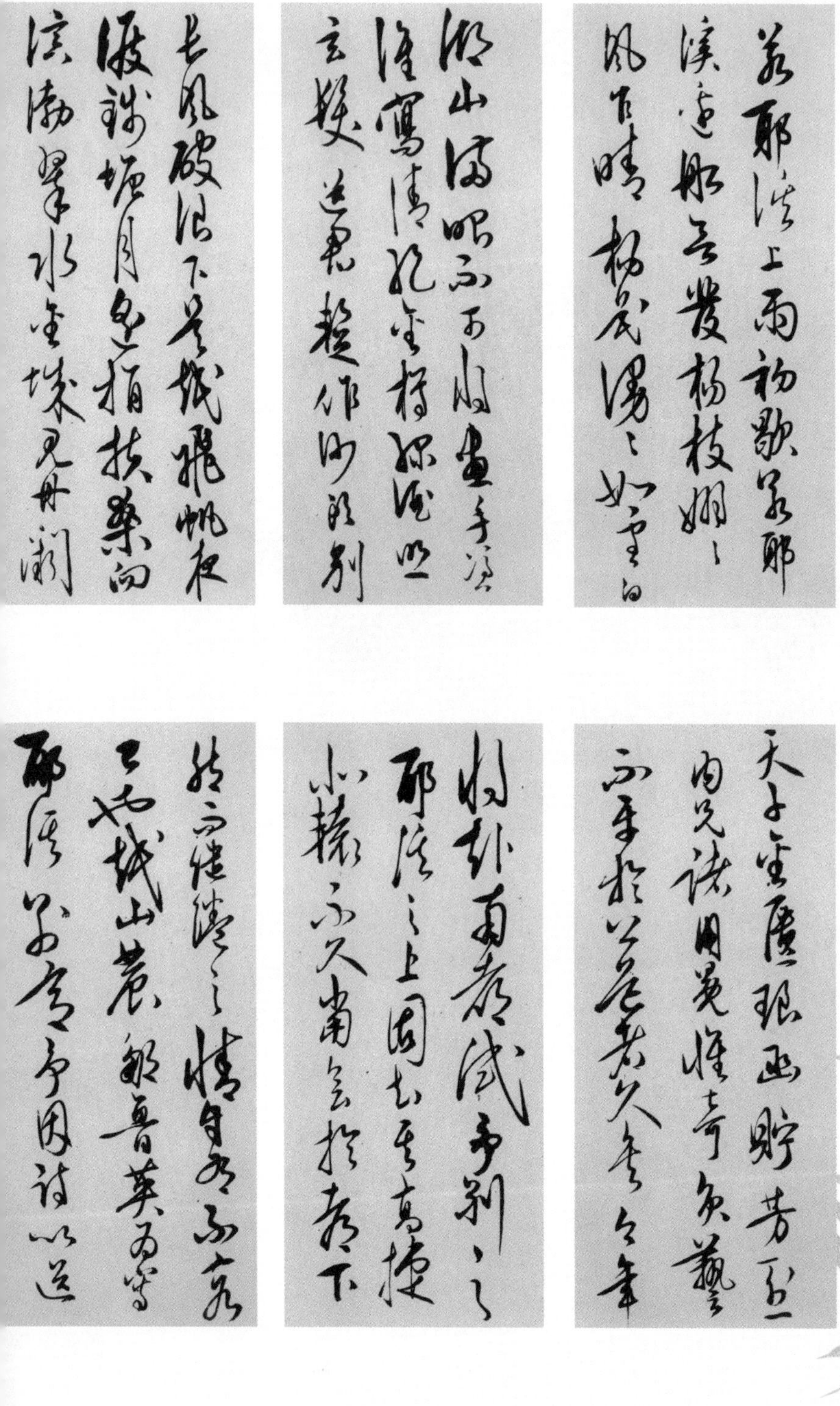

圖九 耶溪送別手跡（墨跡紙本）

峰峦挟懷莊几宋巾
馬清君廣真宰次光
紫對精魂橋雲楊芳

丈凌風稿玉堂桂棫秋
正穀庭上萬枝堪手折
携向那摧飛

之屬冠而及长颔俟其芳
楷撝南平茎尚山南而束
和岩峙之彩如此况單又

胃室陽巒山人全宝任書
于西清軒
垣南草堂子春下宮寫如

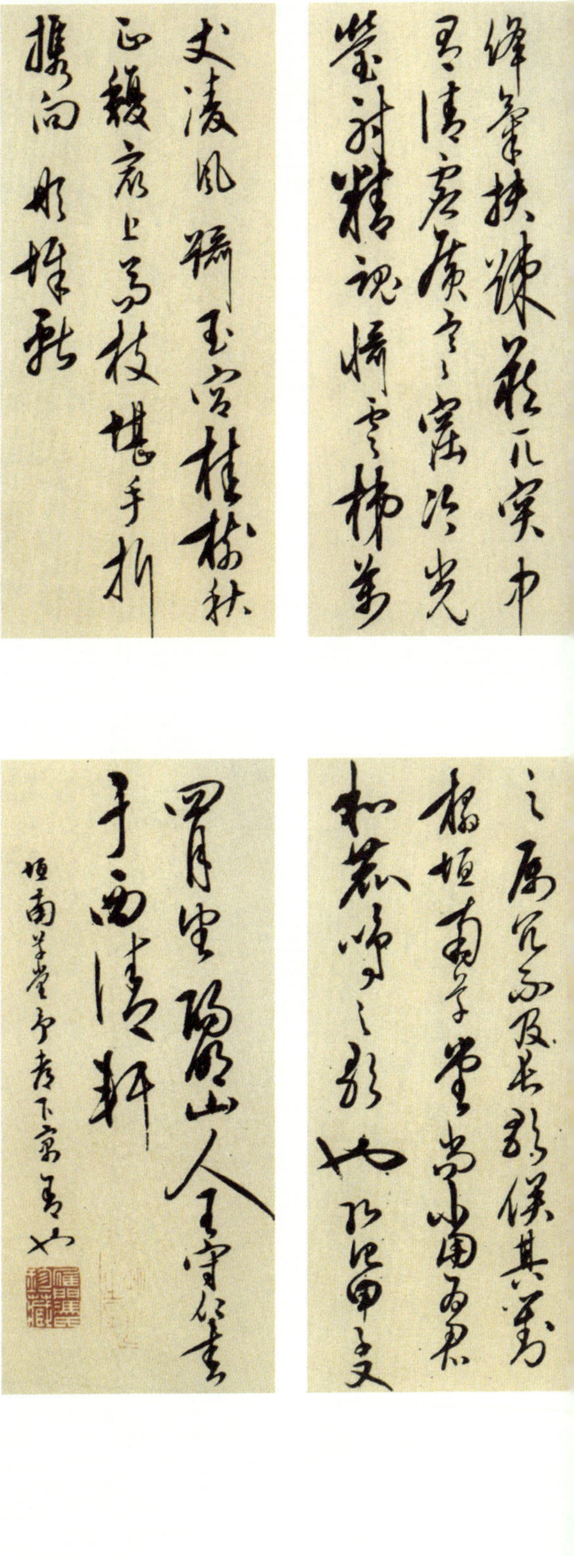

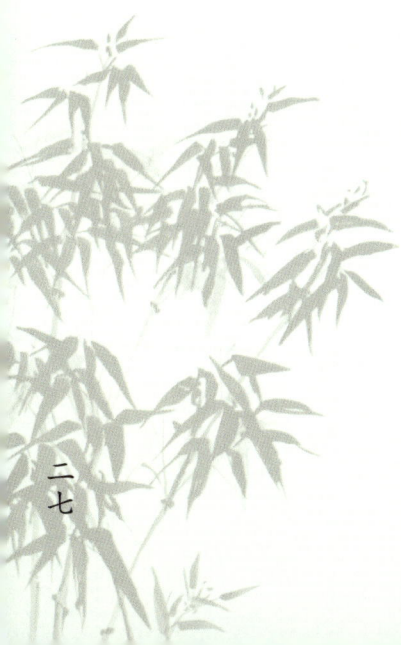

若耶溪上雨初歇，若耶溪邊舡欲發。楊枝嫋嫋風乍晴，楊花漠漠如雪白。湖山滿眼不可收，畫手憑誰寫清絕！金樽緑酒照玄髮，送君暫作沙頭别。長風破浪下吳越，飛帆夜渡錢塘月。遥指扶桑向溟渤，翠水金城見丹闕。絳氣扶踈藏兀突，中有清虚廣寒窟。冷光瑩射精魂懾，雲梯萬丈凌風躡。玉宮桂樹秋正馥，寂上高枝堪手折。携向彤墀獻天子，金匱琅函貯芳烈。

内兄諸用冕懷奇負藝，不平於公道者久矣。今年將赴南都試，予别之耶溪之上，固知其高捷北轅，不久當會於都下，然而繾綣之情自有不容已也。越山農鄒魯英爲寫耶溪别意，予因詩以送之。屬冗不及長歌，俟其對榻垣南草堂，尚當爲君和鹿鳴之歌也。弘治甲子又四月望 陽明山人王守仁書于西清軒。 垣南草堂，予都下寓舍也。

以上據美國 紐約富蘇比有限公司 二〇一四年三月拍賣會 中國古代書畫作品專場 （作品編號：〇五七七）王守仁草書耶溪送别詩册 （圖九） 録入。

山東詩 弘治十七年甲子起復主試山東鄉試時作，陽明先生三十三歲。

登泰山五首 〔一〕

曉登泰山道，行行入煙霏。陽光散岩壑，秋容淡朝暉〔二〕。雲梯掛青壁，仰見蛛絲微。長風吹海色，飄飄送天衣。峰頂動笙樂，青童兩相依。振衣將往從？凌雲忽高飛。揮手若相召〔三〕，丹霞閃餘輝〔四〕。凡軀無肉羽〔五〕，悵望未能歸。

其二

天門何崔嵬！下見青雲浮。泱漭絕人世，逈豁高天秋。暝色從地起，夜宿天上樓。天鷄鳴半夜，日出東海頭。隱約蓬壺樹，縹緲扶桑洲。浩歌落青冥，遺響入滄流。唐虞變楚漢，滅沒如風漚。藐矣鶴山僊，

〔一〕北京保利國際拍賣有限公司北京保利二〇二一年春季拍賣會 藝林藻鑒中國古代書畫專場 （作品編號：一六三〇）王陽明行書登泰山詩（圖一〇）即本題第一首，詩稿中無起始二句，詩後無署名。〔二〕詩録 存稿作「相揮」，陽明文録作「相輝」。〔三〕詩録 存稿 陽明文録作「相待」。〔四〕詩録 存稿 陽明文録作「餘暉」。〔五〕詩録 存稿 陽明文録作「健羽」。

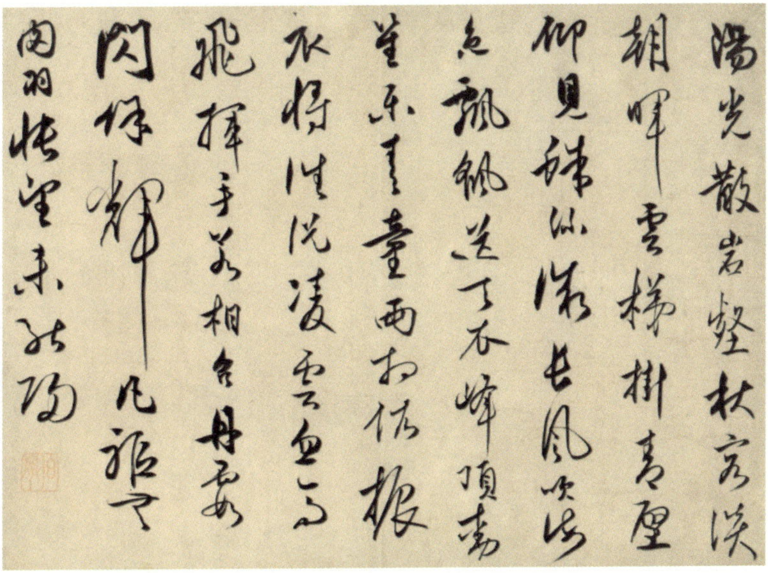

圖一〇 登泰山五首其一手跡（墨跡紙本）

秦皇豈堪求！金砂費日月，頹顏竟難留。吾意在龐古，泠然〔一〕馭涼飇。相期廣成子，太虛顯遨遊。枯槁向巖谷，黄綺不足儔。

其三

穹崖〔二〕不可極，飛步淩煙虹。危泉瀉石道，空影垂雲松。千峰互攢簇，掩映青芙蓉。高臺倚巉削，傾側臨崆峒。失足墮煙霧，碎骨顛崖中。下愚竟難曉，摧折紛相從。吾方坐日觀，披雲笑天風。赤水問軒后，蒼梧叫重瞳。隱隱落天語，閶闔開玲瓏。去去勿復道，濁世將焉窮！

其四

塵網〔三〕苦羈縻，富貴真露草！不如騎白鹿，東遊入蓬島。朝登太山望，洪濤隔縹緲。陽輝出海雲，來作天門曉。遙見碧霞君，翩翩起員嶠。玉女紫鸞笙，雙吹入晴昊。舉首望不及，下拜風浩浩。擲我玉虛篇，讀之殊未了。傍有長眉翁，一一能指道。從此煉金砂，人間跡如掃。

其五

我才不救時，匡扶志空大。置我有無間，緩急非所賴。孤坐萬峰巔，嗒然〔四〕遺下塊。已矣復何求？至精諒斯在。澹泊匪虛杳，灑脫無芥蔕。世人聞予言，不笑即吁怪。吾亦不強語，惟復笑相待。魯叟不可作，此意聊自快。

泰山高次王內翰司獻韻〔五〕

歐生誠楚人，但識廬山高。廬山之高猶可計尋丈，若夫泰山，仰視恍惚，吾不知其尚在青天之下乎！其已直出青天上。我欲倣擬試作泰山高，但恐丘垤〔六〕之見未能測識高大，筆底難具狀。扶輿磅薄元氣鍾，

〔一〕郭刻本全書作「冷然」。〔二〕存稿 陽明文録作「窮厓」，編校者從詩録訂改。〔三〕存稿 陽明文録作「塵綱」，編校者從詩録訂改。〔四〕詩録作「哈然」。〔五〕孫星衍編泰山刻石記（凡一卷，民國年間印本）：「泰山高次王內翰司獻韻，弘治十七年甲子九月既望，餘姚 陽明山人 王守仁識。隆慶二年四月朔，王簡重刊」。〔六〕陽明文録作「培塿」，編校者從詩録訂改。

突兀半遮天地東。南衡北恒西有華〔一〕，俯視傴僂誰爭雄？人寰茫昧乍隱見，雷雨初解開鴻濛。繡壁丹梯，煙霏靄霴，海日初湧，照耀蒼翠。平麓遠抱滄海灣，日觀正與扶桑對。聽濤聲之下瀉，知百川之東會。天門石扇，豁然中開；幽崖邃谷，襞積隱埋。中有遯世之流，龜潛雌伏，飱霞吸秀於其間，往往恠譎多僊才。上有百丈之飛湍，懸空絡石，穿雲而直下，其源疑自青天來。巘頭膚寸出煙霧，須臾滂沱遍九垓。古來登封，七十二主；後來相效，紛紛如雨。玉檢金函無不爲，只今埋沒知何許？但見白雲猶復起封中，斷碑無字，天外日日〔二〕磨剛風。飛塵過眼倏超忽，飄蕩豈復留其蹤〔三〕！天空翠華遠，落日辭千峰。魯郊穫麟，岐陽會鳳；明堂既毀，閟宫興頌。宣尼曳杖，逍遥一去不復來。幽泉嗚咽而含悲，羣巒拱揖如相送。俯仰宇宙，千載相望；憜山喬嶽，尚被其光；峻極配天，無敢頡頏。嗟予瞻眺門墻外，何能彷彿窺室堂？也來攀附躡〔四〕遺跡，三千之下，不知亦許再拜占末行。吁嗟乎！泰山之高，其高不可極，半壁回首，此身不覺已在東斗傍。

以上見陽明文録外集卷一山東詩六首。

黃樓夜濤賦

朱君朝章將復黃樓，爲予〔五〕言其故。夜泊彭城之下，子瞻呼予曰：「吾將與子聽黃樓之夜濤乎？」覺則夢也。感子瞻之事，作黃樓夜濤賦。

子瞻與客宴於黃樓之上。已而客散日夕，暝色橫樓，明月未出。乃隱几而坐，哈焉以息。忽有大聲起於穹窿，徐而察之，乃在西山之麓。倏焉改聽，又似夾河之曲，或隱或隆，若斷若逢，若揖讓而樂進，歙掀舞以相雄。觸孤憤於崖石，駕逸氣於長風。爾乃乍闔復闢，既橫且縱，摐摐渢渢，洶洶瀜瀜，若風雨驟至，林壑崩奔，振長平之屋瓦，舞泰山之喬松。咽悲吟於下浦，激高響於遙空。恍不知其所止，而忽已過於吕梁之東矣。子瞻曰：「噫嘻異哉！是何聲之壯且悲也！其烏江之兵，散而東下，感帳中之悲歌，慷

〔一〕陽明文録作「泰華」，編校者從詩録訂改。〔二〕謝刻本全書作「日月」。〔三〕陽明文録作「有遺蹤」，編校者從詩録訂改。〔四〕陽明文訛作「攝」，編校者據詩録訂改。〔五〕謝刻本全書作「子」。

慨激烈，呑聲飲泣，怒戰未已，憤氣決臆，倒戈曳戟〔一〕，紛紛籍籍，狂奔疾走，呼號相及，而復會於彭城之側者乎！其赤帝之子，威加海内，思歸故鄉，千乘萬騎，霧奔雲從，車轍轟霆，旌旗蔽空，擊萬夫之皷，撞千石之鐘，唱大風之歌，按節翱翔，而將返於沛宫者乎！」於是慨然長噫，欠伸起立，使童子啓户，憑欄而望之，則煙光已散，河影垂虹，帆檣泊於洲渚，夜氣起於郊坰，而明月固已出於芒碭之峰矣。子瞻曰：「噫嘻！予固疑其爲濤聲也。夫風水之遭於澒洞之濱而爲是也，兹非南郭子綦之所謂天籟者乎！而其誰倡之乎！其誰和之乎！其誰聽之乎！當其滔天浴日，湮谷崩山，横奔四潰，茫然東翻，以與吾城之爭於尺寸間也。吾方計窮力屈，氣索神憊，懔孤城之岌岌，覬須臾之未壞，山頽於目懵，霆擊於耳聵，而豈復知所謂天籟者乎！及其水退城完，河流就道，脱魚腹而出塗泥，乃與二三子徘徊兹樓之上而聽之也。然後見其汪洋涵浴，潏潏汩汩，澎湃掀簸，震蕩澤渤。吁者爲竽，噴者爲篪，作止疾徐，鐘磬柷敔。奏文以始，亂武以居，呶者嗃者，囂者嗥者。翕而同者，繹而從者，而啁啁者，而嘐嘐者。蓋吾俯而聽之，則若奏簫咸於洞庭；仰而聞焉，又若張鈞天於廣野。是蓋有無之相激，其殆造物者將以寫千古之不平，而用以蕩吾胸中之壹鬱者乎！而吾亦胡爲而不樂也！」客曰：「子瞻之言過矣。方其奔騰漂蕩而以厄子之孤城也，固有莫之爲而爲者，而豈水之能爲之乎！及其安流順道，風水相激而爲是天籟也，亦有莫之爲而爲者，而豈水之能爲之乎！夫水亦何心之有哉！而子乃欲據其所有者以爲歡，而追其既往者以爲戚，是豈達人之大觀！將不得爲上士之妙識矣。」子瞻嘅然而笑曰：「客之言是也。」乃作歌曰：「濤之興兮，吾聞其聲兮；濤之息兮，吾泯其跡兮。吾將乘一氣以遊於鴻濛兮，夫孰知其所極兮。」

弘治甲子七月 書於百步洪之養浩軒

文衡堂試事畢書壁

棘闈秋鎖動經旬，事了驚看白髮新。造作曾無酣蟻句，支離莫作畫蛇人。寸絲擬得長才補，五色兼愁過眼頻。袖手虚堂聽明發，此中豪傑定誰真！

〔一〕文録續編 郭刻本全書 謝刻本全書作「載」，編校者從俞嶙重編王陽明先生全集（凡二十卷，康熙十二年癸丑刻本）卷八訂改。

諸君以予白髮之句試觀予鬢果見一絲予作詩實未嘗知也湧書一絕識之

忽然相見尚非時，豈亦殷勤效一絲！總使皓然吾不恨，此心還有爾能知。

遊泰山

飛湍下雲窟，千尺瀉高寒。昨向山中見，真如畫裏看。松風吹短鬢，霜氣肅羣巒。好記相從地，秋深十八盤。

靈巖〔一〕次蘇穎濱韻

客途亦幽尋，窈窕穿谷底。塵土填胸臆，到此方一洗。仰視劍戟鋒，巑岏顏有泚。俯窺蛟龍窟，匍伏首如稽。絕境固靈祕，茲遊實天啓。梵宇遍巖壑，簷牙相角觝。山僧出延客，經營設酒醴。道引入雲霧，峻陟歷堂陛。石田唯種椒，晚炊仍有米。張燈坐小軒，矮榻便倦體。清遊感疇昔，陳李兩昆弟。侵晨訪舊跡，古碣埋荒薺。

以上見文録續編卷四。

夜坐湧書〔二〕

晚堂孤坐湧沉沉，數盡寒更落葉深。高棟月明時燕語，古堦霜細或蟲吟。校評正恐非吾所，報答徒能盡此心。賴有勝遊堪自觧，秋風華嶽得高尋。

予謬以校文至此，假館濟南道，夜坐湧書壁間，兼呈道主袁先生請教。弘治甲子仲秋五日　餘姚王守仁書

以上據書法全集著録舊拓明弘治王陽明書七言律詩（圖一一）録入。

京師詩

弘治十七年甲子九月改兵部武選清吏司主事至正德元年丙寅間作，陽明先生三十三歲至三十五歲。

〔一〕靈巖在今山東省長清縣，文録續編郭刻本全書謝刻本全書訛作「雪巖」，編校者據實訂改。〔二〕題目係編校者擬定。

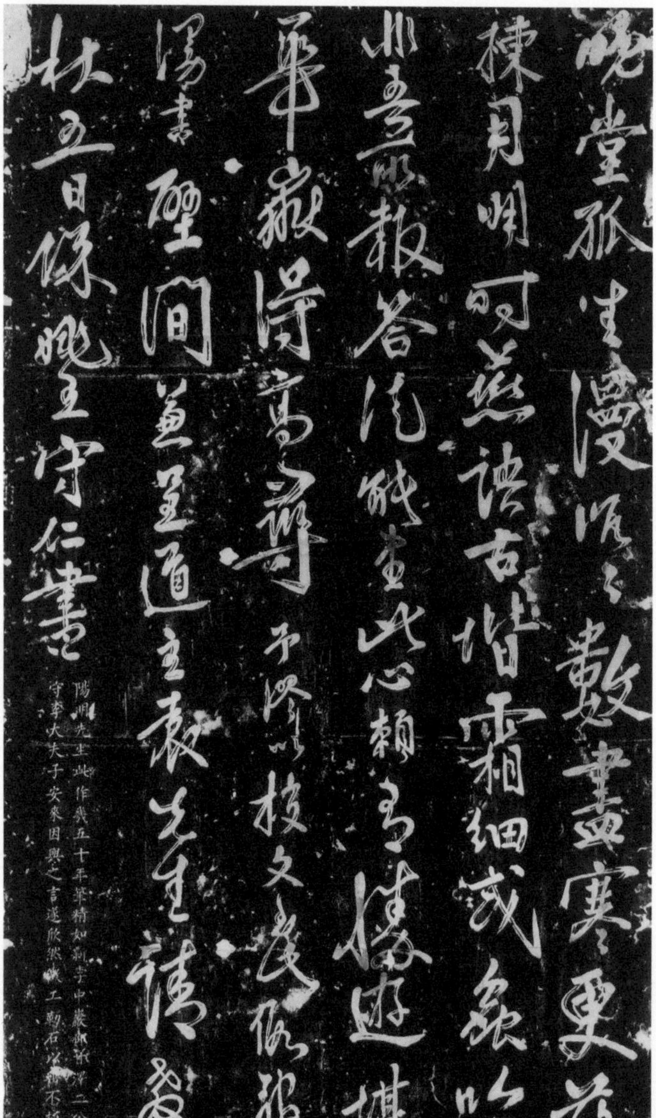

圖一一 夜坐湧書手跡（碑刻拓本）

憶龍泉山〔一〕

我愛龍泉寺，寺僧頗踈野。盡日坐井欄，有時卧松下。一夕别山雲，三年走車馬。媿殺巘下泉，朝夕自清瀉。

憶諸弟

久别龍山雲，時夢龍山雨。覺來枕簟凉，諸弟在何許？終年走風塵，何似山中住！百歲如轉蓬，拂衣從此去。

寄舅

老舅近何如？心性老不改。世故惱情懷，光陰不相待。借問同輩中，鄉隣幾人在？從今且爲樂，清〔二〕事無勞悔！

送人東歸

五洩佳山水，平生思一遊。送子東歸省，蓴鱸況復秋。幽探須及壯，世事苦悠悠。來歲春風裏，長安憶故丘。

寄西湖友

予有西湖夢〔三〕，西湖亦夢〔四〕予。三年成闊别，近事竟何如？況有諸賢在，他時終卜廬。但恐吾歸日，君還軒冕拘。

贈揚伯〔五〕

揚伯〔六〕慕〔七〕伯陽，伯陽竟安在？大道即吾心〔八〕，萬古未嘗改。長生在求仁，金丹非外待。繆

〔一〕詩録本詩及以下七首總名雜詩，各詩無題；存稿各詩有題。〔二〕陽明文録作「舊」，編校者從詩録訂改。〔三〕詩録存稿作「惡」。〔四〕詩録 存稿作「惡」。〔五〕法書集著録贈陽伯紙本扇面（圖一二）即本詩，詩録無題，存稿 陽明文録題作贈陽伯。〔六〕詩録 存稿 陽明文録作「陽伯」。〔七〕詩録 存稿 陽明文録作「即」。〔八〕詩録 存稿 陽明文録作「人心」。

矣三十年，于今吾始悔！諸揚伯有希仙之志，吾將進之於道也。於其歸，書扇爲别。陽明山人伯安識。〔一〕

故山

鑑水終年碧，雲山盡日閑。故山不可到，幽夢每相關。霧豹言長隱，雲龍欲共攀。緣知丹壑意，未勝紫宸班。

憶鑑湖友

長見人來説，扁舟每獨遊。春風梅市晚，月色鑑湖秋。空有煙霞好，猶爲塵世留。自今當勇往，先與報江鷗。

以上見陽明文録外集卷一京師詩八首。

送人致仕

人生貴適意，何事久天涯？栗里堪栽柳，青門好種瓜。冥鴻辭網罟，塵土换煙霞。有子真騏驥，歸歟莫怨嗟！

以上見新刊續編卷三詩類。

鹵湖一首

我所思兮山之阿，下連浩蕩兮湖之波。層峦複巘，周遭而環合。雲木際天兮，擁千峯之嵳峨。送君之邁兮，我心悠悠。桂之檝兮蘭之舟，簫鼓激兮哀中流。湖水春兮山月秋，湖雲漠漠兮山風飋飋。蕺之堤兮逋之宅，復有忠魂兮山之側。桂樹團團兮空山夕，猿冥冥兮嘯青壁。曠懷人兮水涯，目惝恍兮断秋魄。君之遊兮，嫚旗奕奕；水鶴翩翩兮，鷗鳧澤澤。君來何暮兮？去何毋疾！我心則悦兮，毋使我亟。送君之邁兮，欲往無翼。鴈流聲而南去兮，渺春江之脉脉。

陽明王守仁

〔一〕詩録存稿陽明文録詩後無識。

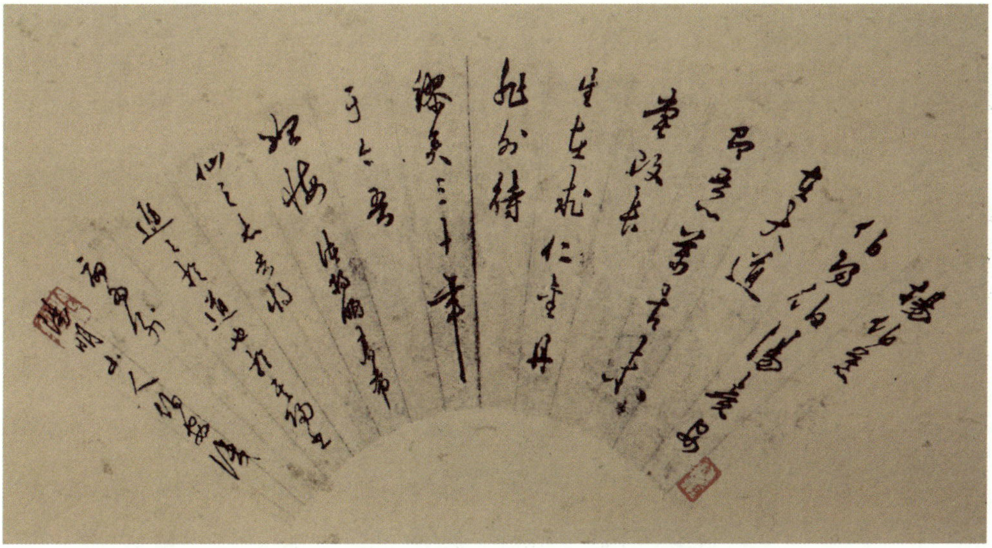

圖一二　贈揚伯手跡（墨跡紙本）

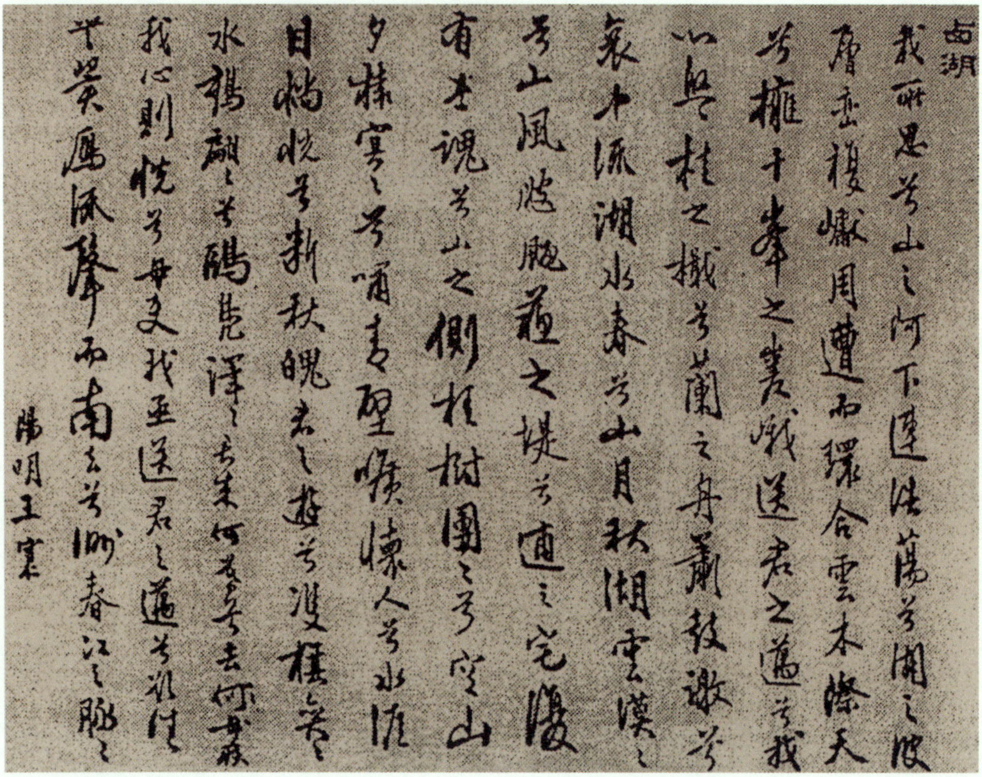

圖一三　卤湖一首手跡（墨跡紙本）

以上據書法全集著録西湖詩頁（圖一三）録入。

古詩

曉日明華屋，晴窓開卷牘。試拈枯筆事游戲，巧心妙思迴長轂。貌出寒林鵶萬頭，潑盡金壺墨千斛。從容點染不經意，欻忽軒騰駭神速。寫情適興各有得，豈必校書向天禄！恠石昂藏文變虎，古樹叉牙角鮮鹿。飛鳴相從各以族，翻舞斜陽如背暴。平原蕭蕭新落木，歸霞掩映隨孤鶩。高行拂暝挾長風，劇勢摶雲捲微霖。開合低昂整復亂，宛若八陣列魚腹。出奇邀險倏變化，無窮何止三百六！獨往耻爲腐鼠爭，疾擊時同秋隼逐。畫師精妙乃如此，天機飛動疑可掬。秋堂華燭光閃煜，展視還嫌隻眼肉。俗手環觀徒嘆羨，摹倣安能步一蹴！嗟哉用心雖小技，猶勝飽食終日無歸宿。

即席陽明山人王守仁次韻

以上據書法全集著録七言古體題畫詩卷（圖一四）録入。

天涯思歸

趨庭戀闕心俱似，將父勤王事□違。使節已從青漢下，親廬休望白雲飛。秋深峽口猿啼急，歲晚衡陽鴈影稀。隣里過逢如話我，天涯無日不思歸！

□□行，名父作詩送，予亦次韻。陽明守仁書

以上據法書集著録天涯思歸書軸（圖一五）録入。

獄中詩

正德元年丙寅冬十一月因上疏乞宥言官獲罪被逮下錦衣獄間所作，陽明先生三十五歲。

正德丙寅冬十一月，守仁以罪下錦衣獄，省愆内訟，時有所述，既出而録之。〔一〕

咎言 〔二〕

〔一〕存稿 陽明文録此序在咎言題後，編校者從居夷集訂改。

〔二〕存稿此篇著録於外集卷一賦騒六首，陽明文録此篇著録於外集卷一賦騒七首，編校者從居夷集移入；存稿 陽明文録題下註有「丙寅」。

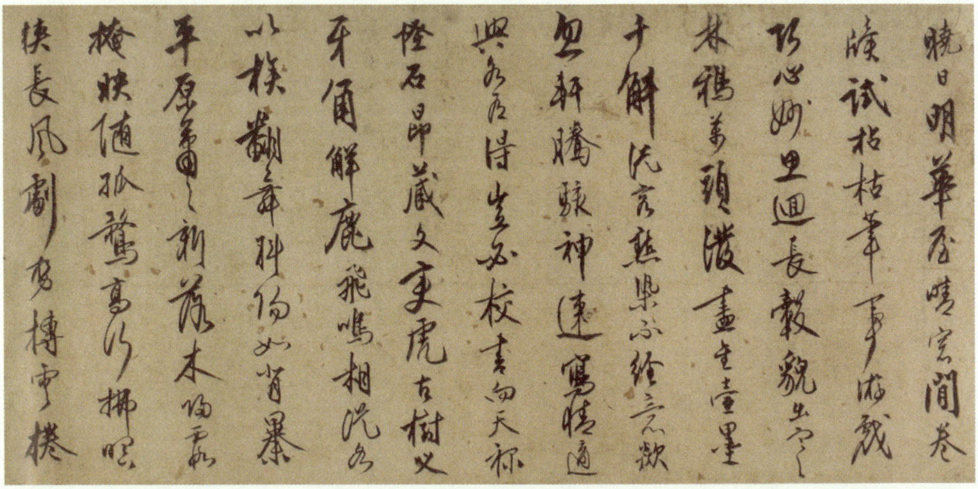

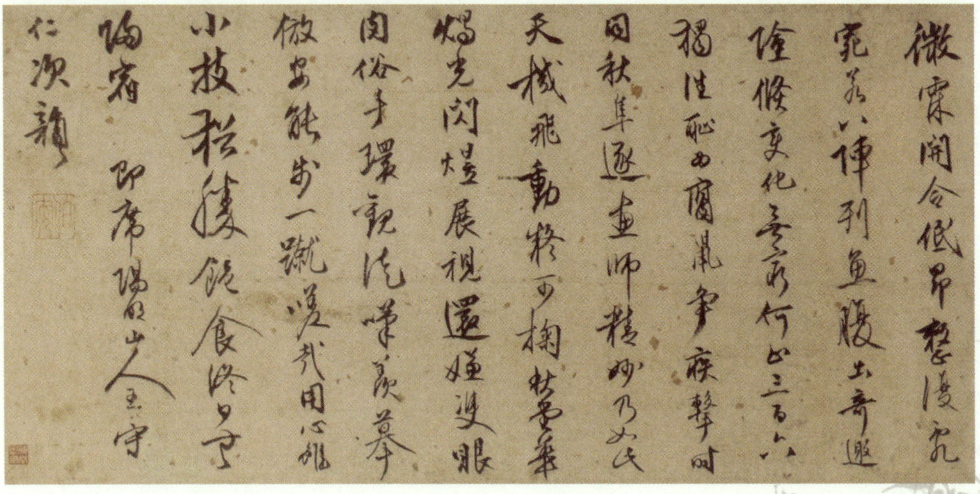

圖一四　古詩手跡（墨跡紙本）

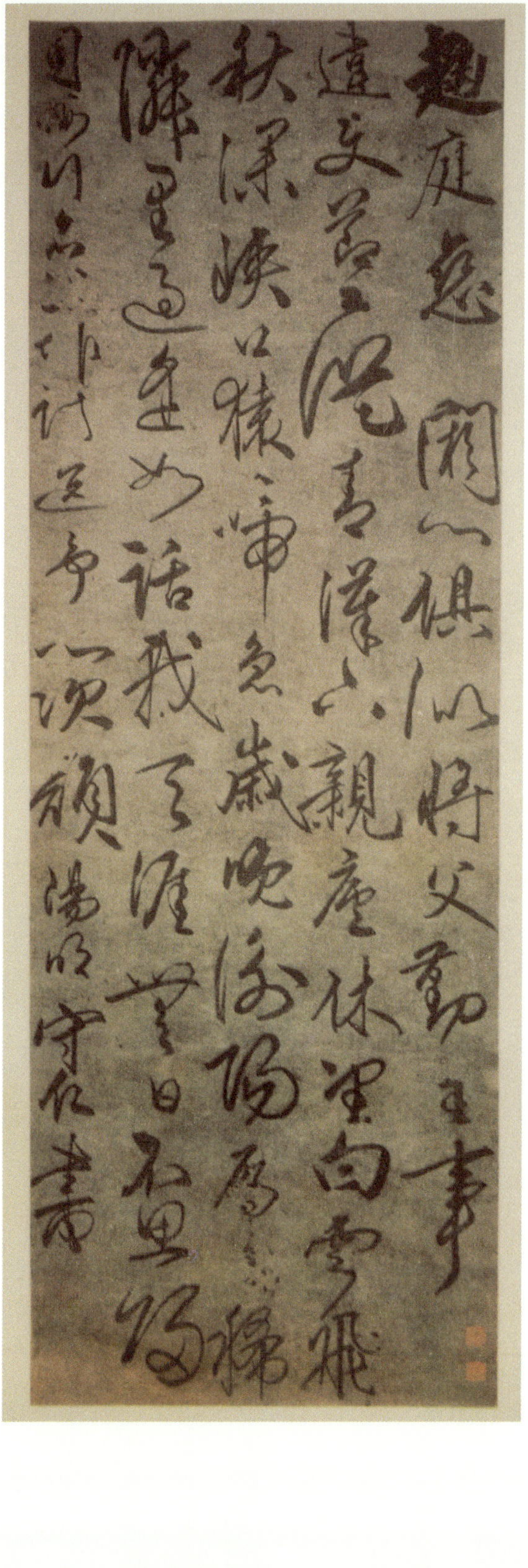

圖一五　天涯思歸手跡（墨跡紙本）

何玄夜之漻漻兮，悄予懷之獨結。嚴霜下而增寒兮，皦明月之在隙。風呶呶以憎木兮，鳥驚呼而未息。魂營營以惝恍兮，目杳杳其焉極！懍寒飈之中人兮，杳不知其所自。夜展轉而九起兮，沾予襟之如泗。胡定省之弗遑兮？豈荼甘之如薺！懷前哲之耿光兮，耻周容以爲比。何天高之冥冥兮？孰察予之衷！予匪戚於累囚兮，梏〔一〕匪予之爲恫。沛洪波之浩浩兮，造雲阪之濛濛。税予駕其安止兮？終予去此其焉從！孰癭瘰之在頸兮？謂予〔二〕足之何傷。熏目而弗顧兮，惟盲者以爲常。孔訓之服膺兮，惡訐以爲直。辭婉孌〔三〕期巷遇兮，豈予言之未力！皇天之無私兮，鑒予情之靡他。寧保身之弗知兮，膺斧鑕之謂何。蒙出位之爲愆兮，信愚忠而蹈亟。苟聖明之有禆兮，雖九死其焉恤！

亂曰：予年將中，歲月遒兮！深谷崆峒，逝息遊兮。飄然凌風，八極周兮。孰樂之同，不均憂兮。匪修名崇，仁之求兮。出處時從，天命何尤〔四〕兮！

以上見陽明文録外集卷一賦騷七首。

不寐

天寒歲云暮，氷雪關河迥。幽室魍魎生，不寐知夜永。驚風起林木，驟若波浪洶。我心良匪石，鉅爲戚欣動！滔滔眼前事，逝者去相踵。崖窮猶可陟，水深猶可泳。焉知非日月？胡爲亂予衷？深谷自逶迤，煙霞日澒洞〔五〕。匡時在賢達，歸哉盍耕壠！

有室七章

有室如簴，周之崇墉。窒如穴處，無秋無冬！

耿彼屋漏，天光入之。瞻彼日月，何嗟及之！

倏晦倏明，凄其以風。倏雨倏雪，當晝而蒙。

〔一〕詩録 存稿 陽明文録作「梏」，郟刻本文録作「牿」，編校者從居夷集訂改。〔二〕存稿 陽明文録作「累足」，編校者從居夷集訂改。〔三〕詩録 存稿 陽明文録訛作「婉孌」，編校者據居夷集訂改。〔四〕存稿 陽明文録作「憂」，編校者從居夷集訂改。〔五〕存稿 陽明文録脱二字，郭刻本全書作「悠永」，編校者據居夷集訂補。

夜何其矣！靡星靡粲。豈無白日？寤寐永嘆！心之憂矣，匪家匪室。或其啓矣，殞予匪恤。氤氤其埃，日之光矣。淵淵其鼓，朝〔一〕既昌矣。朝既式矣，日既夕矣。悠悠我思，曷其極矣！

讀易

囚居亦何事？省愆懼安飽。瞑坐玩羲易，洗心見微奥。乃知先天翁，畫畫有至教。包蒙戒爲冠，童牯〔二〕事宜早。蹇蹇匪爲節，虩虩未違道。遯四獲我心，蠱上庸自保。俯仰天地間，觸目俱浩浩。簞瓢〔三〕有餘樂，此意良匪矯。幽哉陽明麓，可以忘吾老。

歲暮

兀坐經旬成木石，忽驚歲暮還思鄉。高簷白日不到地，深夜黠鼠時登牀。峰頭霽雪開草閣，瀑下古松閒石房。溪鶴洞猿爾無恙，春江歸棹吾相將。

見月

屋罅見明月，還見地上霜。客子夜中起，旁皇涕沾裳。匪爲嚴霜苦，悲此明月光。月光如流水，徘徊照高堂。胡爲此幽室，奄忽踰飛揚？逝者不可及，來者猶可望。盈虚有天運，嘆息何能忘！

天涯

天涯歲暮氷霜結，永巷人稀罔象〔四〕遊。長夜星辰瞻閣道，曉天鐘鼓隔雲樓。思家有淚仍多病，報主無能合遠投。留得昇平雙眼在，且應蓑笠卧滄洲。

屋罅月

幽室不知年，夜長晝苦短。但見屋罅月，清光自虧滿。佳人宴清夜，繁絲激哀管。朱閣出浮雲，高

〔一〕郭刻本全書作「明」。〔二〕詩録 存稿 陽明文録作「牿」，編校者從居夷集訂改。〔三〕詩録 存稿 陽明文録作「簞瓢」，編校者從居夷集訂改。〔四〕居夷集 詩録 存稿 陽明文録作「冈象」，編校者從郗序本文録訂改。

歌正淒婉。寧知幽室婦，中夜獨愁嘆！良人事遊俠，經歲去不反。來歸在何時？年華忽將晚。蕭條念宗祀，淚下長如霰。

別友獄中

居常念朋舊，簿領〔一〕成闊絕。嗟我二三友，胡然此簪盍！累累囹圄間，講誦未能輟。桎梏敢忘罪？至道良足悅。所恨精誠眇，尚口徒自蹶。天王本明聖，旋已但中熱。行藏未可期，明當與君別。願言毋詭隨，努力從前哲。

以上見陽明文録外集卷一獄中詩十四首。

赴謫詩

正德二年丁卯離京師赴謫貴州龍場驛途中所作，陽明先生三十六歲至三十七歲。

答汪抑之三首〔二〕

去國心已恫，別子意彌惻。伊邇怨昕夕，況茲萬里隔！戀戀〔三〕岐路間，執手何能默！子有昆弟居，而我遠親側。回思菽水歡，羨子何由得！知子念我深，夙夜敢忘惕！良無〔四〕忠信資，蠻貊非我戚。

其二

北風春尚號，浮雲正南馳。風雲一相失，各在天一涯。客子懷往路，起視明星稀。驅車赴長阪，迢迢入嵐霏。旅宿蒼峽〔五〕底，霧雨昏朝彌。間關不足道，嗟此白日微。切磋懷良友，願言毋心違！

其三

聞子賦茆屋，來歸在何年？索居間楚越，連峰鬱參天。緬懷巖中隱，磴道窮扳緣。江雲動蒼壁，山月流澄川。朝採石上芝，暮漱松間泉。鵞湖有前約，鹿洞多遺編。寄子春鴻書，待我秋江船。

八詠〔六〕

〔一〕詩録、存稿作「薄領」。〔二〕詩録本題三首及以下五題二十詩著録於卷三獄中稿。〔三〕詩録、存稿作「戀此」。〔四〕存稿、陽明文録作「良心」，編校者從居夷集訂改。〔五〕陽明文録作「蒼山」，編校者從居夷集訂改。〔六〕居夷集、詩録、存稿、陽明文録本詩以序爲題，編校者據居夷集目録訂補。

陽明子之南也，其友湛元明歌九章以贈，崔子鍾和之以五詩，於是陽明子作八詠以答之。

君莫歌九章，歌之〔一〕傷我心。微言破寥寂，重以離別吟。別離悲尚淺，言微感逾深。瓦缶易諧俗，誰辯黃鐘音！

其二

君莫歌五詩，歌之增離憂。豈無良朋侶？洵樂相遨遊。譬彼桃與李，不爲倉囷謀。君莫忘五詩，忘之我焉求！

其三

洙泗流浸微，伊洛僅如綫。後來三四公，瑕瑜未相掩。嗟予不量力，跛蹩期致遠。屢興還屢仆，喘息〔二〕幾不免。道逢同心人，秉節倡予敢。力爭毫釐間，萬里或可勉。風波忽相失，言之淚徒泫。

其四

此心還此理，寧論己與人！千古一噓吸，誰爲嘆離羣！浩浩天地內，何物非同春！相思輒奮勵，無爲俗所分。但使心無間，萬里如相親。不見宴遊交，徵逐胥以淪。

其五

器道不可離，二之即非性。孔聖欲無言，下學從泛應。君子勤小物，蘊蓄乃成行。我誦窮索篇，於子既聞命。如何圜中士，空谷以爲靜？

其六

靜虛非虛寂，中有未發中。中有亦何有？無之即成空。無欲見真體，忘助皆非功。至哉玄化機，非子孰與窮！

其七

憶與美人別，贈我青琅函。受之不敢發，焚香始開椷。諷誦意彌遠，期我濂洛間。道遠恐莫致，庶幾終不慚。

〔一〕存稿 陽明文録作「以」，編校者從居夷集訂改。

〔二〕詩録 存稿 陽明文録作「惴息」，編校者從居夷集訂改。

其八

憶與美人別，惠我雲錦裳。錦裳不足貴，遺我冰雪腸。寸腸亦何遺？誓言終不渝。珍重美人意，深秋以爲期。

南遊三首

元明與予有衡嶽羅浮之期，賦南遊以〔一〕申約也。

南遊何迢迢！蒼山亦南馳。如何衡陽鴈，不見燕臺書？莫歌澧浦曲，莫吊湘君祠。蒼梧煙雨絕，從誰問九疑？

其二

九疑不可問，羅浮如可攀。遙拜羅浮雲，奠以雙瓊環。渺渺洞庭波，東逝何時還？人生不努力，草木同衰殘！

其三

洞庭何渺茫！衡嶽何崔嵬！風飄迴鴈雪，美人歸未歸？我有紫瑜珮，留掛芙蓉臺。下有蛟龍峽，往往興雲雷。

憶昔答喬白巖因寄儲柴墟三首

憶昔與君約，玩易探玄微。君行赴西嶽，經年始來歸。方將事窮索，忽復當遠辭。相去萬里餘，後會安可期！問我長生訣，惑也吾誰欺！盈虧消息間，至哉天地機。聖狂天淵隔，失得分毫釐。

其二

毫釐何所辯？惟在公與私。公私何所辯？天動與人爲。遺體豈不貴？踐形乃無虧。願君崇德性，問學刊支離。毋爲氣所役，毋爲物所疑。恬澹自無欲，精專絕交馳。博奕亦何事？好之甘若飴。吟詠有性情，喪志非所宜。非君愛忠告，斯語容見嗤。試問柴墟子，吾言亦何如？

〔一〕存稿陽明文録無此字，編校者據居夷集訂補。

其三

柴墟吾所愛，春陽溢鬢眉〔一〕。白巘吾所愛，慎默長如愚。二君廊廟器，予亦山泉姿。度量較齒德，長者皆吾師。置我五人末，庶亦忘崇卑。迢迢萬里別，心事兩不疑。北風送南鴈，慰我長相思。

一日懷抑之也抑之之贈既嘗答以三詩意若有歉焉是以賦也三首

一日復一日，去子日以遠。惠我金石言，沉鬱未能展。人生各有際，道誼尤所眷。嘗嗤兒女悲，憂來仍不免。緬懷滄洲期，聊以慰遲晚。

其二

遲晚不足嘆，人命各有常。相去忽萬里，河山鬱蒼蒼。中夜不能寐，起視江月光。中情良自抑，美人難可〔二〕忘。

其三

美人隔江水，彷佛若可睹。風吹蒹葭雪，飄蕩知何處！美人有瑤瑟，清奏含太古。高樓明月夜，惆悵爲誰鼓！

夢與抑之昆季語湛崔皆在焉覺而有感因紀以詩三首

夢與故人語，語我以相思。才爲旬日別，宛若三秋期。令弟坐我側，屈指如有爲。湏臾湛君至，崔子行相隨。肴醑旋羅列，語笑如平時。縱言及微奥，會意忘其辭。覺來復何有？起坐空嗟咨！

其二

起坐憶所夢，默遡猶歷歷。初談自有形，繼論入無極。無極生往來，往來萬化出。萬化無停機，往來何時息！來者胡爲信？往者胡爲屈？微哉屈信間，子午當其窟〔三〕。非子盡精微，此理誰與測！何當衡廬間，相携玩羲易？

〔一〕詩録、存稿、陽明文録作「鬢眉」，編校者從居夷集訂改。〔二〕存稿、陽明文録作「自」，編校者從居夷集訂改。〔三〕鄒序本文録作「屈」。

其三

衡廬曾有約，相携尚無時。去事多翻覆，來蹤豈前知！斜月滿虚牖，樹影何參差！林風正蕭瑟，鷩鵲無寧枝。邈彼二三子，惄焉勞我思。

因雨和杜韻

晚堂疎雨暗柴門，忽入殘荷瀉石盆。萬里滄江生白髮，幾人燈火坐黄昏！客途最覺秋先到，荒徑惟憐菊尚存。却憶故園耕釣處，短簑長笛下江村。

赴謫次北新關喜見諸弟

扁舟風雨泊江關，兄弟相看夢寐間。已分天涯成死别，寧知意外得生還！投荒自識君恩遠，多病心便吏事閒。携汝耕樵應有日，好移茆屋傍雲山。

南屏

溪風漠漠南屏路，春服初成病眼開。花竹日新僧已老，湖山如舊我重來。層樓雨急青林迥，古殿雲晴碧嶂廻。獨有幽禽解相信，雙飛時下讀書臺。

卧病静慈寫懷

卧病空山春復夏，山中幽事最能知。雨晴階下泉聲急，夜静松間月色遲。把卷有時眠白石，解纓隨意濯清漪。吴山越嶠俱堪老，正柰燕雲繫遠思！

移居勝果寺二首

江上但知山色好，峰廻始見寺門開。半空虚閣有雲住，六月深松無暑來。病肺正思移枕簟〔一〕，洗心兼得遠塵埃。富春咫尺煙濤外，時倚層霞望釣臺。

病餘巉閣坐朝曛，異景相新得未聞。日脚倒明千頃霧，雨聲高度萬峰雲。越山陣水當吴嶠，江月隨

〔一〕居夷集詩録作「枕簟」。

潮上海門。便欲携書從此老，不教猿鶴更移文。〔一〕

憶別

憶別江干風雪陰，艱難歲月兩侵尋。重看骨肉情何限！况復斯文約舊深。賢聖可期先立志，塵凡未脫漫言心。移家便住煙霞壑，緑水青山長對吟。

泛海〔二〕

險夷原不在〔三〕胸中，何異浮雲過太空！夜靜海濤三萬里，月明飛錫下天風。

武夷次壁間韻

肩輿飛度萬峰雲，回首滄波月下聞。海上真爲滄水使，山中又遇武夷君。溪流九曲初諳路，精舍千年始及門。歸去高堂慰垂白，細探更擬在春分。

草萍驛次林見素先生韻〔四〕

〔一〕居夷集無本詩及以下憶別、泛海、武夷次壁間韻等四首，詩録 存稿有著録。〔二〕浙江省餘姚市文物保護管理所藏泛海碑刻朱砂拓本（圖一六）即本詩，詩後有「陽明 王守仁」落款。〔三〕詩録 存稿 陽明文録作「滯」。〔四〕書法全集著録王守仁詩札卷（圖一七）有草萍驛次林見素先生韻 玉山東嶽祠遇識舊嚴星士用韻 去秋還淛上越中諸門生皆來偶述 晚登袁州宜春臺四絕 玩易有述 險易詞二章六題十詩，詩前爲上方伯李先生鄉丈執事書文：「□亭一見，已慰傾渴；承有臨江之期，尚喜從容有地，乃爲津人滯僕於晚行，而王事邀公之速去，風雨倉卒，交舟而別，翻成連日悵快。知公政務之暇，亦復念之也。情緒叢然，厚意反不暇致謝。號令所及，舟行無沮，即日幸已抵萍鄉矣。多感多感！別時承教言，敢不佩服！但鷗梟野性，覺於煙水爲便耳。然已入樊籠，則亦無如之何。古人謂素位而行，守仁蓋畏罪而強焉者，平生僻意山水，不解窘戚，非有所養，蓋冥愚懶散，性使之然。此行雖去鄉萬里，山水之奇足以償夙好。又幸聖賢之遺經尚存，早晚玩索，得其一二，以克治其偏頗，涵泳其性情，外適内順，庶幾不媿其身心，雖未敢必其能，然而私心竊自希冀若此。執事且以守仁爲樂乎？否耶！承深念，輙間及之，不訝不訝。楊鄉丈先生承顧惠，不及奉書謝，相見望爲致情。途次小詩略寫數首呈教。陳公處亦寄一通，煩轉致之。灘舟作字潦草，言不盡意。鄉生王守仁頓首上，方伯李先生鄉丈執事」，詩後署有「二月初十日具稿，餘空」；其第一首即本詩，居夷集 詩録 存稿 陽明文録題作草萍驛次林見素韻奉寄。

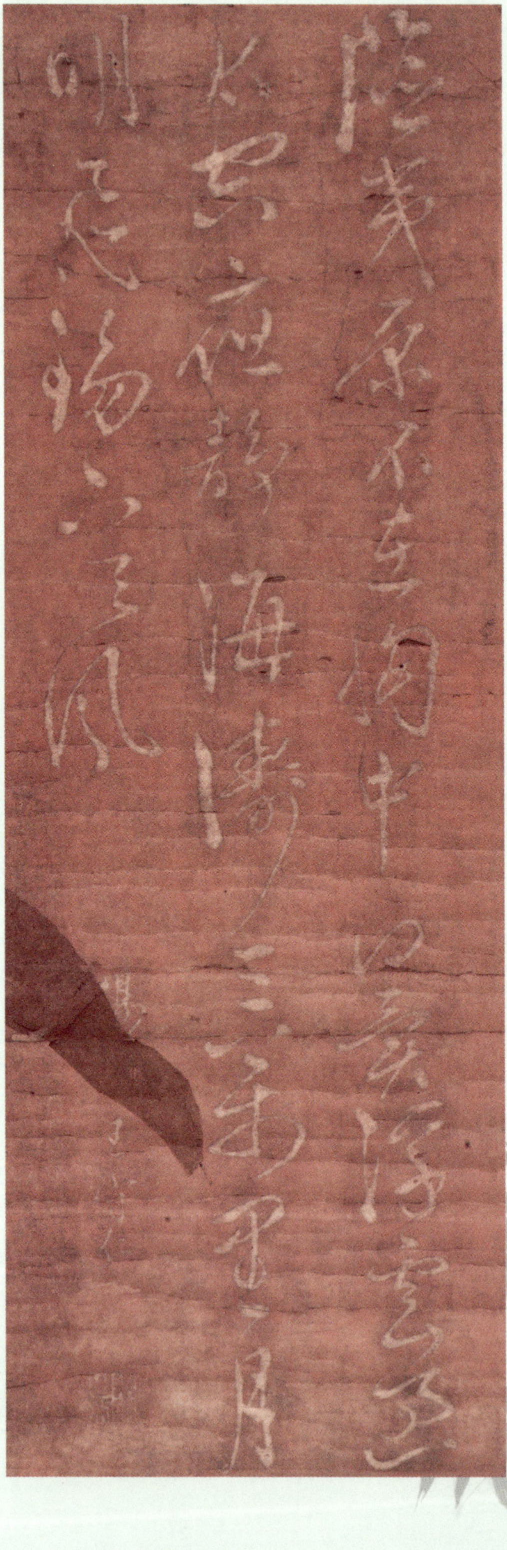

圖一六　泛海手跡（碑刻朱砂拓本）

山行風雪瘦能當，會喜江花照墅航。本與宦途成懶散，頗因詩景受閑忙。鄉心草色春同遠，客鬢松梢〔一〕晚更蒼。料得烟霞終有分，未須連夜夢溪堂。

玉山東嶽祠遇識舊嚴星士用韻〔二〕

憶昨東歸亭下路，數峰簫管隔秋雲去秋過祠下，土人方賽祭。〔三〕肩輿欲到妨多事，鼓枻重來曾〔四〕有云。春夜絕憐燈節近，溪聲寂好月中聞。行藏無用君平卜，請看沙邊鷗鷺羣。

廣信元夕蔣太守舟中夜話

樓臺燈火水西東，簫鼓星橋渡碧空。何處忽談塵世外？百年惟此月明中。客途孤寂渾常事，畏〔五〕地相求見古風。別後新詩如不惜，衡南今亦有飛鴻。

夜泊石亭寺用韻呈陳婁諸公因寄儲柴墟都憲及喬白巖太常諸友二首〔六〕

廿年不到石亭寺，惟有西山只舊青。白拂掛墻僧已去，紅闌照水客重經。沙村遠樹凝春望，江雨孤篷〔七〕入夜聽。何處故人還笑語？東風啼鳥夢初醒。

悵望沙頭成久坐，江洲春樹何青青！煙霞故國虛夢想，風雨客途真慣經。白璧屢投終自信，朱絃一絕好誰聽。扁舟心事滄浪舊，從與漁人笑獨醒。

過分宜望鈐岡廟

共傳峰頂樹，古廟有靈神。楚俗多尊鬼，巫言解惑人。望禋存舊典，捍禦及斯民。世事渾如此，題詩感慨新。

〔一〕詩録作「松稍」。〔二〕王守仁詩札卷（圖一七）有本詩，居夷集 詩録 存稿 陽明文録題作玉山東嶽廟遇舊識嚴星士。〔三〕居夷集 詩録 存稿 陽明文録無自註。〔四〕居夷集 詩録 存稿 陽明文録作「會」。〔五〕詩録 存稿脱一字，陽明文録作「遠」，編校者從居夷集訂改。〔六〕居夷集 詩録題作夜泊石亭寺呈陳婁諸公因寄儲柴墟都憲及喬太常諸友用韻。〔七〕存稿作「孤蓬」。

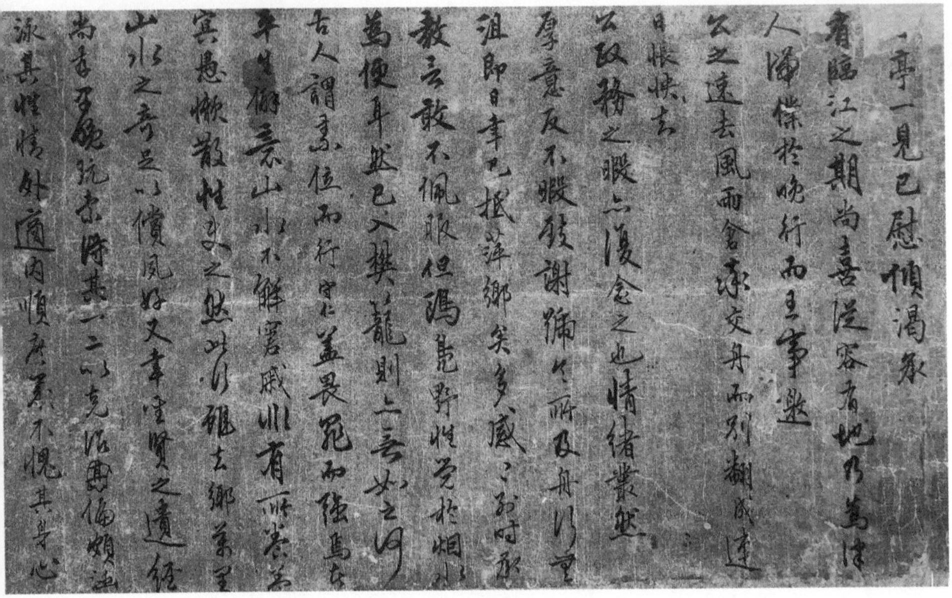

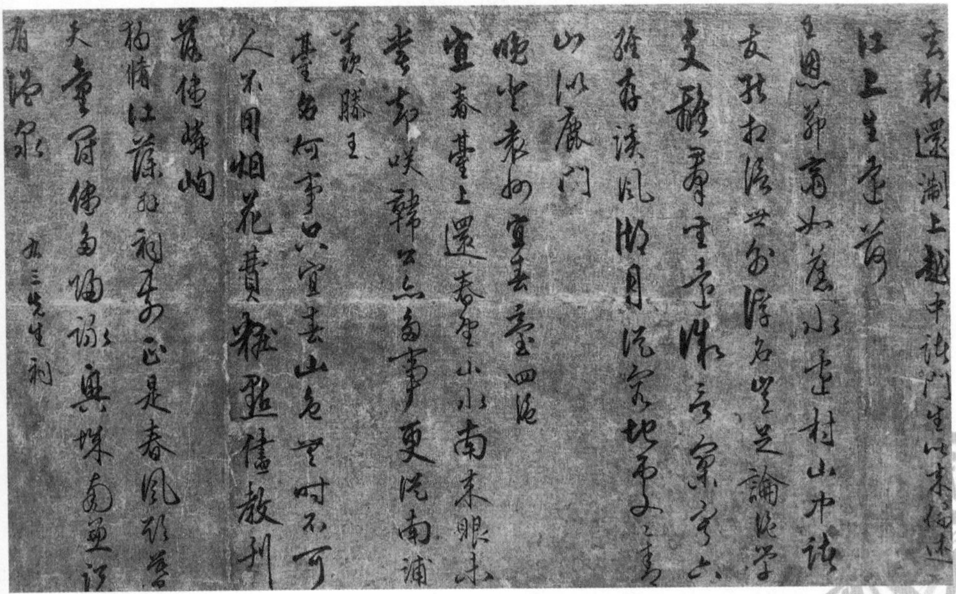

圖一七　草萍驛次林見素先生韻　玉山東嶽祠遇識舊嚴星士用韻　去秋還淛上越中諸門生皆來偶述　晚登袁州宜春臺四絕　玩易有述　險易詞二章手跡（墨跡絹本）

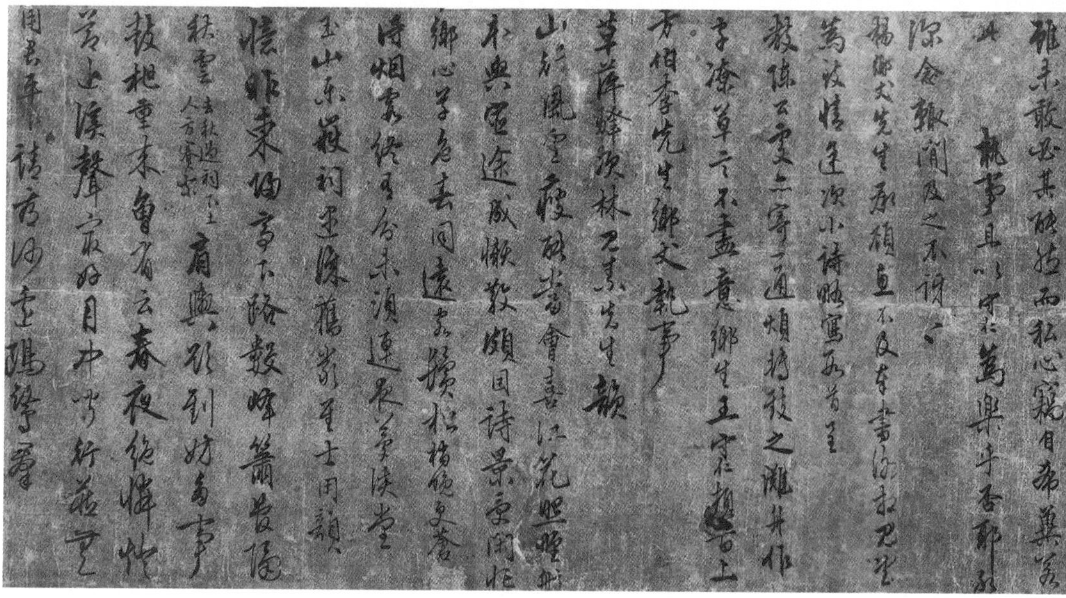

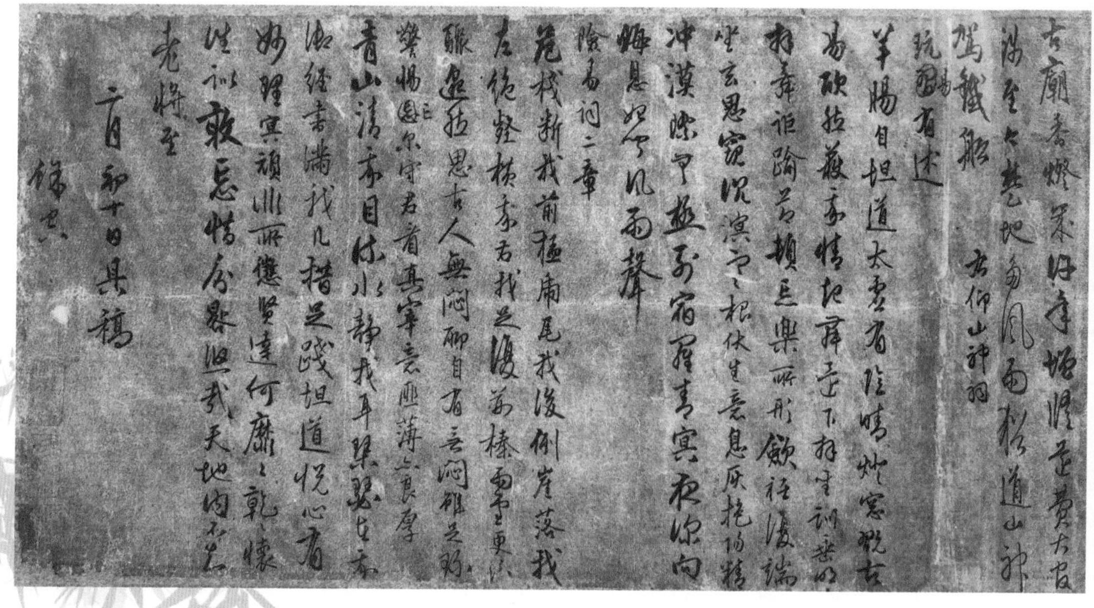

去秋還淛上越中諸門生皆來偶述〔一〕

江上生還荷王恩，茆齋如舊水邊村。山中諸友能相陪，世外浮名豈足論！絕學文離羣聖遠，微言寥寂六經存。溪風湖月從容地，處處青山似鹿門。

晚登袁州宜春臺四絕〔二〕

宜春臺上還春望，山水南來眼未嘗。却咲韓公亦多事，更從南浦羡滕王。
臺名何事只宜春？山色無時不可人。不用烟花費粧點，儘教刊落儘嶙峋。
獨修〔三〕江藻拜祠前，正是春風欲暮天。童冠儘多歸詠興，城南兼說有溫泉。右三先生祠〔四〕
古廟香燈幾許年？增修還費大官錢。至今楚地多風雨，猶道山神駕鐵船。右仰山神祠〔五〕

玩易有述〔六〕

羊腸自〔七〕坦道，太虛有〔八〕陰晴。燈窓翫古易，欣然獲我情。起舞還下〔九〕拜，聖訓垂明明。拜舞詎踰節？頓忘樂所形。斂衽復端坐，玄思窺沉溟。寒根伏〔一〇〕生意，息灰抱陽精。沖漠際無極，列宿羅青冥。夜深向晦息，始聞風雨聲。

險易詞二章〔一一〕

〔一〕居夷集　詩録　存稿　陽明文録　新刊續編　文録續編　郭刻本全書　謝刻本全書等無本詩，編校者據王守仁詩札卷（圖一七）增補；本詩詩稿手跡中序次居玉山東嶽祠遇識舊嚴星士用韻之後，在晚登袁州宜春臺四絕之前。〔二〕王守仁詩札卷（圖一七）有本題四首，居夷集　詩録　存稿　陽明文録題作袁州府宜春臺四絕，序次在玩雜詩三首之後，編校者據詩稿手跡調整。〔三〕居夷集作「特修」，詩録　存稿　陽明文録作「持修」。〔四〕存稿　陽明文録詩後無自註。〔五〕居夷集詩后自註：「右孚惠廟」；存稿　陽明文録詩後無自註。〔六〕王守仁詩札卷（圖一七）有本詩，手跡中先題作玩習有述，後改「玩習」爲「玩易」；居夷集　詩録　存稿　陽明文録本詩與險易詞二章合題作雜詩三首，爲其第三首，雜詩三首序次在晚登袁州府宜春臺四絕之前；編校者據詩稿手跡調整。〔七〕居夷集　詩録　存稿　陽明文録作「亦」。〔八〕居夷集　詩録　存稿　陽明文録作「何」。〔九〕居夷集　詩録　存稿　陽明文録作「固」。〔一〇〕居夷集　詩録　存稿　陽明文録作「再」。〔一一〕王守仁詩札卷（圖一七）有本題二詩；居夷集　詩録　存稿　陽明文録本題二詩與玩易有述合題作雜詩三首，爲其第一、第二首。

危棧断我前，猛乕尾我後。倒崖落我左，絕壑橫〔一〕我右。我足復荆榛，雨雪更紛驟。邈然思古人，無悶聊自有。無悶雖足珍，警惕亡〔二〕尔守。君看〔三〕真宰意，匪薄亦良厚。

其二

青山清我目，流水靜我耳。琴瑟在我御，經書滿我几。措足踐坦道，悅心有妙理。冥頑〔四〕非所懲，賢達何靡靡！乾乾懷往訓，敢忘惜分晷！悠哉天地内，不知老將至！

夜宿宣風舘

山石崎嶇古轍痕，沙溪馬渡水猶渾。夕陽歸鳥投深麓，煙火行人望遠村。天際浮雲生白髮，林間孤月坐黃昏。越南冀北俱千里，正恐春愁入夢魂〔五〕。

萍鄉道中謁濂溪祠〔六〕

木偶相沿恐未真，清輝亦復凜衣巾。簿書〔七〕曾屑乘田吏，俎豆猶存〔八〕畏壘民。碧水蒼山俱過化，光風霽月自傳神。千年私淑心喪後，下拜春祠薦渚蘋〔九〕。

宿萍鄉武雲觀

曉行山徑樹高低，雨後春泥沒馬蹄。翠色絕雲開遠嶂，寒聲隔竹隱晴溪。已聞南去艱舟楫，漫憶東歸沮杖藜。夜宿僊家見明月，清光還似鑑湖西。

醴陵道中風雨夜宿泗州寺次韻

風雨偏從險道當〔一〇〕，深泥沒馬陷車箱〔一一〕。虛傳鳥路通巴蜀，豈必羊腸在太行！遠渡漸看連暝色，

〔一〕居夷集 詩録 存稿 陽明文録作「臨」。〔二〕王守仁詩札卷（圖一七）詩稿手跡中，此字先作「忘」，後改爲「亡」；存稿 陽明文録作「忘」。〔三〕居夷集 詩録 存稿 陽明文録作「觀」。〔四〕居夷集 詩録 存稿 陽明文録作「頑冥」。〔五〕陽明文録作「夜魂」，編校者從詩録訂改。〔六〕居夷集題作謁濂溪祠，題下自註：「萍鄉道中」；餘姚板文録題作前謁濂溪祠。〔七〕居夷集 詩録作「薄書」。〔八〕餘姚板文録作「懷」。〔九〕餘姚板文録作「蓼蘋」。〔一〇〕詩録作「常」，陽明文録作「嘗」，編校者從居夷集訂改。〔一一〕詩録作「車葙」。

晚霞會喜見朝陽。水南昏黑投僧寺，還理羲編坐夜長。

長沙答周生

旅倦憩江觀，病齒廢談誦。之子特相求，禮殫意彌重。自言絕學餘，有志莫與共。手持一編書，披歷見肝衷。近希小范蹤，遠爲賈生慟。兵符及射藝，方技靡不綜。我方懲創後，見之色亦動。子誠仁者心，所言亦屢中。願子且求志，蘊蓄事涵泳。孔聖固遑遑，與點樂歸詠。回也王佐才，閉戶避隣鬨。知子信美才，大搆中梁棟。未當匠石求，滋植務培壅。媿子勤綣意，何以相規諷？養心在寡欲，操存舍即縱。嶽麓何森森！遺址自南宋。江山足遊息，賢跡尚堪踵。何當謝病來？士氣多沉勇！

吊屈平賦〔一〕

正德丙寅，守仁〔二〕以罪謫貴陽，取道沅湘，感屈原之事，爲文而吊之。其詞曰：

山黯慘兮江夜波，風颸颸兮木落森柯。汎中流兮焉泊？湛椒醑兮吊湘纍。雲冥冥兮月星蔽晦，冰崚嶒兮霰又下。纍之宮兮安在？悵無見兮愁予。高岸兮嶮崎，紛糾錯兮樛枝。下深淵兮不測〔三〕，穴湏洞兮蛟螭〔四〕。山岑兮無極，空谷谽谺兮逈寥寂。猿啾啾兮吟雨，熊羆嗥兮虎交跡。念纍之窮兮焉托處？四山無人兮駭狐鼠〔五〕。魑魅遊兮羣跳嘯，瞰出入兮爲纍姦宄〔六〕。嫉纍正直兮反詆爲殃，昵比上官兮子蘭爲臧。幽叢薄〔七〕兮疇侶，懷故都兮增傷。望九疑兮參差，就重華兮陳辭。沮積雪兮磵道絕，洞庭渺邈兮天路迷。要彭咸兮江潭，召申屠兮使驂。娥皷瑟兮馮夷舞，聊遨遊兮湘之浦。乘回波兮泊蘭渚，睠故都兮獨延佇。君不還兮郢爲墟〔八〕，心壹鬱兮欲誰語！郢爲墟〔九〕兮凾崤亦焚，讒鬼逋戮兮快不酬寃。歷千載兮耿忠悃，君可復兮排帝閽。望遁跡兮渭陽，箕羅囚兮其佯以狂。艱貞兮晦明，懷若人兮將予退藏。宗國淪兮摧腑肝，

〔一〕居夷集本篇著録於卷一，陽明文録本篇著録於外集卷一賦騷七首，題下註有「丙寅」，編校者從詩録移入。〔二〕存稿陽明文録以「某」自稱，編校者從居夷集訂改。〔三〕謝刻本全書作「惻」。〔四〕鄒序本文録作「蛟蠄」。〔五〕居夷集詩録作「孤鼠」。〔六〕居夷集作「姦究」。〔七〕居夷集作「叢簿」。〔八〕詩録作「虛」。〔九〕詩録作「虛」。

忠憤激兮中道難。勉低佪兮不忍，溘自沉兮心所安。雄之謏兮讒喙，衆狂穉兮謂纍揚己。爲魈爲魅兮，爲讒媵妾，纍視若鼠兮，佞顙有泚。纍忽舉兮雲中，龍旂〔一〕晻靄兮飀風。橫四海兮倏忽，駟玉虬兮上衝。降望兮大壑，山川蕭條兮濟寥廓。逝遠去兮無窮，懷故都兮蜷局。

亂曰：日西夕兮沉湘流，楚山嵯峨兮無冬秋。纍不見兮涕泗，世愈隘兮孰知我憂！

涉湘於邁嶽麓是遵仰止先哲因懷友生麗澤興感伐木寄言三首〔二〕

客行長沙道，山川鬱稠繆。西探指嶽麓，凌晨渡湘流。踰岡復陟巘，吊古還尋幽。林壑有餘采，昔賢〔三〕此藏修。我來寔仰止，匪伊事盤遊。衡雲開〔四〕曉望，洞野浮春洲。懷我二三友，伐木增離憂。何當此來聚？道誼日相求。

其二

林間憩白石，好風亦時來。春陽熙百物，欣然得予懷。緬思兩夫子，此地得徘徊。當年靡童冠，曠代登堂階。高情詎今昔，物色遺吾儕。顧謂二三子，取瑟爲我諧。我彈爾爲歌，爾舞我與偕。吾道有至樂〔五〕，富貴真浮埃！若時乘大化，勿媿點與回。

其三

陟岡採松栢，將以遺所思。勿採松栢枝，兩賢昔所依。緣峰踐臺石，將以望所期。勿踐臺上石，兩賢昔所躋。兩賢去邈矣，我友何相違？吾斯未能信，役役空爾疲。胡不此簪盍，麗澤相遨嬉？渴飲松下泉，飢飡石上芝。偃仰絕餘念，遷客難久稽。洞庭春浪闊，浮雲隔九疑。江洲滿芳草，目極令人悲。已矣從此

〔一〕存稿 陽明文録訛作「菥」，編校者據居夷集訂改。〔二〕陽明文録題作涉湘於邁嶽麓是遵仰止先哲因懷友生麗澤興感伐木寄言二首，本題第二、第三首作一首讀，編校者從居夷集訂改。趙寧纂修長沙府嶽麓志（凡八卷，卷首一卷，康熙二十六年丁卯刻本）卷六藝文 遊覽詩本題第一首題作登嶽麓，趙寧纂修長沙府嶽麓志（凡八卷，卷首一卷，康熙二十六年丁卯刻本）卷五藝文 書院詩本題第二、第三首二詩題作朱張祠書懷示同遊。〔三〕存稿 陽明文録訛作「普賢」，編校者據居夷集訂改。〔四〕陽明文録訛作「閒」，編校者據居夷集訂改。〔五〕詩録 存稿作「知樂」。

去，奚必茲山爲！戀繫乃從欲，安土惟隨時。晚聞冀有得，此外吾何知！

遊嶽麓書事

醴陵西來涉湘水，信宿江城沮風雨。不獨病齒畏風濕，泥潦侵途絶行旅。人言嶽麓最形勝，隔水溟濛隱雲霧。趙侯需晴邀我遊，故人徐陳各傳語。周生好事屢來速，森森雨脚何由住！曉來陰翳稍披拂，便携周生涉江去。戒令休遣府中知，徒爾勞人更妨務。橘洲僧寺浮中流〔一〕，鳴鐘出延立沙際。停橈一至答其情，三洲連綿亦佳處。行雲散漫浮日色，是時峰巒益開霽。亂流蕩槳濟倏忽，繫檝江邊老檀樹。岸行里許入麓口，周生道予勤指顧。柳蹊梅堤存彷彿，道林林壑獨如故。赤沙想像墟田〔二〕中，西嶼傾頽今冢墓。道鄉荒址留突兀，赫曦遠望石如鼓。殿堂釋萊〔三〕禮從宜，下拜朱張息遊地。鑿石開山面勢改，雙峰闢闕見江渚。聞是吳君所規畫，此舉良是反遭忌。九仞誰虧一簣功？嘆息遺基獨延佇！浮屠觀閣摩青霄，盤據〔四〕名區遍寰宇。其徒素爲儒所擯，以此方之反多媿。愛禮思存告朔羊，况此實作匪文具。人云趙侯意頗深，隱忍調停旋修舉。昨來風雨破棟脊，方遣圬人補殘敝。予聞此語心稍慰，野人蔬蕨亦羅置。欣然一酌才舉盃，津夫走報郡侯至。此行隱跡何由聞？遣騎候訪自吾寓。潛來鄙意正爲此，倉卒行庖益勞費。整冠出迓見兩蓋，乃知王君亦同御。肴羞層疊絲竹繁，避席興辭懇莫拒。多儀劣薄非所承，樂闋觴周日將暮。黄堂吏散君請先，病夫沾醉須少憩。入舟暝色漸微茫，却喜順流還易渡。嚴城燈火人已稀，小巷曲折忘歸路。僊宫酣倦成熟寐，曉聞簷聲復如注。昨遊偶遂寔天假，信知行樂皆有數。涉躐差償夙好心，尚有名山敢多慕！齒角虧盈分則然，行李雖淹吾不惡。

次韻答趙太守王推官〔五〕

詰朝事虔謁，玄居宿齋沐。積霖喜新霽，風日散清燠。蘭橈渡芳渚，半涉見水陸。溪山儼新宇，雷雨荒大麓。皇皇絃誦區，斯文昔炳郁。興廢尚屯疑，使我懷悱懊。近聞牧守賢，經營亟乘屋。方舟爲予來，

〔一〕詩録 存稿 陽明文録作「江流」，編校者從居夷集訂改。〔二〕存稿 陽明文録作「虚田」，編校者從居夷集訂改。〔三〕存稿 陽明文録作「釋菜」，編校者從居夷集訂改。〔四〕詩録作「盤攄」。〔五〕居夷集題作答趙太守王推官次來韻。

飛蓋遙肅肅。花絮媚晚筵，韶景正柔淑。浴沂諒同情，及兹授春服。令德倡高詞〔一〕，混珠媿魚目！努力崇修名，迂踈自巇谷。

天心湖沮泊〔二〕既濟書事

掛席下長沙，瞬息百餘里。舟人共揚眉，予獨憂其駛〔三〕。日暮入沅江，牴〔四〕石舟果圮。補敝詰朝發，衝風遂齟齬。暝泊後江湖，蕭條傍罾壘。月黑波濤驚，蛟鼉互睥睨。翌午〔五〕風益厲，狼狽收斷汜。天心數里間，三日但遙指。甚雨迅雷電，作勢殊未已。溟溟雲霧中，四望渺涯涘。篙槳不得施，丁夫盡嗟譩。淋漓念同胞，吾寧忍暴使！饘粥且傾橐，苦甘吾與爾。衆意在必濟，粮絕亦均死。憑陵向高浪，吾亦詎容止。虎怒安可攖？志同稍足倚。且令并岸行，試涉湖濱沚。收舵幸無事，風雨亦浸弛。逡巡緣沚湄，迤邐就風勢。新漲翼田塍，倏忽逝如矢。夜入武陽江，漁村穩堪艤。羅市謀晚炊，且爲衆人喜。江醪信漓濁，聊復盪胸滓。濟險在需時，徼倖豈常理！爾輩勿輕生，偶然非可恃！

以上見陽明文録外集卷一赴謫詩五十五首，有增補。

澹然子四號〔六〕

澹然子四易其號：其始曰凝秀，次曰完齋，又次曰友葵，最後爲澹然子。陽明子南遷，遇於瀟湘之上，而語之故，且屬詩焉，詩而敘之。其言曰：「人，天地之心，而五行之秀也。凝則形而生，散則遊而變。道之不凝，雖生猶變；反身而誠，而道凝矣，故首之以凝秀。道凝於己，是爲率性；率性而人道全，斯之謂完，故次之完齋。齋完者，盡己之性也。盡己之性，而後能盡人之性，盡萬物之性，至於草木，至矣。葵，草木之微者也，故次之以友葵。友葵，同於物也，內盡於己，

〔一〕詩録存稿陽明文録作「高祠」，編校者從居夷集訂改。〔二〕陽明文録作「阻泊」，編校者從居夷集訂改。〔三〕存稿陽明文録作「駃」，編校者從居夷集訂改。〔四〕郭刻本全書作「抵」。〔五〕謝刻本全書訛作「翼午」。〔六〕新刊續編本篇序詩分別著録：卷一文類著録澹然子序，卷二詩類著録澹然子四號，題目從新刊續編。

而外同乎物，則一矣。一則脗然而天遊，混然而神化，同歸而殊途，一致而百慮，天下何思何慮矣，故次之以澹然子終焉。」或曰：「陽明子之言倫矣，而非澹然子之意也。澹然之意玄矣，而非陽明子之言也。」陽明子聞之，曰：「其然，豈其然乎！」書之以質於澹然子。澹然子，世所謂滇南趙先生者也。詩曰：

兩端妙闔闢，五運無留停。藐然覆載内，真精諒斯凝。雞犬一馳放，散失隨飄零。惺惺日收斂，致曲乃明誠。

明誠爲無忝〔一〕，無忝〔二〕斯全歸。深淵春冰薄，千鈞一絲微。膚髮尚如此，天命焉可違！參乎吾與爾，免矣幸無虧。

人物各有禀，理同氣乃殊。曰殊非有二，一本分澄淤。志氣塞天地，萬物皆吾軀。炯炯傾陽性，葵也吾友于。

孰葵孰爲予？友之尚爲二。大化豈容心！繫我亦何意？悠哉澹然子，乗化自來去。澹然匪冥然，勿忘還勿助。

以上録自文録續編卷四澹然子序。

〔一〕謝刻本全書作「無忝」。〔二〕謝刻本全書作「無忝」。

陽明先生詩歌集正編卷二

居夷詩 正德三年戊辰春入謫地貴州至正德五年庚午初陞盧陵知縣離黔間所作，陽明先生三十七歲至三十九歲。

去婦嘆五首

楚人有間於新娶而去其婦者，其婦無所歸，去之山間獨居，懷綣不忘，終無他適。予聞其事而悲之，爲作去婦嘆。

委身奉箕箒，中道成棄捐。蒼蠅間白璧，君心亦何愆！獨嗟貧家女，素質難爲妍。命薄〔一〕良自喟，敢忘君子賢！春華不再艷，頹魄無重圓。新歡莫終恃，令儀慎周還。

其二

依違出門去，欲行復遲遲。隣嫗盡出別，強語含辛悲。陋質容有繆，放逐理則宜。姑老籍相慰，缺乏多所資。妾行長已矣，會面當無時。

其三

妾命如草芥，君身比琅玕。柰何以妾故，廢食懷憤冤？無爲傷姑意，燕爾且爲歡。中厨存宿旨，爲姑備朝飱。畜育意千緒，倉卒〔二〕徒悲酸。伊邇望門屏，盍從新人言？夫意已如此，妾還當誰顔！

其四

去矣勿復道，已去還躊躕。鷄鳴尚聞響，犬戀猶相隨。感此摧肝肺，淚下不可揮。岡回行漸遠，日落羣鳥飛。羣鳥各有托，孤妾去何之！

其五

空谷多凄風，樹木何蕭森！浣衣澗冰合，採苓山雪深。離居寄巗穴，憂思托鳴琴。朝彈別鶴操，暮彈孤鴻吟。彈苦思彌切，巑岏隔雲岑。君聰甚明哲，何因聞此音？

〔一〕居夷集詩録作「命簿」。〔二〕陽明文録作「倉卒」，編校者從居夷集訂改。

羅舊驛

客行日日萬峰頭，山水南來亦勝遊。布谷〔一〕鳥啼村雨暗，刺桐花暝石溪幽。蠻煙喜過青楊瘴，鄉思愁經芳杜洲。身在夜郎家萬里，五雲天北是神州。

沅水驛

辰陽南望接沅州，碧樹林中古驛樓。遠客日憐風土異，空山惟見瘴雲浮。耶溪有信從誰問？楚水無情只自流。却幸此身如野鶴，人間隨地可淹留。

鐘鼓洞

見說水南多異跡，巘頭時有鼓鐘聲。空遺石壁千年在，未信金砂九轉成。遠地星辰瞻北極，春山明月坐更深。年來夷險還忘却，始信羊腸路亦平。

平溪館次王文濟韻

山城寥落閉黃昏，燈火人家隔水村。清世獨便吾職易，窮途還賴此心存。蠻煙瘴霧承相待〔二〕，翠壁丹崖好共論。畎畝投閑終有日，小臣何以答君恩！

清平衛即事

積雨山途喜乍晴，煖雲浮動水花明。故園日與青春遠，敝縕凉思白苧輕。煙際卉衣窺絕棧（時土苗方仇殺。）峰頭戍角隱孤城。華夷節制嚴冠履，漫說殊方列省卿。

興隆衛書壁

山城高下見樓臺，野戍參差暮角催。貴竹路從峰頂入，夜郎人自日邊來。鶯花夾道驚春老，雉堞〔三〕連雲向晚開。尺素屢題還屢擲，衡南那有鴈飛回！

〔一〕謝刻本全書訛作「市谷」。〔二〕存稿、陽明文録作「相往」，編校者從居夷集訂改。〔三〕詩録、存稿、陽明文録作「雉蝶」，編校者從居夷集訂改。

七盤

鳥道縈紆下七盤，古藤蒼木峽聲寒。境多奇絶非吾土，時可淹留是謫官。猶記邊烽傳羽檄，近聞苗俗化衣冠。投簪實有居夷志，垂白難承菽水歡。

初至龍塲無所止結草菴居之

草菴不及肩，旅倦體方適。開棘自成籬，土階漫無級。迎風亦蕭踈，漏雨易補緝。靈籟〔一〕響〔二〕朝湍，深林凝暮色。羣獠環聚訊，語龐意頗質。鹿豕且同遊，兹類猶人屬。匏〔三〕樽映瓦豆，盡醉不知夕。緬懷黄唐化，略稱茆茨跡。

始得東洞遂改爲陽明小洞天〔四〕

羣峭會龍塲，戟雉四環集。邇覯有遺觀，遠覽頗未給。尋溪涉深林，陟巘下層隰。東峰叢石秀，獨往凌日夕。崖穹洞蘿偃，苔骨徑路澀。月照石門開，風飄客衣入。仰窺嵌竇玄，俯聆暗泉急。愜意戀清夜，會景忘旅邑。熠熠巖鶻翻，凄凄草蟲泣。點詠懷沂朋，孔嘆阻陳楫。躊躇且歸休，毋使霜露及！

移居陽明小洞天三首〔五〕

古洞閟荒僻，虚設疑相待。披萊歷風磴，移居快幽塏。營炊就巖竇，放榻依石壘。穹室旋薰塞，夷坎仍掃灑〔六〕。卷帙漫堆列，樽壺動光綵。夷居信何陋，恬淡意方在。豈不桑梓懷，素位聊無悔！

其二

童僕自相語，洞居頗不惡。人力免結構〔七〕，天巧謝雕鑿。清泉傍厨落，翠霧還成幕。我輩日嬉偃，主人自愉樂。雖無棨戟榮，且遠塵囂聒。但恐霜雪凝，雲深衣絮薄。

〔一〕存稿 陽明文録作「靈瀨」，編校者從居夷集訂改。〔二〕存稿 陽明文録訛作「嚮」，編校者據居夷集訂改。〔三〕陽明文録脱一字，郯序本文録作「污」，編校者據居夷集訂補。〔四〕詩録 存稿 陽明文録等本題下均誤録移居陽明小洞天三首，本題無本詩；編校者據居夷集增補。〔五〕詩録題作始得東洞遂改爲陽明小洞天二首，本題第二、第三首作一首讀；陽明文録題作始得東洞遂改爲陽明小洞天三首；存稿題作始得東洞遂改爲陽明小洞天；編校者據居夷集訂改。〔六〕存稿 陽明文録作「灑掃」，編校者從居夷集訂改。〔七〕詩録 存稿 陽明文録作「結搆」，編校者從居夷集訂改。

其三

我聞筦爾笑，周慮媿爾言。上古處巢窟，掊飲〔一〕皆汙樽。沍極陽内伏，石穴多冬暄。豹隱文始澤，龍蟄身乃存。豈無數尺榱？輕裘吾不温。邈矣簞瓢子，此心期與論。

謫居糧絶請學於農將田南山永言寄懷

謫居屢在陳，從者有愠見。山荒聊可田，錢鎛還易辦。夷俗多火耕，倣習亦頗便。及兹春未深，數畝猶足佃。豈徒實口腹？且以理荒宴。遺穗及鳥雀，貧寡發餘羨。出耒〔二〕在明晨，山寒易霜霰。

觀稼

下田既宜稌，高田亦宜稷。種蔬湏土疏，種蕷湏土濕。寒多不實秀，暑多有螟螣。去草不厭頻〔三〕，耘禾不厭密。物理既可玩，化機還默識。即是參贊功，毋爲輕稼穡！

採蕨

採蕨西山下，扳援陟崔嵬。遊子望鄉國，淚下心如摧。浮雲塞長空，頹陽不可回。南歸斷舟楫，北望多風埃。已矣供子職，勿更貽親哀！

猗猗

猗猗澗邊竹，青青巖畔松。直幹歷冰雪，密葉留清風。自期永相托，雲壑無違蹤。如何兩分植？憔悴嘆西東。人事多翻覆，有如道上蓬。惟應歲寒意，隨處還當同。

南溟

南溟有瑞鳥，東海有靈禽。飛遊集上苑，結侶珎樹林。願言飾羽儀，共舞簫韶音。風雲忽中變，一失難相尋。瑞鳥既遭縻，靈禽投荒岑。天衢雨雪積，江漢虞羅侵。哀哀鳴索侶，病翼飛未任。羣鳥亦千百，誰當會其心！南嶽有竹實，丹溜青松陰。何時共棲息？永托雲泉深。

〔一〕詩録 存稿 陽明文録作「抔飲」，編校者從居夷集訂改。〔二〕詩録作「出来」，存稿作「出來」。〔三〕存稿作「貧」。

溪水

溪石何落落！溪水何泠泠〔一〕！坐石弄溪水，欣然濯我纓。溪水清見底，照我白髮生。年華若流水，一去無回停。悠悠百年内，吾道終何成！

龍岡新構〔二〕二首

諸夷以予穴居頗陰濕，請構小廬，欣然趨事，不月而成。諸生聞之，亦皆來集，請名「龍岡書院」，其軒曰「何陋」。

謫居聊假息，荒穢亦須治。鑿巘薙林條，小構自成趣。開窗入遠峰，架扉出深樹。墟寨俯逶迤，竹木互蒙翳。畦蔬稍溉鋤，花藥頗襍蒔。宴適豈專予！來者得同憩。輪奐匪致美，毋令易傾敝。

其二

營茆乘田隙，洽旬始苟完。初心待風雨，落成還美觀。鋤荒既開徑，拓樊亦理園。低簷避松偃，踈土行竹根。勿翦墻下棘，束列因可籓〔三〕。莫擷林間蘿，蒙籠覆雲軒。素缺農圃學，因兹得深論。毋爲輕鄙事，吾道固斯存。

諸生來

蕳滯動罹〔四〕咎，廢幽得幸免。夷居雖異俗，野朴意所眷。思親獨疚心，疾憂庸自遣。門生頗羣集，樽斝亦時展。講習性所樂，記問復懷靦。林行或沿澗，洞遊還陟巘。月榭坐鳴琴，雲窗臥披卷。澹泊生道真，曠達匪荒宴。豈必鹿門棲？自得乃高踐。

西園

方園不盈畝，蔬卉頗成列。分溪免甕灌，補籬防豕蹢。蕪草稍焚薙，清雨夜來歇。濯濯新葉敷，熒熒夏花〔五〕發。放鋤息重陰，舊書漫披閲。倦枕竹下石，醒望松間月。起來步閑謡，晚酌簷下設。盡醉即

〔一〕居夷集、詩録作「冷冷」。〔二〕存稿、陽明文録作「搆」，編校者從居夷集訂改。〔三〕詩録、存稿、陽明文録作「藩」，編校者從居夷集訂改。〔四〕詩録作「不」。〔五〕存稿、陽明文録作「夜花」，編校者從居夷集訂改。

草鋪，忘與隣翁别。

水濱洞

送遠憩岨谷，濯纓俯清流。沿溪涉危石，曲洞藏〔一〕深幽。花静馥常閟，溜暗光亦浮。平生泉石好，所遇成淹留。好鳥忽雙下，儵魚亦羣遊。坐久塵慮息，澹然與道謀。

山石

山石猶有理，山木猶有枝。人生非木石，别久寧無思！愁來步前庭，仰視行雲馳。行雲隨長風，飄飄去何之？行雲有時定，遊子無還期。高梁始歸燕，題鴂〔二〕已先悲。有生豈不苦？逝者長若斯。已矣復何事？商山行采芝。

無寐二首

煙燈曖無寐，憂思坐長往。寒風振喬林，葉落聞窓響。起窺庭月光，山空遊罔象。懷人阻積雪，崖冰幾千丈。

其二

窮崖多雜樹，上與青冥連。穿雲下飛瀑，誰能識其源！但聞清猿嘯，時見皓鶴翻。中有避世士，冥寂棲其巔。緊予亦同調，路絶難攀緣。

諸生夜坐

謫居澹虚寂，眇然懷同遊。日入山氣夕，孤亭俯平疇。草際見數騎，取徑如相求。漸近識顔面，隔樹停鳴騶。投轡鴈鶩進，携榼各有羞。分席夜堂坐，絳蠟清樽浮。鳴琴復散帙，壺矢交觥籌。夜弄溪上月，曉陟林間丘。村翁或招飲，洞客偕探幽。講習有真樂，談笑無俗流。緬懷風沂興，千載相爲謀。

艾草次胡少參韻

〔一〕詩録作「中」。〔二〕存稿作「鴂」，陽明文録作「鴂」，編校者從居夷集訂改。

艾草莫艾蘭，蘭有芬芳姿。况生幽谷底，不礙君稻畦。艾之亦何益？徒令香氣衰。荆棘生滿道，出刺傷人肌。持刀忌觸手，睨視不敢揮。艾草湏艾棘，勿爲棘所欺！

鳳雛次韻答胡少參

鳳雛生高崖，風雨摧其翼。養痾深林中，百鳥驚辟易。虞人視爲妖，舉網爭彈弋。此本王者瑞，惜哉誰能識！吾方哀其窮，胡忍復相亟！鴟梟據叢林，驅鳥恣搏食〔一〕。嗟爾獨何心？梟鳳如白黑。

鸚鵡和胡韻

鸚鵡生隴西，羣飛恣鳴遊。何意虞羅及？充〔二〕貢來中州。金絲縻華屋，雲泉謝林丘。能言實階祸〔三〕，吞聲亦何求！主人有隱衷，竊發聞其謀。感君惠養德，一語思所酬。懼君不見察，殺身反爲尤。

諸生

人生多離别，佳會難再遇。如何百里來，三宿便辭去？有琴不肯彈，有酒不肯御。遠陟見深情，寧予有弗顧！洞雲還自棲，溪月誰同步！不念南寺時，寒江雪將暮？不記西園日，桃花夾川路？相去倐幾月，秋風落高樹。富貴猶塵沙，浮名亦飛絮！嗟我二三子，吾道有真趣。胡不携書來？茆堂好同住！

遊來僊洞早發道中

霜風清木葉，秋意生蕭踈。衡星策曉騎，幽事將有徂。股蟲亂飛擲，道狹草露濡。傾暑特晨發，征夫已先途。淅米石間溜，炊火巘中廬。煙峰上初日，林鳥相嚶呼。意欣物情適，戰勝癯色腴。行樂信宇宙，富貴非吾圖！

别友

幽尋意方結，柰此世累牽。凌晨驅馬别，持盃且爲傳。相求苦非遠，山路多風煙。所貴明哲士，秉道非苟全。去矣崇令德，吾亦行歸田。

〔一〕謝刻本全書作「搏食」。〔二〕居夷集作「克」。〔三〕存稿、陽明文録作「禂」，編校者從居夷集訂改。

贈黃太守澍

歲宴鄉思切，客久親舊疎。卧痾閉空院，忽來故人車。入門辨〔一〕眉宇，喜定還驚吁。遠行亦安適，符竹膺新除。荒郡號難理，況茲征索餘！君才素通敏，窘劇宜有紓。蠻鄉雖瘴毒，逐客猶安居。經濟非復事，時還理殘書。山泉足遊憩，鹿麋能友于〔二〕。澹然穹壤内，容膝皆吾廬。惟縈垂白念，旦夕懷歸圖。君行勉三事，吾計終五湖。

寄友用韻

懷人坐沉夜，帷燈曖幽光。耿耿積煩緒，忽忽如有忘。玄景逝不處，朱炎化微凉。相彼谷中葛，重陰殞衰黃。感此遊客子，經年未還鄉。伊人不在目，絲竹徒滿堂。天深鴈書杳，夢短關塞長。情好矢無斁，願言覯終償。惠我金石編，徽音激宮商。馳輝不可即，式爾增予傷！馨香襲肝膂，聊用中心藏。

秋夜

樹暝棲翼喧，螢飛夜堂靜。遙穹出晴月，低簷入峰影。杳然坐幽獨，怵爾抱深警。年徂道無聞，心違跡未屏。蕭瑟中林秋，露凝〔三〕松桂冷。山泉豈無適？離人懷故境。安得駕雲鴻，高飛越南景。

採薪二首

朝採山上荊，暮採谷中栗。深谷多凄風，霜露霑衣濕。採薪勿辭辛，昨來斷薪拾。晚歸陰壑底，抱甕還自汲。薪水良獨劳，不媿食吾力。

其二

倚擔青崖際，歷斧崖下石。持斧起環顧，長松百餘尺。徘徊不忍揮，俯略澗邊棘。同行笑吾餒，爾斧安用歷！快意豈不能？物材各有適。可以相天子，衆穉詎足識！

龍岡漫興五首

〔一〕詩録 存稿 陽明文録作「辯」，編校者從居夷集訂改。〔二〕存稿 陽明文録作「友予」，編校者從居夷集訂改。〔三〕存稿 陽明文録作「雲凝」，編校者從居夷集訂改。

投荒萬里入炎州，却喜官卑得自由。心在夷居何有陋？身雖吏隱未忘憂。春山卉服時相問，雪寨藍輿每獨遊。擬把犁鋤從許子，謾將絃誦比〔一〕言游。

旅況蕭條寄草堂，虛簷落日自生涼。芳春〔二〕已共煙花盡，孟夏俄驚草木長。絕壁千尋凌杳靄，深崖六月宿冰霜。人間不有宣尼叟，誰信申棖未是〔三〕剛！

路僻官卑病益閑，空林惟聽鳥間關。地無醫藥憑書卷，身處蠻夷亦故山。用世謾懷伊尹耻，思家獨切老萊斑。夢魂兼喜無餘事，只在耶溪舜水灣。

卧龍一去亡〔四〕消息，千古龍岡漫有名。草屋何人方管樂？桑間無耳聽咸英。江沙漠漠遺雲鳥，草木蕭蕭動甲兵。好共鹿門龐處士，相期採藥入青冥。

歸與吾道在滄浪，顏氏何曾擊柝忙！枉尺已非賢者事，斲輪徒有古人方。白雲晚憶歸巖洞，蒼蘚春應遍石牀。寄語峰頭雙白鶴，野夫終不久龍場。

答毛拙菴見招書院〔五〕

野夫病卧成疎懶，書卷長抛舊學荒。豈有威儀堪法象！實慚文檄過稱揚。移居正擬投醫肆，虛席仍煩避講堂。範我定應無所獲，空令多士笑王良。

老檜

老檜斜生古驛傍，客來繫馬解衣裳。托根非所還憐汝，直幹不撓終異常。風雪凛然存節槩，刮摩聊爾見文章。何當移植山林下？偃蹇從渠拂漢蒼。

却巫

卧病空山無藥石，相傳土俗事神巫。吾行久矣將焉禱？衆議紛然反見迂。積習片言容未解，輿情三月或應乎。也知伯有能爲厲，自笑孫僑非大夫〔六〕。

〔一〕鄒序本文録訛作「止」。〔二〕鄒序本文録作「芳草」。〔三〕餘姚板文録作「未肯」。〔四〕存稿、陽明文録作「忘」，編校者從居夷集訂改。〔五〕餘姚板文録題作答毛拙菴。〔六〕陽明文録作「丈夫」，編校者從居夷集訂改。

過天生橋

水光如練落長松，雲际天橋隱白虹。遼鶴不來華表爛，僊人一去石樓〔一〕空。徒聞鵲駕横秋夕，漫說秦鞭到海東。移放長江還濟險，可憐虚却萬山中。

南霽雲祠

死矣中丞莫漫疑，孤城援絶久知危。賀蘭未滅空遺恨，南八如生定有爲。風雨長廊嘶鐵馬，松杉陰霧捲靈旗。英魂千載知何處？歲歲邊人賽旅祠。

春晴

林下春晴風漸和，高巘殘雪已無多。遊絲冉冉花枝静，青壁〔二〕迢迢白鳥過。忽向山中懷舊侶，幾從洞口夢煙蘿。客衣塵土終湏換，好與湖邊長芰荷。

陸廣曉發〔三〕

初日曈曈似晚霞〔四〕，雨痕新霽渡頭沙。溪深幾曲雲藏峽，樹老千年雪作花。白鳥去〔五〕邊迴驛路，青崖缺處〔六〕見人家。遍行奇勝才〔七〕經此，江上無勞羡九華。

雪夜

天涯久客歲侵尋，茆屋新開楓樹林。漸慣省言因病齒，屢經多難〔八〕解安心。猶憐未繫蒼生望，且得閒爲白石吟。乘興最堪風雪夜，小舟何日返山陰？

元夕二首

故園今夕是元宵，獨向蠻村坐寂寥。賴有遺經堪作伴，喜無車馬過相邀。春還草閣梅先動，月滿虚庭雪未消。堂上花燈諸弟集，重闈應念一身遥。

〔一〕陽明文録作「石橋」，編校者從居夷集訂改。〔二〕存稿、陽明文録作「青壁」，編校者從居夷集訂改。〔三〕餘姚板文録題作冬日山行。〔四〕陽明文録作「曉霞」，編校者從居夷集訂改。〔五〕餘姚板文録作「在」。〔六〕餘姚板文録作「絶處」。〔七〕餘姚板文録作「方」。〔八〕存稿脱一字。

去年今日卧燕臺，銅鼓中宵隱地雷。月傍苑樓燈綵淡，風傳閣道馬蹄迴。炎荒萬里頻回首，羌笛三更漫自哀。尚憶先朝多樂事，孝皇曾爲兩宫開。

家僮作紙燈

寥落荒村燈事賒，蠻奴試巧翦春紗。花枝綽約〔一〕含輕霧，月色玲瓏映〔二〕綺霞。取辦不徒酬令節，賞心兼是惜年華。何如京國王侯第？一盞中人産十家！

白雲堂

白雲僧舍市橋東，别院迴廊小徑通。歲古簷松存獨榦，春還庭竹發新叢。晴窗曉映〔三〕羣峰雪，清梵長飄高閣風。遷客從來甘寂寞，青鞋時過月明中。

來僊洞

古洞春寒客到稀，緑苔荒徑草霏霏。書懸絶壁留僧偈，花發層蘿繡佛衣。壺榼遠從童冠集，杖藜隨處宦情微。石門遥鎖陽明鶴，應笑山人久未〔四〕歸。

木閣道中雪

瘦馬支離緣絶壁，連峰杳窕入層雲。山村樹暝驚鴉陣，澗道雪深〔五〕逢鹿羣。凍合衡茆炊火斷，望迷孤戍暮笳聞。正思講席諸賢在，絳蠟清醅坐夜分。

元夕雪用蘇韻二首

林間暮雪定歸鴉，山外鈴聲報使車。玉盞春光傳栢葉，夜堂銀燭亂簷花。蕭條音信愁邊鴈，迢遞關河夢裏家。何日扁舟還舊隱？一簑江上把魚叉。

寒威入夜益廉纖，酒甕爐牀亦戒嚴。久客漸憐衣有結，蠻居長嘆食無鹽。飢豺正爾羣當路，凍雀從

〔一〕居夷集、詩録、存稿作「淖約」。〔二〕餘姚板文録作「隱」。〔三〕詩録、存稿、陽明文録作「暗映」，編校者從居夷集訂改。
〔四〕陽明文録作「不」，編校者從居夷集訂改。〔五〕鄒序本文録作「雲深」。

渠自宿簷。陰極陽回知不遠，蘭芽行見發春尖。

曉霽用前韻書懷二首

雙闕鐘聲起萬鴉，禁城月色〔一〕滿朝車。竟誰詩詠東曹檜？正憶梅開西寺花。此日天涯傷逐客，何年江上却還家？曾無一字堪驅使，漫有虛名擬八叉。

澗草巇花欲鬬纖，溪風林雪故爭嚴。連岐盡説還宜麥，煮海何曾見作鹽？路斷暫憐無過客，病餘兼喜曝晴簷。謫居亦自多清絶，門外羣峰玉筍尖。

次韻陸僉憲元日喜晴

城裏夕陽城外雪，相將十里異陰晴。也知造物曾何意？底是人心苦未平！栢府樓臺銜倒景，茆茨松竹瀉寒聲。布衾莫漫愁僵卧，積素還多達曙明。

元夕木閣山火

荒村燈夕偶逢晴，野燒峰頭處處明。內苑但知鰲作嶺，九門空説火爲城。天應爲我開奇觀，地有茲山不世情。却恐炎威被松栢，休教玉石遂同頳！

夜宿汪氏園

小閣藏身一斗方，夜深虛白自生光。梁間来下徐生榻，座上慚無荀令香。驛樹雨聲翻屋瓦，龍池月色浸書牀。他年貴竹傳遺事，應説陽明舊草堂。

春行

冬盡西歸滿山雪，春初復來花滿山。白鷗亂浴清溪上，黃鳥雙飛緑樹間。物色變遷隨轉眼，人生豈得長朱顏！好將吾道從吾黨，歸把漁竿東海湾。

村南

〔一〕鄒序本文録作「春色」。

花事紛紛春欲酣，杖藜〔一〕隨步過村南。田翁開野教新犢，溪女分流浴種蠶。稺犬吠人依客槿，閑鳧照影立晴潭。偶逢江客傳鄉信，歸卧楓堂夢石龕。

山途二首

上山見日下山陰，陰欲開時日欲沉。晚景無多傷遠道，朝陽莫更沮雲岑。人歸暝市分漁火，客舍空林依暮禽。世事驗來還自領，古人先已得吾心。

南北驅馳任板輿，謫鄉何地是安居？家家細雨殘燈後，處處荒原野燒餘。江樹欲迷遊子望，朔雲長斷故人書。茂陵多病終蕭散，何事相如賦子虛？

白雲

白雲冉冉出晴峰，客路無心處處逢。已逐肩輿度青壁，還隨孤鶴下蒼松。此身媿爾長多繫，他日從龍湧托蹤。斷鶩殘鴉飛欲盡，故山回首意重重。

答劉美之見寄次韻

休疑遷客跡全貧，猶有沙鷗日見親。勳業久〔二〕辭滄海夢，煙花多負故園春。百年長恐終無補，萬死〔三〕寧期尚得身！念我不勞傷鬢雪，知君亦欲拂衣塵。

寄徐掌教

徐穉今安在？空梁榻久懸。北門傾蓋日，東魯校文年。歲月成超忽，風雲易變遷。新詩勞寄我，不媿鳥鳴篇。

書庭蕉

簷前蕉葉綠成林，長夏全無暑氣侵。但得雨聲連夜靜，不妨月色半牀陰。新詩舊葉題將滿，老芰踈梧根〔四〕

〔一〕居夷集作「杖藜」，詩録作「杖藜」。〔二〕謝刻本全書作「已」。〔三〕存稿脫一字，陽明文録作「里」，編校者從居夷集訂改。〔四〕居夷集 詩録 存稿 陽明文録作「恨」，編校者從謝刻本全書訂改。

共深。莫笑鄭人談訟鹿，至今醒夢兩難尋。

送張憲長左遷鎮南大參次韻

世味知公最飽諳，百年清德亦何慚！栢臺藩省官非左，江漢滇池道益南。絕域煙花憐我遠，今霄〔一〕風月好誰談！交遊若問居夷事，爲說山泉頗自堪。

南菴次韻二首

隔水樵漁亦幾家？緣岡石路入溪斜。松林晚映千峰雨，楓葉秋連萬樹霞。漸覺形骸逃物外，未妨遊樂在天涯。頻來不用勞僧榻，已借〔二〕汀鷗一席沙。

斜日江波動客衣，水南深竹見巘扉。漁人收網舟初集，野老忘機坐未歸。漸覺雲間棲翼亂，愁看天北暮雲飛。年年歲晚長爲客，閒殺西湖舊釣磯！

觀傀儡次韻〔三〕

處處相逢是戲塲，何須傀儡夜登堂！繁華過眼三更促，名利牽人一綫長。稺子自應爭詫說，倭〔四〕人亦復浪悲傷。本來面目還誰識？且向樽前學楚狂。

徐都憲同遊南菴次韻

巘寺藏春長不夏，江花映日艷於桃。山陰入户川光暮，林影浮空暑氣高。樹老豈能知歲月！溪清真可鑑秋毫。但逢佳景須行樂，莫遣風霜着鬢毛。

即席次王文濟少參韻二首

搖落休教感客途，南來秋興未全孤。肝腸已自成金石，齒髮從渠變柳蒲。傾倒酒懷金谷罰，逼真詞格輞川圖。謫鄉莫道貧消骨，猶有新詩了舊逋。

〔一〕鄒序本文録作「今宵」。〔二〕詩録存稿陽明文録作「僣」，編校者從居夷集訂改。〔三〕居夷集詩録題作觀傀儡用韻。〔四〕餘姚板文録鄒序本文録作「矮」。

此身未擬泣窮途，隨處翻飛野鶴孤。霜冷幾枝存晚菊，溪春兩度見新蒲。荆西寇盜紓籌策，湘北流移入畫圖。莫怪當筵倍淒切，誅求滿地促官逋。

寄劉侍御次韻〔一〕

蹇以反身，困以遂志。今日患難，正閣下受用處也。知之，則處此當自別。病筆不能多及，然其餘亦無足言者。聊次韻。守仁〔二〕頓首，劉侍御大人契長。

相送溪橋未隔年，相逢又過小春天。憂時敢負君臣義！念別羞爲兒女憐。道自昇沉寧有定，心存氣節不無偏。知君已得虛舟意，隨處風波只晏然。

夜寒

簷際重陰覆夜寒，石爐松火坐更殘。窮荒正訝鄉書絶，險路仍愁歸夢難。僊侶春風懷越嶠，釣船明月負嚴灘。未因謫宦傷憔悴，容鬢〔三〕還〔四〕羞鏡裏看。

冬至

客牀無寐聽潛雷，琭重初陽夜半回。天地未嘗生意息，冰霜不耐鬢毛催。春添衮綫誰能補？歲晚心丹自動灰。料得重闈強健在，早看消息報窓梅。

春日花間偶集示門生

閒來聊與二三子，單夾初成行暮春。改課講題非我事，研幾悟道是何人？階前細草雨還碧，簷下小桃晴更新。坐起詠歌俱實學，毫釐須遣認教真。

次韻送陸文順僉憲

貴陽東望楚山平，無柰天涯又送行。盃酒豫期傾蓋日，封書煩慰倚門情。心馳魏闕星辰迥，路繞鄉

〔一〕居夷集、詩録本詩以序爲題；存稿、陽明文録題作贈劉侍御二首，詩作一律讀；編校者據居夷集目録訂改。〔二〕詩録、存稿、陽明文録作「某」，編校者從居夷集訂改。〔三〕陽明文録作「客鬢」，編校者從居夷集訂改。〔四〕謝刻本全書作「遠」。

山草木榮。京國交遊零落盡，空將秋月寄猿聲。

次韻陸僉憲病起見寄

一賦歸來不願餘，文園多病滯相如。籬邊竹笋青應滿，洞口桃花紅自舒。荷蕢有心還擊磬，周公無夢欲删書。雲間憲伯能相慰，尺素長題問謫居。

次韻胡少參見過

旋營小酌典春裘，佳客真慚竟日留。長恠嶺雲迷楚望，忽聞吴語破鄉愁。鏡湖自昔堪歸老，杞國何人獨抱憂！莫訝臨花倍惆悵，賞心原〔一〕不在枝頭。

雪中桃次韻

雪裏桃花強自春，蕭踈終覺損精神。却慚幽竹節逾勁，始信寒梅骨自真。遭際本非甘冷淡，飄零須勝〔二〕委風塵。從來此事還希闊，莫恠臨軒賞更新。

舟中除夕二首

扁舟除夕尚窮途，荆楚還憐俗未殊。處處送神懸楮馬，家家迎歲換桃符。江醪信薄聊相慰，世路多岐漫自吁。白髮頻年傷遠別，綵衣何日是庭趨？

遠客天涯又歲除，孤航隨處亦吾廬。也知世上風波滿，還戀山中木石居。事業無心從齒髮，親交多難絕音書。江湖未就新春計，夜半樵歌忽起予。

溆浦〔三〕山夜泊

溆浦〔四〕山邊泊，雲間見驛樓。灘聲迴遠樹，崖影落中流。柳放新年緑，人歸隔歲舟。客途時極目，天北暮陰愁。

〔一〕居夷集、詩録、存稿作「願」。〔二〕謝刻本全書作「信」。〔三〕詩録、存稿、陽明文録訛作「淑浦」，編校者據居夷集訂改。〔四〕詩録、存稿、陽明文録訛作「淑浦」，編校者據居夷集訂改。

過江門崖

三年謫宦沮蠻氛，天放扁舟下楚雲。歸信應先春鴈到，閒心期與白鷗羣。晴溪欲轉新年色，蒼壁多遺古篆文。此地從來山水勝，它時回首憶江門。

辰州虎溪龍興寺聞楊名父將到留韻壁間

杖藜一過虎溪頭，何處僧房是惠休？雲起峰頭沉閣影，林疎地底見江流。煙花日煖猶含雨，鷗鷺春閒欲滿洲。好景同來不同賞，詩篇還爲故人留。

武陵潮音閣懷元明〔一〕

高閣憑虛臺十尋，捲簾疎雨動微吟。江天雲鳥自來去，楚澤風煙無古今。山色漸疑衡嶽近，花源欲問武陵深。新春尚沮東歸楫，落日誰堪話此心！

閣中坐雨

臺下春雲及寺門，懶夫睡起正開軒。煙蕪漲野平堤緑，江雨隨風入夜喧。道意蕭疎慚歲月，歸心迢遞憶鄉園。年來身跡如漂梗，自笑迂痴欲手援。

霽夜

雨霽僧堂鐘磬清，春溪月色特分明。沙邊宿鷺寒無影，洞口流雲夜有聲。靜後始知羣動妄，閒來還覺道心驚。問津久已慚沮溺，歸向東皐學耦耕。

僧齋

盡日僧齋不厭閒，獨餘春睡得相關。簷前水漲遂無地，江外雲晴忽有山。遠客趁墟招渡急，舟人曬網得魚還。也知世事終無補，亦復心存出處間。

德山寺次壁間韻

〔一〕居夷集詩録作「原明」。

乘興看山薄暮來，山僧迎客寺門開。雨昏碧草春申墓，雲捲青峰善卷臺。性愛煙霞終是僻，詩留名姓不須猜。巉根老衲成灰色，枯坐何年解結胎？

沅江晚泊二首

去時煙雨沅江暮，此日沅江暮雨歸。水漲遠沙村市改，泊依舊店主人非。草深廨宇無官住，花落僧房自鳥啼。處處春光蕭索甚，正思荆棘掩巉扉。

春來客思獨蕭騷，處處東田沒野蒿。雷雨滿江喧日夜，扁舟經月住風濤。流民失業乘時横，原獸爭羣薄暮號。却憶鹿門棲隱地，杖藜壺榼〔一〕餉東臯。

夜泊江思湖憶元明

扁舟泊近漁家晚，茆屋深環柳港清。雷雨驟開江霧散，星河不動暮川平。夢回客枕人千里，月上春堤夜四更。欲寄愁心無過鴈，披衣坐聽野鷄鳴。

睡起寫懷〔二〕

紅日〔三〕熙熙春睡醒，江雲飛盡楚山青。閑觀物態皆生意，靜悟天機入杳冥。道在險夷隨地樂，心忘魚鳥自流形。未須更覓羲唐〔四〕事，一曲滄浪擊壤聽。

三山晚眺

南望長沙杳靄中，鵞羊只在暮雲東。天高雙櫓哀明月，江闊千帆舞逆風。花暗漸驚春事晚，水流應與客愁窮。北飛亦有衡陽鴈，上苑封書未易通。

鵞羊山

福地相傳楚水阿，三年春色兩經過。羊亡但有初平石，書罷誰籠道士鵞？禮斗壇空松影靜，步虛臺

〔一〕居夷集 詩録作「壺榼」。〔二〕尹真人著性命圭旨全書（凡四集，天啓二年壬戌刻本）利集第四節有本詩頷頸兩聯四句，作一絶讀，題作口訣。〔三〕詩録 存稿 陽明文録作「江日」，編校者從餘姚板文録訂改。〔四〕餘姚板文録作「羲黄」。

迴月明多。巘房一宿猶緣薄，湧憶開雲住薜蘿。

泗洲寺

淥水西頭泗洲寺，經過轉眼又三年。老僧熟認直呼姓，笑我清癯只似前。每有客來看宿處，詩留佛壁作燈傳。開軒掃榻還相慰，慚媿維摩世外緣。

再經武雲觀書林玉璣道士壁〔一〕

碧山道士曾相約，歸路還來宿武雲。月滿仙臺栖〔二〕鶴侶，書留蒼壁自〔三〕鷟羣。春巘多雨林芳淡，暗水穿花石溜分。奔走連年家尚遠，空餘魂夢到柴門。

再過濂溪祠用前韻〔四〕

曾向圖書識面真，半生長自媿儒巾。斯文久已無先覺，聖世今應有逸民。一自支離乖學術，競將雕刻費精神。瞻依多少高山意，水湧蓮池長緑蘋。

以上見文録外集卷二居夷詩一百一十一首，有增補。

試諸生有作

醉後相看眼倍明，絶憐詩骨逼人清。菁莪見辱真慚我，膠漆常存底用盟！滄海浮雲悲絶域，碧山秋月動新情。憂時湧作中宵坐，共聽蕭蕭落木聲。

再試諸生

草堂深酌坐寒更，蠟炬煙消落絳英。旅況最憐文作會，客心聊喜困還亨。春囬馬帳慚桃李，花滿田家憶紫荆。世事浮雲堪一笑，百年持此竟何成！

〔一〕法書集著録武雲書道士壁詩帖刻石拓本（圖一八）即本詩首頷兩聯四句，讀如一絶，詩後有「正德庚午孟秋廿日陽明山人王守仁伯安書」落款。〔二〕居夷集 詩録 存稿 陽明文録作「依」。〔三〕居夷集 詩録 存稿 陽明文録作「看」。〔四〕餘姚板文録題作後謁濂溪祠。

圖一八　武雲書道士壁手跡（刻石拓本）

夏日登易氏萬卷樓用唐韻

高樓六月自生寒，沓嶂迴峰擁碧闌。久客已忘非故土，此身兼喜是閒官。幽花傍晚煙初暝，深樹新晴雨未乾。極目海天家萬里，風塵關塞欲歸難。

再試諸生用唐韻

天涯猶未隔年回，何處嚴光有釣臺？樽酒可憐人獨遠，封書空有鴈飛來。漸驚雪色頭顱改，莫漫風情笑口開。遙想陽明舊詩石，春來應自長莓苔。

次韻陸文順僉憲

春王正月十七日，薄暮甚雨雷電風。捲我茆堂豈足念！傷茲歲事難爲功。金縢秋日亦已異，魯史冬月將無同。小臣〔一〕正憂元氣泄，中夜起坐心忡忡。

太子橋

乍寒乍煖早春天，隨意尋芳到水邊。樹裏茆亭藏小景，竹間石溜引清泉。汀花照日猶含雨，岸柳垂陰漸滿川。欲把橋名尋野老，淒涼空說建文年。

與胡少參小集

細雨初晴蠛蠓飛，小庭〔二〕花竹晚涼微。後期客到停盃久，遠道春來得信稀。翰墨多憑消旅況，道心無賴入禪機。何時喜遂風泉賞？甘作山中一白衣。

再用前韻賦鸚鵡

低垂猶憶隴西飛，金鎖長羈念力微。秖〔三〕爲能言離土遠，可憐折翼嘆羣稀。春林羞比黃鸝巧，晴渚思忘白鳥機。千古正平名在〔四〕賦，風塵誰與惜毛衣！

〔一〕謝刻本全書作「老臣」。〔二〕謝刻本全書作「小亭」。〔三〕文録續編、郭刻本全書、謝刻本全書作「秪」，編校者從新刊續編訂改。〔四〕文録續編、郭刻本全書、謝刻本全書訛作「正」，編校者據新刊續編訂改。

送客過二橋

下馬溪邊偶共行，好山當面正如屏。不緣送客何因到，還喜門人伴獨醒。小洞巧容危膝坐，清泉不厭洗心聽。經過轉眼俱陳跡，多少高崖漫勒銘！

復用杜韻一首

濯纓何處有清流？三月尋幽始得幽。送客正逢催驛騎，笑人且復任沙鷗。崖傍石偃門雙啓，洞口蘿垂箔半鈎。淡我平生無一好，獨於泉石尚多求。

先日與諸友有郊園之約是日因送客後期〔一〕小詩寫懷三首

郊園隔宿有幽期，送客三橋故故遲。樽酒定應須我久，諸君且莫向人疑。同遊更憶春前日，歸醉先拚日暮〔二〕時。却笑相望才咫尺，無因走馬送新詩。

自欲探幽肯後期，若爲塵事故能遲。緩歸已受山奚〔三〕促，久坐翻令溪鳥疑。竹裏清醅應幾酌，水邊相候定多時。臨風無限停雲思，回首空歌伐木詩。

三橋客散赴前期，縱轡還嫌馬足遲。好鳥花間先報語，浮雲山頂尚堪疑。曾傳江閣邀賓句，頗似籬邊送酒時。便與諸公須痛飲，日斜潦倒更題詩。

待諸友不至

花間望眼欲崇朝，何事諸君跡尚遙？自處豈宜同俗駕！相期不獨醉春瓢。形忘〔四〕爾我雖多缺，義重師生可待招。自是清遊須秉燭，莫將風雨負良宵。

龍岡漫書〔五〕

〔一〕文録續編訛作「復期」，編校者據新刊續編訂改。〔二〕新刊續編作「日莫」。〔三〕郭刻本全書 謝刻本全書作「山童」。

〔四〕謝刻本全書作「忘形」。〔五〕居夷集 詩録 存稿 陽明文録 文録續編 郭刻本全書 謝刻本全書無本詩，編校者據新刊續編增補。

子規晝啼蠻日荒，柴扉寂寂春茫茫。北山之薇應笑汝，汝胡侷促淹他方？綵鳳葳蕤臨紫蒼，予亦鼓棹還滄浪。只今已在由求下，顏閔高風安可望！

夏日遊陽明小洞天喜諸生偕集偶用唐韻

古洞閒來日日遊，山中宰相勝封侯。絕糧每自嗟尼父，愠見還時有仲由。雲里高崖微入暑，石間寒溜已含秋。他年故國懷諸友，魂夢還應〔一〕到水頭。

將歸與諸生別於城南蔡氏樓

天際層樓樹杪開，夕陽下見鳥飛回。城隅碧水光連座，檻外青山翠作堆。頗恨眼前離別近，惟餘他日夢魂來。新詩好記同遊處，長掃溪南舊釣臺。

諸門人送至龍里道中二首

蹊路高低入亂山，諸賢相送媿間關。溪雲壓帽兼愁重，峰雪吹衣着鬢斑。花燭夜堂還共語，桂枝秋殿聽躋攀〔二〕躋攀之說甚陋，聊取其對偶耳。相思不用勤書札，別後吾言在訂頑。

雪滿山城入暮天，歸心別意兩茫然。及門真媿從陳日，微服還思過宋年。樽酒無因同歲晚，緘書有鴈寄春前。莫辭秉燭通宵坐，明日相思隔隴煙。

贈陳宗魯

學文須學古，脱俗去陳言。譬若千丈木，勿爲藤蔓纏。又如崑崙派，一瀉成大川。人言古今異，此語皆虛傳。吾苟得其意，今古何異焉！子才良可進，望汝師聖賢。學文乃餘事，聊云子所偏。

醉後歌用燕思亭韻

萬峰攢簇高連天，貴陽久客經徂年。思親溽想斑衣舞，寄友空歌伐木篇。短鬢蕭疎夜中老，急管哀絲爲誰好？歛翼樊籠恨已遲，奮翮雲霄苦不早。緬懷冥寂巖中人，蘿衣茝佩芙蓉巾。黃精紫芝滿山谷，採

〔一〕文録續編、郭刻本全書、謝刻本全書作「須」，編校者從新刊續編訂改。〔二〕新刊續編作「齊攀」。

石不愁倉囷貧。清溪長伴〔一〕明月夜，小洞自報梅花春。高閒豈説商山皓！綽約〔二〕真如藐姑神。封書遠寄貴陽客，胡不來歸浪相憶？記取青松澗底枝，莫學楊花滿阡陌。

題施總兵所翁龍

君不見所翁所畫龍？雖畫兩目不點瞳。曾聞弟子誤落筆，即時雷雨飛騰空。運精入神奪元化，淺夫未識徒驚詫。操蛇移山律回陽，世間不獨所翁畫。高堂四壁生風雲，黑雷紫電白晝昏。山崩谷陷屋瓦震，雨聲如瀉長平軍。頭角崢嶸幾千丈，倏忽神靈露乾象。小臣正抱烏號思，一墮胡髯不可上。視久眩定凝心神，生綃漠漠開嶙峋。乃知所翁遺筆跡，當年爲寫蒼龍真。只今旱劇枯原野，萬國蒼生望霑灑。憑誰拈筆點雙睛？一作甘霖遍天下！

以上見文録續編卷四，有增補。

賓日之歌

傳之堂，東向，曰賓陽，取堯典「寅賓出日」之義，志向也。賓日，羲之職而傳冒焉。傳職賓賓，羲以賓賓之寅而賓日，傳以賓日之寅而賓賓也。不曰日，乃〔三〕陽之屬，爲日，爲元，爲善，爲吉，爲亨；治其於人也爲君子，其義廣矣，備矣。內君子而外小人爲泰，曰賓，自外而內之，傳將以賓君子而內之也。傳以賓君子而容有小人焉，則如之何？曰：吾知以君子而賓之耳。吾以君子而賓之也，人〔四〕其甘爲小人乎哉！爲賓日之歌，日出而歌之，賓至而歌之。歌曰：

日出東方，再拜稽首，人曰予狂。匪日之寅，吾其怠荒。東方日出，稽首再拜，人曰予憊。匪日之愛，吾其荒怠。其翳其曀，其日惟霽。其昫其霧，其日惟雨。勿忭其昫，倏焉以霧。勿謂終翳，或時其曀。曀其光矣，其光熙熙。與爾〔五〕偕作，與爾〔六〕偕宜。倏其霧矣，或時以熙。或時以熙，孰知我悲！

〔一〕文録續編 郭刻本全書 謝刻本全書作「常伴」，編校者從新刊續編訂改。〔二〕新刊續編作「淖約」。〔三〕居夷集作「易」。〔四〕陽明文録作「賓」，編校者從居夷集訂改。〔五〕存稿 陽明文録作「你」，編校者從居夷集訂改。〔六〕存稿 陽明文録作「你」，編校者從居夷集訂改。

以上録自陽明文録 外集卷七賓陽堂記。

瘞旅詩二章〔一〕

維正德四年秋七月〔二〕三日，有吏目云自京來者，不知其名氏，携一子一僕，將之任，過龍場，投宿土苗家。予從籬落間望見之。陰雨昏黑，欲就問訊北來事，不果。明早，遣人覘之，已行矣。薄午，有人自蜈蚣坡來云：「一老人死坡下，傍兩人，哭之哀。」予〔三〕曰：「此必吏目死矣。傷哉！」薄暮，復有人來云：「坡下死者二人，傍一人坐嘆。」詢其狀，則其子又死矣。明早，復有人來云：「見坡下積尸三焉。」則其僕又死矣。嗚呼傷哉！念其暴骨無主，將二童子持畚鍤，往瘞之。二童子有難色然。予曰：「噫！吾與爾，猶彼也。」二童憫然涕下，請往。就其傍山麓，爲三坎埋之。又以隻鷄飯三盂。嗟吁涕洟而告之曰：「嗚呼傷哉！繄何人？繄何人？吾龍場驛丞，餘姚王守仁也。吾與爾，皆中土之產。吾不知爾郡邑，爾烏爲乎來爲兹山之鬼乎！古者重去其鄉，遊宦不踰千里。吾以竄逐而來此，宜也。爾亦何辜乎？聞爾官吏目耳，俸不能五斗，爾率妻子躬耕可有也，烏爲乎以五斗而易爾七尺之軀？又不足，而益以爾子與僕乎！嗚呼傷哉！爾誠戀兹五斗而來，則宜欣然就道，烏爲乎吾昨望見爾容蹙然？蓋不任其憂者。夫衝冒霧露，扳援崖壁，行萬峰之頂，飢渴勞頓，筋骨疲憊，而又瘴厲侵其外，憂鬱攻其中，其能以無死乎！吾固知爾之必死，然不謂若是其速，又不謂爾子爾僕亦遽爾奄忽也。皆爾自取，謂之何哉？吾念爾三骨之無依，而來瘞爾，乃使吾有無窮之愴也。嗚呼傷哉！縱不爾瘞，幽崖之狐成羣，陰壑之虺如車輪，亦必能葬爾於腹，不致久暴露爾。爾既已無知，然吾何能爲心乎！自吾去父母鄉國而來此二年矣，歷瘴毒而苟能自全，吾未嘗一日之戚戚也。今悲傷若此，是吾爲爾者重，而自爲者輕也。吾不宜復爲爾悲矣。吾爲爾歌，爾聽之！」歌曰：

〔一〕存稿 陽明文録題後註有「戊辰」。〔二〕存稿 陽明文録作「秋月」，編校者據居夷集訂補。〔三〕存稿 陽明文録作「子」，編校者從居夷集訂改。

連峰際天兮，飛鳥不通。遊子懷鄉兮，莫知西東。莫知西東兮，維天則同。異域殊方兮，環海之中，達觀隨寓兮，奚必予宮？魂兮魂兮，無悲以恫！

又歌以慰之曰：

與爾皆鄉土之離兮。蠻之人，言語不相知兮，性命不可期。吾苟死於茲兮，率爾子僕來從予兮！吾與爾遨以嬉兮，驂紫彪而乘文螭兮，登望故鄉而噓唏兮！吾苟獲生歸兮，爾子爾僕尚尔隨兮。無以無侶悲兮，道傍之塚累累兮；多中土之流離兮，相與呼嘯而徘徊兮。飡風飲露，無爾飢兮。朝友麋鹿，暮猿與棲兮。爾安爾居兮，無爲厲於茲墟兮！

以上録自陽明文録外集卷九瘞旅文。

武雲書道士壁〔一〕

碧山道士曾相約，歸路還來宿武雲。月滿仙臺栖鶴侶，書留蒼壁自鶱羣。

正德庚午孟秋廿日陽明山人王守仁伯安書

以上據法書集著録武雲書道士壁詩帖手跡刻石拓本（圖一八）録入。

〔一〕陽明文録外集卷二著録再經武雲觀書林玉璣道士壁，本詩即其首頷兩聯四句，作一絶讀，參見本書正編正編卷二。

陽明先生詩歌集正編卷三

廬陵詩

正德五年庚午三月至冬任江西廬陵縣知縣間所作，陽明先生三十九歲。

遊瑞華二首

簿領終年未出郊，此行聊解俗人嘲。憂時有志懷先達，作縣無能媿舊交。松古尚存經雪榦，竹高還長拂雲稍〔一〕。溪山處處堪行樂，正是浮名未易抛。

萬死投荒不擬回，生還且復荷栽培。逢時已負三年學，治劇兼非百里才。身可益民寧論屈，志存經國未全灰。正愁不是中流砥，千尺狂瀾豈易摧！

古道〔二〕

古道當長坂，肩輿入暮天。蒼茫聞驛鼓，冷落見炊煙。凍燭寒無焰，泥爐濕未燃。正思江檻外，閒却釣魚船。

立春日道中短述

臘意中宵盡，春容傍曉生。野塘冰轉緑，江寺雪消晴。農事沾泥犢，羈懷聽谷鶯。故山梅正發，誰寄欲歸情！

公館午飯偶書

行臺依獨寺，僧屋自成隣。殿古凝殘雪，墻低入早春。巷泥晴淖馬，簷日暖堪人。雲散〔三〕小巑碧，松梢掛月新。

午憩香社寺

脩程動百里，往往餉僧居。佛鼓迎官急，禪牀爲客虛。桃花成井落，雲水接郊墟。不覺泥塗濺，看

〔一〕詩録作「梢」。〔二〕詩録卷四廬陵稿無本詩及以下三首。〔三〕謝刻本全書作「雪散」。

山興有餘。

以上見文録外集卷三廬陵詩六首。

居京詩

正德五年庚午冬入覲歷官南京刑部四川清吏司主事、吏部驗封清吏司主事、文選清吏司員外、考功清吏司郎中至正德七年壬申十二月陞南京太僕寺少卿離開京師間所作，陽明先生三十九歲至四十一歲。〔一〕

夜宿功德寺次宗賢韻二絕

山行初試夾衣輕，脚軟黄塵石路生。一夜洞雲眠未足，湖風吹月渡溪清。

水邊楊柳覆茆楹，飲馬春流〔二〕更一登。坐久遂忘歸路夕，溪雲正瀉暮山青。

別方叔賢四首

西樵山色遠依依，東指江門石路微。料得楚雲臺上客，久懸秋月待君歸。

其二

自是孤雲天際浮，篋中枯蠹豈相謀！請君靜後看羲畫，曾有陳編一字否？

其三

休論寂寂與惺惺，不妄由來即性情。笑却〔三〕慇懃諸老子，翻從知見覓虛靈。

其四

道本無爲只在人，自行自住豈須隣！坐中便是天台路，不用漁郎更問津。

白灣六章

宗巘文先生居白浦之灣，四方學者稱曰「白浦先生」，而不敢以姓字。某素高先生，又辱爲之僚，因爲書「白灣」二字，并詩以詠之。

〔一〕本時期陽明詩詩録作京師稿，存稿陽明文録作京師詩，編校者擬改爲居京詩，參見編校説明。〔二〕詩録作「春遊」。
〔三〕謝刻本全書作「謝得」。

浦之灣，其白湯湯。彼美君子，在水之盤。
灣之浦，其白瀰瀰。彼美君子，在水之涘〔一〕。
雲之溶溶，于灣之湄。君子于處，民以爲期。
雲之油油，于灣之委。君子于興，施及四海。
白灣之渚，子〔二〕遊以處。彼美君子兮，可以容與。
白灣之洋，子〔三〕濯以湘。彼美君子兮，可以徜徉〔四〕。

寄隱巗

每逢山水地，便有卜居心。終歲風塵裏，何年滄海潯！洞寒泉滴細，花暝石房深。青壁湏留姓，他時好共尋。

香山次韻

尋山到山寺，得意却忘山。巗樹坐來靜，壁蘿春自閑。樓臺星斗上，鐘磬翠微間。頓息塵寰念，清溪蹈〔五〕月還。

夜宿香山林宗師房次韻二首

幽壑來尋物外情，石門遙指白雲生。林間伐木時聞響，谷口逢僧不記名。天壁倒涵湖月曉，煙梯高接緯階平。松堂靜夜渾無寐，到枕風泉處處聲。

久落泥途惹世情，紫崖丹壑是平生。養真無力常懷靜，竊禄未歸羞問名。樹隱洞泉穿石細〔六〕，雲過〔七〕溪路入花平。道人只住層蘿上，明月峰頭有磬聲。

别湛甘泉四首〔八〕

〔一〕詩録作「溪」。〔二〕鄒序本文録作「于」。〔三〕存稿 陽明文録作「于」，編校者從詩録訂改。〔四〕存稿 陽明文録作「倘徉」，編校者從詩録訂改。〔五〕陽明文録作「踏」，編校者從詩録訂改。〔六〕詩録作「綱」。〔七〕陽明文録作「廻」，編校者從詩録訂改。〔八〕詩録 存稿 陽明文録本題四詩題作别湛甘泉二首，其第二、第三、第四首作一首讀，編校者從全録訂改。

行子朝欲發，驅車不得留。驅車下長坂〔一〕，顧見城東樓。遠別情已慘，況此艱難秋！分手訣河梁，涕下不可收。車行望漸杳，飛埃越層丘。遲回岐路側，孰知我心憂！

其二

我心憂以傷，君去阻且長。一别豈得已！母老思所將。奉命危難際，流俗反猜量。黃鵠萬里逝，豈伊爲稻粱〔二〕！棟火及〔三〕毛羽，燕雀猶棲堂。

其三

跳梁多不測，君行戒前途。達命諒何滯？將母能忘虞。安居尤穽擭，關路非岐嶇。令德崇易簡，可以知險阻。

其四

結茆湖水陰，幽期終不忘。伊爾得相就，我心亦何傷！世艱變倏忽，人命非可常。斯文天未墜，別短會日長。南寺春月夜，風泉閒〔四〕竹房。逢僧或停檝，先掃白雲牀。

贈別黃宗賢

古人戒從惡，今人戒從善。從惡乃同污，從善翻滋怨。紛紛嫉媢興，指摘相非訕。自非篤信士，依違多背面。寧知竟漂流！淪胥亦污賤。卓哉汪陂子，奮身勇厥踐。拂衣還舊山，霧隱期豹變。嗟嗟吾黨賢，白黑匪難辯！

以上見陽明文録外集卷三京師詩二十四首〔五〕。

在越詩

正德七年壬申十二月陞南京太僕寺少卿後便道歸省還越至正德八年癸酉秋離越期間所作，陽明先生四十一歲至四十二歲。〔六〕

〔一〕詩録作「長坡」。〔二〕詩録、存稿、陽明文録作「黃粱」，編校者從全録訂改。〔三〕詩録、存稿脱三字。〔四〕詩録、存稿作「間」。〔五〕詩録卷四京師稿著録二十四首，存稿將其最後五詩析出，編爲歸越詩五首，實録詩十九首，仍名京師詩二十四首，陽明文録仍之。〔六〕本時期陽明詩詩録作京師稿，存稿、陽明文録作歸越詩，編校者擬改爲在越詩，參見編校説明。

四明觀白水二首〔一〕

邑南富巖壑，白水尤奇觀。興來每思往，十年就茲歡〔二〕。停驂指絕壁，涉澗緣危磻〔三〕。百源旱方歇，雲際猶飛湍。霏霏灑林薄，漠漠凝風寒。前聞若未愜，仰視終莫攀。石陰暑氣薄，流觸遡迴瀾。茲遊詎盤樂？養靜意所關。逝者諒如斯，哀此歲月殘。擇幽雖得所，避世〔四〕時猶難。劉樊古方外，感慨有餘嘆！

其二

千丈飛流舞白鸞，碧潭倒影鏡中看。藤蘿半壁雲煙濕，殿角長年風雨寒。野性從來山水癖，直躬更覺世途難。卜居斷擬如周叔，高卧無勞比謝安。

杖錫道中用張憲使韻

山鳥歡呼欲問名，山花含笑似相迎。風迴碧樹秋聲早，雨過丹巖夕照明。雪嶺插天開玉帳，雲溪環碧抱金城。懸燈夜宿茆堂靜，洞鶴林僧相對清。

杖錫道中用曰仁韻

每逢佳處問山名，風景依稀過眼生。歸霧忽連千嶂暝，夕陽偏放一溪晴。晚投巖寺依雲宿，靜愛楓林送雨聲。夜久披衣還起坐，不禁松月〔五〕照人清。

書杖錫寺

杖錫青冥端，澗壁環天險。垂巖下陡壑，涉水攀絕巘。砠深〔六〕聽喧瀑，路絕駭危棧。捫蘿登峻極，披翳見平衍。僧逋寄孤衲，寺廢〔七〕遺荒殿。傷茲穷僻墟，曾未誅求免。探幽冀累息，憤時翻意慘。拯援才已踈，棲遲心益眷。哀猿嘯春嶂，懸燈宿西崦。誅茆竟何時？白雲媿舒卷。

以上見陽明文録外集卷三歸越詩五首。

〔一〕詩録本題二首及以下三詩著録於卷四京師稿。〔二〕詩録存稿陽明文録作「觀」，編校者從全録訂改。〔三〕存稿陽明文録作「危蟠」，編校者從詩録訂改。〔四〕詩録存稿陽明文録作「避時」，編校者從全録訂改。〔五〕存稿陽明文録作「風月」，編校者從詩録訂改。〔六〕郭刻本全書作「溪深」。〔七〕詩録存稿陽明文録作「守廢」，編校者從全録訂改。

滁州詩

正德八年癸酉十月抵滁就任南京太僕寺少卿至正德九年甲戌四月陞南京鴻臚寺卿離滁間所作，陽明先生四十二歲至四十三歲。

梧桐江用韻〔一〕

鳳鳥久不至，梧桐生高岡。我來竟日坐，清陰灑衣裳。援琴撫〔二〕流水，調短意苦長。遺音滿空谷，隨風遞悠揚。人生貴自得，外慕非所臧。顏子豈忘世！仲尼固遑遑。已矣復何事？吾道歸滄浪。

小園睡起次韻寄鄉友〔三〕

林間盡日掃花眠，獨有〔四〕官閒媿俸錢。門徑不妨春草合，齋居長對晚山妍。每疑方朔非真隱，始信楊雄誤太玄。混世亦能隨地得，野情終是愛丘園。

贈熊彰歸

門徑荒涼蔓草生，相求深媿遠來情。千年絕學蒙塵土，何處澄江無月明！坐看遠山凝暮色，忽驚庭葉〔五〕起秋聲。歸途望嶽多幽興，爲問山田待耦耕。

別易仲〔六〕

辰州劉易仲從予滁陽，一日問：「道可言乎？」予曰：「啞子喫苦瓜，與你說不得。爾要知我苦，還須你自喫。」易仲省然有悟。久之辭歸，別以詩。

迢遞滁山春，子行亦何遠！纍然良苦心，惝恍不遑飯。至道不外得，一悟失羣闇。秋風洞庭波，遊

〔一〕趙廷瑞輯南滁會景編（凡十二卷，嘉靖十六年丁酉刻本）卷二梧桐岡詩集題作坐龍潭梧桐岡用韻。〔二〕詩録存稿陽明文録作「俯」，編校者從新刊續編訂改。〔三〕中華文物集粹清翫雅集收藏展Ⅱ（臺灣鴻禧藝術文教基金會，一九九八年）著録王陽明草書詩帖卷（圖一九）有夜飲龍潭山次韻鄉思二首次韻答黄輿小園睡起次韻寄鄉友三題四首，詩後有識：「奉命將赴南贛，白樓先生出餞江滸，示此卷，須舊作爲別，即席承命。時正德丙子九月廿五日，陽明山人王守仁書於龍江舟中。雨晴舟發，匆匆極潦草」；詩録存稿陽明文録題作林間睡起。〔四〕詩録存稿作「祇是」，陽明文録作「秖是」。〔五〕郭刻本全書作「廢葉」。〔六〕詩録本詩以序爲題。

子歸已晚。結蘭意方勤，寸草心先斷。末學久仳離，頽波竟誰挽！歸哉念流光，一逝不復返。

送守中至龍盤山中

未盡師生六日情，天教風雪阻西行。茆堂豈有春風坐？江郭虛留一月程。客邸琴書燈火靜，故園風竹夢魂清。何年穩閉陽明洞？榾柮山爐煮石羹。

龍蟠山中用韻

無柰青山處處情，村沽日日辦山行。真慚廩食虛官守，只把山遊作課程。谷口亂雲隨騎遠，林間飛雪點衣輕。長思澹泊還真性，世味年來久絮羹。

瑯琊山中〔一〕

草堂寄放瑯琊間，溪鹿巖僧且共閑。冰雪能囘草木死，春風不化山石頑。六經散地莫收拾，叢棘被道誰刊删！已矣驅馳二三子，鳳圖不出吾將還。

遊瑯琊用韻二首〔二〕

狂歌莫笑酒盃增，異境人間得未曾。絶壁倒翻銀海浪，遠山真作玉龍騰。浮雲野思春前動，虛室清香靜後凝。懶拙惟餘林壑計，伐檀長自媿無能。

風景山中雪後增，看山雪後亦誰曾？隔溪巖犬迎人吠，飲澗飛猱踔〔三〕樹騰。歸騎林間燈火動，鳴鐘谷口暮光凝。塵蹤正自縚籠在，一宿雲房尚未能。

答朱汝德用韻

東去蓬瀛合有津，若爲風雨動經旬。同來海岸登舟者〔四〕，俱是塵寰欲渡人。弱水洪濤非世險，長年三老定誰真？青鸞眇眇無消息，悵望煙花又暮春。

〔一〕存稿 陽明文録本詩與遊瑯琊用韻二首合題作瑯琊山中三首，編校者據詩録訂改。〔二〕存稿 陽明文録本詩與瑯琊山中二首合題作瑯琊山中三首。〔三〕詩録作「掉」。〔四〕謝刻本全書訛作「在」。

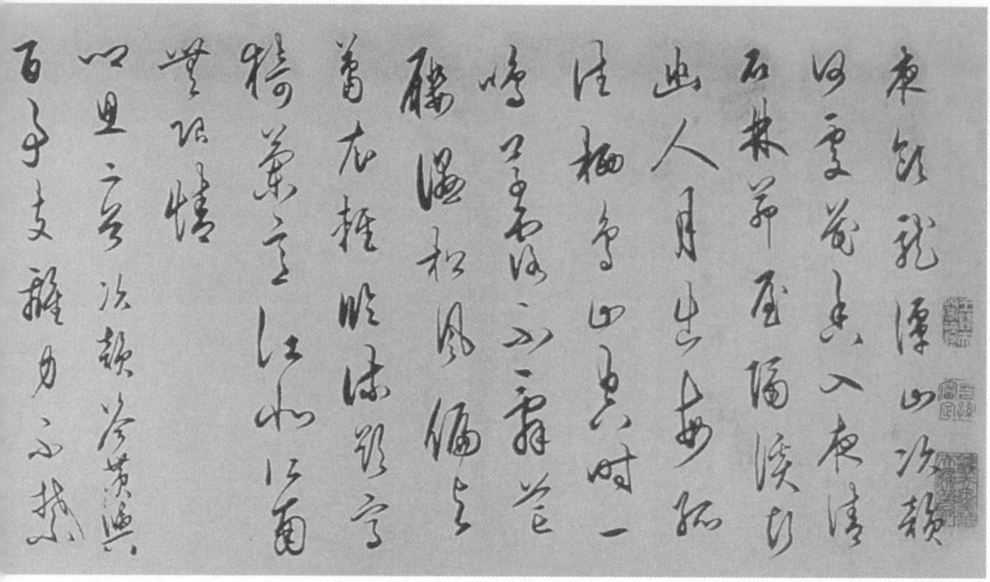

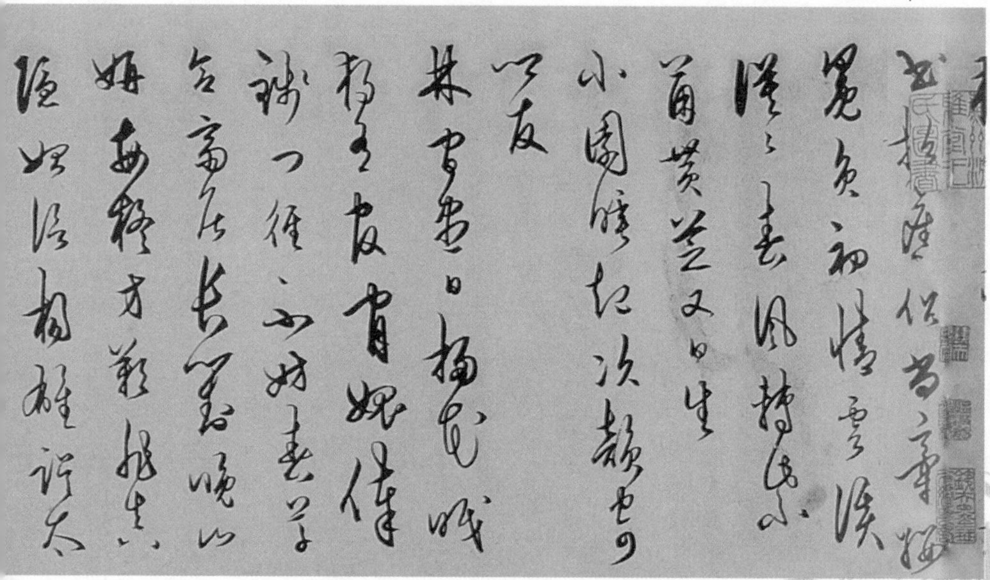

圖一九　夜飲龍潭山次韻　鄉思二首次韻答黃輿　小園睡起次韻寄鄉友手跡（墨跡紙本）

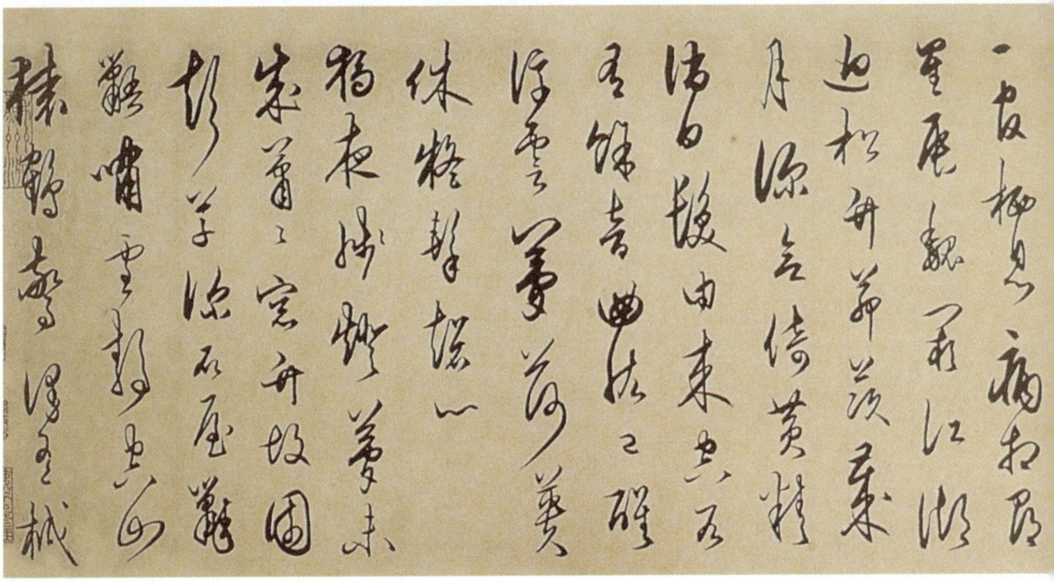

送惟乾二首

獨見長年思避地，相從千里欲移家。慚予豈有萬間庇！借爾剛餘一席沙。古洞幽期攀桂樹，春溪歸路問桃花。故人勞念還相慰，囬鴈新秋寄綵霞。

簦笈連年媿遠求，本來無物若爲酬。春城驛路聊相送，夜雪空山且復留。江浦雲開廬嶽曙，洞庭湖闊九疑浮。懸知再皷瀟湘柁，應是芙蓉湘水秋。

別希顏二首

中歲幽期亦幾人，是誰長負故山春？道情暗與物情化，世味爭如酒味醇！耶水雲門空舊隱，青鞋布襪定何晨！童心如故容顏改，慚媿年年草木新。

後會難期別未輕，莫辭行李滯江城。且留南國春山興，共聽西堂夜雨聲。歸路終知雲外去，晴湖想見鏡中行。爲尋洞裏幽棲處，還有峰頭雙鶴鳴。

山中示諸生〔一〕

路絶春山久廢尋，野人扶病強登臨。同遊僊侶須乘興，共探花源莫厭深。鳴鳥遊絲俱自得，閒雲流水亦何心！從前却恨牽文句，展轉支離嘆陸沉！

山中示諸生用韻四絶〔二〕

滁流亦沂水，童冠復〔三〕幾人？莫負詠歸興，溪山正暮春。

桃源在何許？西峰〔四〕最深處。不用問漁人，沿溪踏花去。

池上偶然到，紅花間白花。小亭閒可坐，不必問誰家。

溪邊坐流水，水流心共閒〔五〕。不知山月上，松影落衣班〔六〕。

〔一〕存稿、陽明文録本詩與山中示諸生用韻四絶合題作山中示諸生五首，編校者從詩録訂改。〔二〕存稿、陽明文録本詩與山中示諸生合題作山中示諸生五首，良知同然録題作憶滁陽諸生，其第四首與詩録、存稿、陽明文録各異。〔三〕詩録、存稿、陽明文録作「得」，編校者從新刊續編訂改。〔四〕良知同然録作「千峰」。〔五〕詩録作「間」。〔六〕全録作「斑」。

夜飲龍潭山次韻〔一〕

何處花香入夜清？石林茆屋隔溪聲。幽人月出每孤往，棲鳥山空時一鳴。草露不辭芒屨濕，松風偏與葛衣輕。臨流欲寫猗蘭意，江北江南無限情！

送德觀歸省二首

雪裏閉門十日坐，開門一笑忽青天。茆簷正好負暄日，客子胡爲思故園？椿樹慣經霜雪老，梅花偏向歲寒妍。瑯琊春色如相憶，好放山陰月下船。

瑯琊雪是故園雪，故園春亦瑯琊春。天機動處即生意，世事到頭還俗塵。立雪浴沂傳故事，吟風弄月是何人？到家好謝二三子，莫向長沮錯問津。

送蔡希顔三首〔二〕

正德癸酉冬，希淵赴南宮試，訪予滁陽，遂留閲歲。既而東歸，問其故，辭以疾。希淵與予論學瑯琊之間，於斯道既釋然矣。別之以詩。

風雪蔽曠野，百鳥凍不翻。孤鴻亦何事？嗷嗷遡寒雲。豈伊稻粱〔三〕計？獨往求其羣。之子眇萬鍾，就我滁水濱。野寺同遊詣〔四〕，春山共攀援。鳥鳴幽谷曙，伐木西澗曛。清夜湛玄思，晴窓玩奇文。寂景賞新悟，微言欣有聞。寥寥絕代下，此意冀可論。

其二

羣鳥喧北林，黄鵠獨南逝。北林豈無枝？羅弋苦難避。之子丹霞姿，辭我雲門去。山空響流泉，路僻迷深樹。長谷何盤紆！紫芝春可茹。求志暫棲巖，避喧寧遯世！緊予辱風塵，送子媿雲霧。匡時已無術，希聖徒有慕。倘入陽明峰，爲尋舊棲處。

〔一〕王陽明草書詩帖卷（圖一八）第一首即本詩；詩録 存稿 陽明文録題作龍潭夜坐；良知同然録題作龍潭夜步。〔二〕新刊續編本題第一、第二首作一首讀。〔三〕詩録 存稿 陽明文録作「稻梁」，編校者從全録訂改。〔四〕陽明文録訛作「遊請」，編校者據詩録訂改。

其三

何事憧憧南北行？望雲依闕兩關情。風塵暫息滁陽駕，鷗鷺還尋鑑水盟。悟後六經無一字，靜餘孤月湛虛明。從知歸路多相憶，伐木山山春鳥鳴。

贈守中北行二首

江北梅花雪易殘，山窓一樹自家看。臨行掇贈聊數顆，珍重清香是歲寒！

其二

來何匆促去何遲？來去何心莫滂疑！不爲高堂雙雪鬢，歲寒寧〔一〕受北風欺！

鄭伯興謝病還鹿門雪夜過別賦贈三首

之子將去遠，雪夜來相尋。秉燭耿無寐，憐此歲寒心。歲寒豈徒爾！何以贈遠行？聖路塞已久，千載無復尋。豈無羣儒跡？蹊徑〔二〕榛茆深。濬流湏尋源，積土成高岑。攬衣望遠道，請君從此征！

其二

濬流湏有源，植木湏有根。根源未濬植，枝泒寧先蕃！與子〔三〕通夕話，義利分毫間。至理匪外得，譬猶鏡本明。外塵蕩瑕垢，鏡體自寂然。孔訓示克己，孟子垂反身。明明聖賢則，請君勿與諼！

其三

鹿門在何許？君今鹿門去。千載龐德公，猶存棲隱處。潔身匪亂倫，其次乃避地。世人失其心，顧瞻多外慕。安宅舍弗居，狂馳驚奔騖。高言詆獨善，文非遂巧智。瑣瑣功利儒，寧復知此意！

門人王嘉秀實夫蕭琦子玉告歸書此見別意兼寄聲辰陽諸賢

王生兼養生，蕭生頗慕禪。迢迢數千里，拜我滁山前。吾道既匪佛，吾學亦匪僊。坦然由簡易，日用匪深玄；始聞半疑信，既乃心豁然。譬彼土中鏡，闇闇光內全；外但去昏翳，精明燭媸妍。世學如翦綵，

〔一〕新刊續編作「留」。〔二〕詩録作「溪徑」。〔三〕詩録 存稿 陽明文録作「謂勝」，編校者從全録訂改。

粧綴事蔓延；宛宛具枝葉，生理終無緣。所以君子學，布種培根原；萌芽漸舒發，暢茂皆由天。秋風動歸思，共鼓湘江船。湘中富英彦，徃徃多及門。臨岐綴斯語，因之寄拳拳。

滁陽別諸友〔一〕

滁陽諸友從遊，送予至烏衣，不能別。及暮，王性甫汝德諸友送至江浦，必留居，俟予渡江。因書此促之歸，并寄諸賢，庶幾共進此學，以慰離索耳。

滁之水，入江流，江潮日復來滁州。相思若潮水，來徃何時休！空相思，亦何益！欲慰相思情，不如崇令德。掘地見泉水，隨處無弗得。何必驅馳爲？千里遠相即。君不見堯羹與舜墻？又不見孔與跖對面不相識？逆旅主人〔二〕多慇懃，出門轉盻成路人。

寄浮峰詩社

晚涼庭院坐新秋，微月初生亦滿樓。千里故人誰命駕？百年多病有孤舟。風霜草木驚時態，砧杵關河動遠愁。飲水曲肱吾自樂，茆堂今在越溪頭。

棲雲樓坐雪二首

纔看庭樹玉森森，忽瀉階除已許深。但得諸生通夕坐，不妨老子半酣吟。瓊花入座能欺酒，冰溜垂簷欲憚針。却憶征南諸士子〔三〕，未禁寒夜鐵衣沉。

此日〔四〕棲雲樓上雪，不知天意爲誰深？忽然夜半一言覺，又動人間萬古吟。玉樹有花難結果，天機無綫可通針。曉來不覺城頭鼓，老懶羲皇睡正沉。

與高貢士二首〔五〕

〔一〕詩録本詩以序爲題，新刊續編題作滁陽諸友別。〔二〕全録作「玉人」。〔三〕存稿陽明文録作「將士」，編校者從詩録訂改。〔四〕詩録作「此夕」。〔五〕安徽省樅陽縣浮山今存陽明先生本題二首手跡石刻（圖二〇），無題；存稿陽明文録題作與商貢士二首，編校者從詩録訂改。

圖二〇 與高貢士二首手跡（刻石）

見說浮山麓，深林繞石溪。何時拂衣去？三十六巖棲。

桐城生高上舍來訪，談浮山之勝，書此。陽明山人〔一〕

其二

見說浮山勝，心與浮山期。三十六巖內，爲選一巖奇。

王元卿談浮山，欣然書此，歸見錢素坡，出此致意。陽明居士〔二〕

以上見陽明文録 外集卷三 滁州詩三十六首〔三〕。

寄滁陽諸生二首

一别滁山便兩年，夢魂常是到山前。依稀山路還如舊，只柰迷茫草樹煙。

其二

歸去滁山好寄聲，滁山與我最多情。而今山下諸溪水，還有當時幾泒清？

憶滁陽諸生〔四〕

滁陽姚老將，有古孝廉風。流俗無知者，藏身隱市中。

以上見良知同然録上册。

南都詩

正德九年甲戌五月抵南都就任南京鴻臚寺卿至正德十一年丙子九月陞都察院左僉都御史巡撫南贛汀漳等處十月歸省離開間所作，陽明先生四十三歲至四十五歲。

題歲寒亭贈汪尚和

一覺紅塵夢欲殘，江城六月滯風湍。人間炎暑無逃遯，歸向山中卧歲寒。

〔一〕詩録 存稿 陽明文録詩後無識。〔二〕詩録 存稿 陽明文録詩後無識。〔三〕存稿 陽明文録之滁州詩三十六首均録詩三十七首。〔四〕良知同然録本題共四首，本詩爲其第四首，其第一、第二、第三首即陽明文録 外集卷三 滁州詩三十六首 山中示諸生五首之第二、第三、第四首，參見本書正編卷三。

與徽州程畢〔一〕二子

句句糠粃字字陳，却〔二〕於何處覓知新〔三〕？紫陽山下多豪俊，應有吟風弄月人。

山中懶睡四首〔四〕

竹裏藤牀識懶人，脫巾山麓任〔五〕吾真。病夫久已〔六〕逃方外，不受人間禮數嗔。

其二

掃石焚香任意眠，醒來時有客談玄。松風不用蒲葵〔七〕扇，坐對青崖百丈泉。

其三

古洞幽深絶世人，石牀風細不生塵。日長一覺羲皇睡，又見峰頭上月輪。

其四

人間白日醒猶睡，老子山中睡却醒。醒睡兩非還兩是，溪雲漠漠水泠泠〔八〕。

題灌山小隱二絶

茆屋山中早晚成，任他風雨任他晴。男婚女嫁多年畢，不待而今學向平。

一自移家入紫煙，深林住久遂忘年。山中莫道無供給，明月清風不用錢。

六月五章〔九〕

六月乙亥，南都熊峰少宰石公以少宗伯召。南都之士聞之，有惻然而戚者，有欣然而喜者。其戚者曰：「公端介〔一〇〕敏直，方爲留都所倚重。今茲往，善類失所恃，羣小罔以嚴，辯惑考學者曷從而討究？剖政斷疑者曷從而咨決？南都非根本地乎？而獨不可以公遺之！」其喜者曰：「公

〔一〕餘姚板文録作「陳」。〔二〕餘姚板文録作「更」。〔三〕餘姚板文録作「知音」。〔四〕全録本題四首著録於外録卷三滁州詩三十六首，良知同然録上册本題第一、第二首題作林下睡起。〔五〕詩録作「認」。〔六〕謝刻本全書作「已久」。〔七〕良知同然録作「蒲葉」。〔八〕詩録作「冷冷」。〔九〕詩録以序爲題。〔一〇〕存稿、陽明文録作「端戒」，編校者從詩録訂改。

之端介敏直，寧獨留都所倚重？其在京師，獨無善類乎！獨無羣小乎！獨無辯惑考學、剖政斷疑者乎！且天子之召之也，亦寧以少宗伯，將必大用。大用則以庇天下，斯彙征之慶也。」公聞之曰：「戚者非吾之所敢，喜者乃吾之所憂也。吾思所以逃吾之憂者而不得其道，若之何？」陽明子素知於公，既以戚衆之戚，喜衆之喜，而復憂公之憂。乃敘其事，爲賦六月，庸以贈公之行。

六月淒風，七月暑雨。倏雨倏寒，道脩以沮。允允君子，迪爾寢興。毋沾爾行，國步斯頻〔一〕。
哀此下民，靡屆靡極。不有老成，其何能國？吁嗟老成，獨遺典刑。若屋之傾，尚支其楹。
心之憂矣，言靡有所。如彼喑人，食荼與苦。依依長谷〔二〕，言采其芝。人各有能，我歸孔時〔三〕。
昔彼叔季，沉湎以逞。耄集以咨，我人自靖。允允君子，淑慎爾則。靡曰休止，民何於極！
日月其逝，如彼滄浪。南北其望，如彼參商。允允君子，毋沾爾行。如日之昇，以曷不光！

守文弟歸省攜其手歌以別之

爾來我心喜，爾去我心悲。不爲倚門念，吾寧舍爾歸！長途正炎暑，爾行慎興居。凉茗勿頻啜，節食但無飢。勿去〔四〕船旁立，勿〔五〕登岸上嬉。收心每澄坐，適意時觀書。申洪皆冥頑，不足長嗔笞。見人勿多說，慎默真如愚。接人莫輕率，忠信持謙卑。從來爲己學，慎獨乃其基。紛紛多嗜欲，爾病還爾知。到家良足樂，怡顏報重闈。昨秋童蒙去，今夏成人歸。長者愛爾敬，少者悅爾慈。親朋稱嘖嘖，羨爾能若茲。信哉學問功，所貴在得師。吾匪崇外飾，欲爾沾名爲。望爾日慥慥，聖賢以爲期。九兄及印弟，誦此共勉之！

書扇面寄館賓

湖上羣山落照晴，湖邊萬木起秋聲。何年歸去陽明洞？獨棹扁舟鑑裏行。

用實夫韻

〔一〕陽明文録作「顔」，編校者從詩録訂改。〔二〕詩録作「長國」。〔三〕詩録作「亂時」。〔四〕郯序本文録作「出」。〔五〕新刊續編作「望」。

詩從雪後吟偏好，酒向山中味轉佳。巘瀑隨風雜鐘磬，水花如雨落袈裟。

遊牛首山

春尋指天闕，煙霞眇何許！雙峰久相違，千巘來舊主。浮雲刺中天，飛閣淩風雨。探秀澗阿入，蘿陰息筐筥。滅跡避塵纓，清朝入深沮。風磴仰捫〔一〕歷，淙壑屢窺俯。梯雲躋石閣，下榻得吾所。釋子上方候，鳴鐘出延佇。頹景耀囬盻，層飈翼輕舉。曖曖〔二〕林芳暮，泠泠〔三〕石泉語。清宵耿無寐，峰月昇煙宇。會晤得良朋，可以寄心腑。

送徽州洪侹承瑞

平生舉業最踈慵，挾册虚煩五月從。竹院檢方時論藥，茆堂放鶴或開籠。憂時湧有孤忠在，好古全無一藝工。念我還能來夜雪，逢人休説坐春風。

病中大司馬喬公有詩見懷次韻奉答二首

十日無緣拜後塵，病夫心地欲生榛。詩篇極見憐才意，伎倆慚非可用人。黄閣望公長秉軸，滄江容我老垂綸。保釐玠重囬天手，會看春風萬木新。

一自多岐分路塵，堂堂正道遂生榛。聊將膚淺窺前聖，敢謂心傳啓後人！淮海帝圖須節制，雲雷大造看經綸。枉勞詩句裁風雅，欲借盤銘獻日新。

送諸伯生歸省

天涯送爾獨傷神，歲月龍山夢裏春。爲謝江南諸故舊，起居東嶽太夫人。閑中書卷堪時展，静裏工夫要日新〔四〕。能向塵途薄軒冕，不妨簑笠老江濱。

寄馮雪湖二首

〔一〕存稿作「們歷」，謝刻本全書作「門歷」。〔二〕詩録存稿作「暖暖」。〔三〕詩録作「冷冷」。〔四〕新刊續編作「自新」。

竿竹誰隱扶桑東？白眉之叟今龐公。隔湖聞鷄謝墅接，渡海有鶴蓬山通。鹵田經歲苦秋雨，浪痕半壁驚湖風。歌聲屋低〔一〕似金石，點也此意當能同。

海岸西頭湖水東，他年簑笠擬從公。釣沙碧海羣鷗借，樵徑青雲一鳥通。席有春陽堪坐雪，門垂五柳好吟風。於今猶是天涯夢，悵望青霄月色同。

諸用文歸用子美韻爲别

一别煙雲歲月深，天涯相見二毛侵。孤帆江上親朋意，樽酒燈前故國心。冷雪〔二〕晴林還作雨，鳥聲幽谷自成吟。飲餘莫上峰頭望，煙樹迷茫思不禁。

題王實夫畫

隨處山泉着草廬，底須松竹掩柴扉。天涯遊子何曾出？畫裏孤帆未是歸。小西諸峰開夕照，虎溪春寺入煙霏。他年還向辰陽望，却憶題詩在翠微。

贈潘給事

五月滄浪濯足歸，正堪荷葉製初衣。甲非乙是君休問，西水辰山志未違。沙鳥不須疑雀舫，江雲先爲掃魚磯。武陵溪壑猶深僻，莫更移家入翠微。

登蟂磯次草泉心〔三〕劉石門韻二首〔四〕

中流片石倚孤雄，下有馮夷百尺宫。灧澦西蟠渾失地，長江東去正無窮。徒聞吳女埋香玉，惟見沙鷗亂雪風。往事凄微何足問！永安宫闕草萊中。

江上孤臣一片心，幾經漂没水痕深。極怜撑住即從古，正恐崩頹或自今。蘚蝕秋螺殘老翠，蟂鳴〔五〕春雨落空音。好携雙鶴磯頭坐，明月中宵一朗吟。

〔一〕詩録作「底」。〔二〕全録作「雪意」。〔三〕新刊續編作「莫泉心」，全録作「章泉心」。〔四〕存稿 陽明文録本題二首著録於卷四江西詩一百二十首，編校者據詩録增補，參見本書正編卷四。〔五〕存稿 陽明文録作「蟂鳴」，編校者從詩録訂改。

與沅陵郭掌教

記得春眠寺閣雲，松林水鶴日爲羣。諸生問業衡星入，稚子拈香靜夜焚。世事暗隨江草換，道情曾許碧山聞。別來點瑟還誰鼓？悵望煙花此送君。

別族太叔克彰

情深宗族誼同方，消息那堪別後荒！江上相逢疑未定，天涯獨去意重傷。身閑最覺湖山靜，家近殊聞草木香。雲路莫嗟遲發軔，世途崎曲盡羊腸！

登憑虛閣和石少宰韻

山閣新春負一登，酒邊孤興晚堪乘。松間鳴瑟驚棲鶴，竹裏茶煙起定僧。望遠每來成久坐，傷時有涕恨無能。峰頭見說連閶闔，幾欲排雲尚未曾。

秋日陪登獅子山〔一〕

殘暑須還一雨清，高峰極目快新晴。海門潮落江聲急，吳苑秋生〔二〕樹腳明。烽火正防胡騎入，鴈書〔三〕愁見朔雲橫。百年未有涓埃報，白髮今朝又幾莖！

遂登閱江樓故址〔四〕

絕頂樓荒但〔五〕有名，高皇曾此駐龍旌。險存道德虛天塹，守在蠻夷豈石城！山色古今餘王氣，江流天地變秋聲。登臨授簡誰能賦？千載〔六〕新亭一愴情！

遊清涼寺三首〔七〕

〔一〕北京雍和嘉誠拍賣有限公司二〇〇七年春季藝術品拍賣會 遺逸齋藏品專場（作品編號：一六四九）王守仁行書詩二首（圖二一）有秋日陪登獅子山 遂登閱江樓故址二詩，詩後有「守仁頓首上 石樓老先生執事」落款；詩録 存稿 陽明文録本詩題作獅子山，序次在閱江樓之後，編校者據詩稿手跡調整。〔二〕詩録 存稿 陽明文録作「秋深」。〔三〕詩録 存稿 陽明文録作「羽書」。〔四〕王守仁行書詩二首（圖二一）第二首即本詩；詩録本詩著録於作卷一贛州稿，題作登閱江樓；存稿 陽明文録題作閱江樓，序次在獅子山之前。〔五〕詩録 存稿 陽明文録作「舊」。〔六〕詩録 存稿 陽明文録作「千古」。〔七〕詩録無本題三首。

圖二一　秋日陪登獅子山遂登閱江樓故址手跡（墨跡紙本）

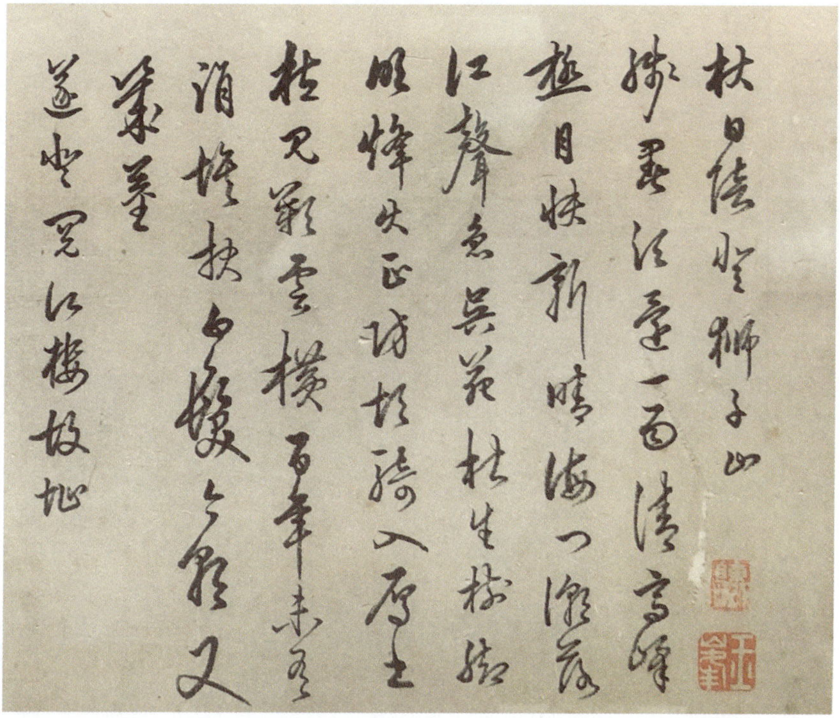

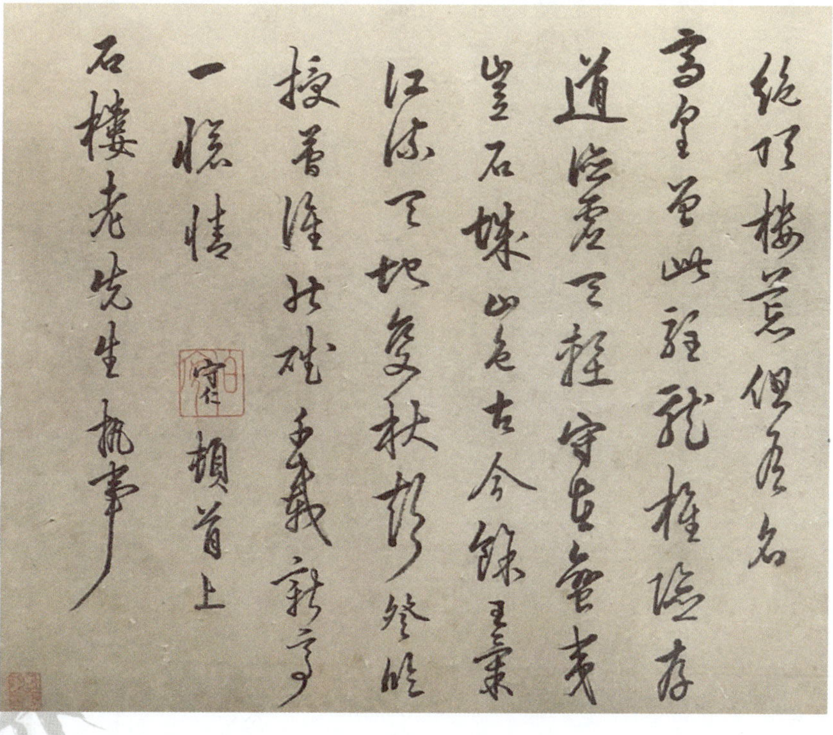

春尋載酒本無期，乘興還嫌馬足遲。古寺共憐春草沒，遠山偏〔一〕與夕陽宜。雨晴澗竹消蒼粉，風煖巖花落紫蕤。昏黑更須凌絕頂，高懷想見少陵詩。

積雨山行已後期，更堪多病益遲遲。風塵漸覺初心負，丘壑真於野性宜。緑樹陰層新作盖，紫蘭香細尚餘蕤。輞川圖畫能如許，絕是無聲亦有詩。

不顧尚書此日期，欲爲花外板輿遲。繁絲急管人人醉，竹徑松堂處處宜。雙樹暗芳春寂寞，五峰晴秀晚羲蕤。暮鐘杳杳催歸騎，惆悵煙光不盡詩。

寄張東所次前韻

遠邇君命忽中違，此意年來識者稀。黃綺曾爲炎祚出，子陵終向富春歸。江船一話千年闊，塵夢今驚四十非。何日孤帆過天目？海門春浪掃漁磯〔二〕。

別余繒子紳〔三〕

不湏買棹往來頻，我亦携家向海濱。但得青山隨鹿豕，未論黃閣畫麒麟。喪心疾已千年痼，起死方存六籍真。歸向蘭溪溪上路〔四〕，桃花春水正迷津。

送劉伯光

五月茆茨靜竹扉，論心方洽忽辭歸。滄江獨棹衝新暑〔五〕，白髮高堂戀夕暉。謾道六經皆註脚，還誰〔六〕一語悟真機？相知若問年來意，已傍西湖買釣磯。

冬夜偶書〔七〕

百事支離力不禁，一官棲息病相尋〔八〕。星辰魏闕江湖迥，松竹〔九〕茆茨歲月深。欲倚黃精消白髮，由來空谷有餘音。曲肱已醒浮雲夢，荷蕢休疑擊磬心。

〔一〕全録作「偏」。〔二〕詩録作「魚磯」。〔三〕餘姚板文録題作與俞子伸。〔四〕詩録 存稿 陽明文録作「問」，編校者從餘姚板文録訂改。〔五〕餘姚板文録作「風雨」。〔六〕餘姚板文録作「還隨」。〔七〕王陽明草書詩帖卷（圖一八）有鄉思二首次韻答黃輿，其第一首即本詩。〔八〕存稿 陽明文録作「侵」。〔九〕存稿 陽明文録作「松栢」。

寄潘南山

秋風吹散錦溪雲，一笑南山雨後新。詩妙盡從言外得，易微誰見畫前真？登山脚健何妨老，留客情深不計貧。朱呂月林傳故事，他年還許卜〔一〕西隣。

送胡廷尉

鍾陵雪後市燈殘，簫鼓江船發曉寒。山水總憐南國好，才猷須濟朔方艱。綵衣得侍僊舟遠，春色行應故里看。別去中宵瞻北極，五雲飛處是長安。

與郭子全〔二〕

相別翻憐相見時，碧桃開盡桂花枝。光陰如許成虛擲，世故〔三〕摧人總不知。雲路不須朱紱去，歸帆且得綵衣隨。嵐山〔四〕風景濂溪近，此去還應自得師。

次欒子仁韻送別四首

子仁辭〔五〕歸以四詩，請用其韻答之。言亦有過者，蓋因子仁之病而藥之，病已則去其藥。〔六〕

從來尼父欲無言，須信無言已躍然。悟到鳶魚飛躍〔七〕處，工夫原〔八〕不在陳編。〔九〕

其二

操持存養本非禪，矯枉寧知已過偏！此去好從根脚起，竿頭百尺未須前。

其三

野夫非不愛吟詩，才欲吟詩即亂思。未會性情涵泳地，二南還合是淫辭。

其四

道聽途傳影響前，可憐絕學遂多年。正須閉口林間坐，莫道青山不解言。

〔一〕詩録作「上」。〔二〕餘姚板文録題作與郭完。〔三〕餘姚板文録作「世事」。〔四〕詩録作「崖山」，餘姚板文録作「舊山」。〔五〕存稿、陽明文録無此字，編校者據詩録訂補。〔六〕詩録本序在詩後作識。〔七〕餘姚板文録作「鳶飛魚躍」。〔八〕餘姚板文録作「元」。〔九〕餘姚板文録本詩題作與徽州陳畢二子。

書悟真篇答張太常二首

悟真篇是誤真篇，三註由來一手箋。恨殺妖魔圖利益，遂令迷妄兢流傳。造端難免張平叔，首禍誰誣薛紫賢！直說與君惟個字，從頭去看野狐禪。

悮〔一〕真非是悟真篇〔二〕，平叔当時已有言。只爲世人多戀着，且從情欲起因緣。痴人前豈堪談夢？真性中難更說玄！爲問道人還具眼，試看何物是青天！

以上見陽明文録外集卷三南都詩四十七首，有增補。

守儉弟歸曰仁歌楚聲爲別予亦和之〔三〕

庭有竹兮青青，上喬木兮鳥嚶嚶。妹〔四〕之來兮，弟與偕行。竹青青兮雨風〔五〕，鳥嚶嚶兮西東。弟之歸兮，兄誰與同！江雲闇兮暑雨，江波渺渺兮愁予。弟別兄兮須臾，兄思弟兮何處？景翳翳兮桑榆，念重闈兮離居。路脩遠兮崎嶮，汨風波兮江湖。山有洞兮洞有雲，深林杳杳兮澗道曛。松落落兮葛纍纍，猿啾啾兮鶴怨羣。山之人兮不歸，山鬼晝嘯兮下上煙霏。風嫋嫋兮桂花落，草凄凄〔六〕兮春日遲。葺予屋兮雲間，荒予圃兮溪之陽。驅〔七〕虎豹兮無踐我藿，擾麋鹿兮無駭我塲。解予綬兮鍾阜，委予佩兮江湄。往者不可追兮，嘆鳳德之日衰。將沮溺其耦耕兮，孰接輿之避予？囬予駕兮扶桑，鼓予枻〔八〕兮滄浪。終携汝兮空谷，採三秀兮徜徉。

以上見陽明文録外集卷一賦騷七首。

予妻之姪諸陛伯生將遊嶽麓爰訪舅氏酌别江滸寄懷於言〔九〕

〔一〕存稿陽明文録作「悟真」，編校者從謝刻本全書訂改。〔二〕詩録此句作「悟真篇是誤真篇」。〔三〕詩録存稿無此篇。〔四〕陽明文録作「妹」，編校者從郭刻本全書訂改。〔五〕陽明文録作「雨凬」，編校者從鄒序本文録訂改。〔六〕謝刻本全書作「萋萋」。〔七〕陽明文録作「軀」，編校者從郭刻本全書訂改。〔八〕陽明文録作「抴」，編校者從郭刻本全書訂改。

〔九〕法書集著録别諸伯生詩軸（圖二二），係本詩另一種手跡，詩後識爲「正德甲戌十月初五日夕，陽明居士伯安書於金陵之静觀亭。至長沙見道嶠，遂出此致意也」。

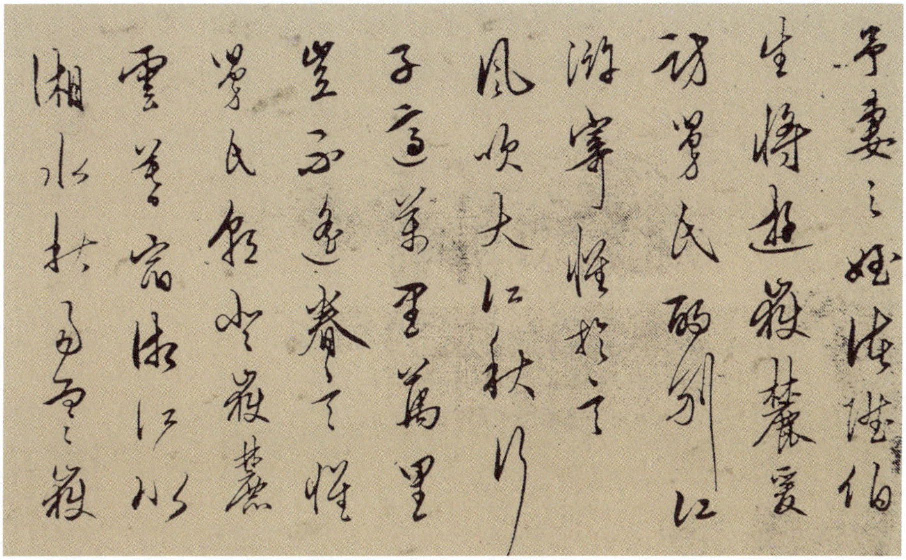

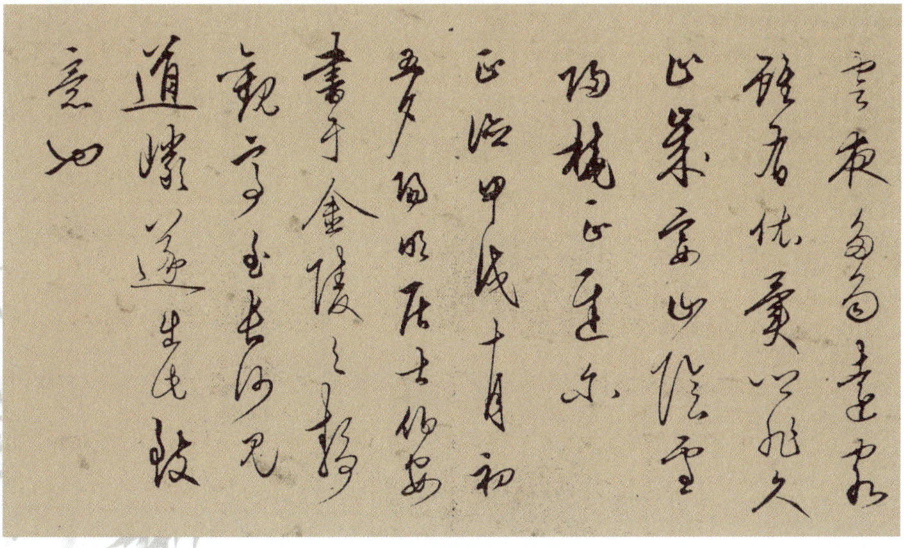

圖二二　予妻之姪諸陞伯生將遊嶽麓爰訪舅氏酌別江滸寄懷於言手跡一（墨跡紙本）

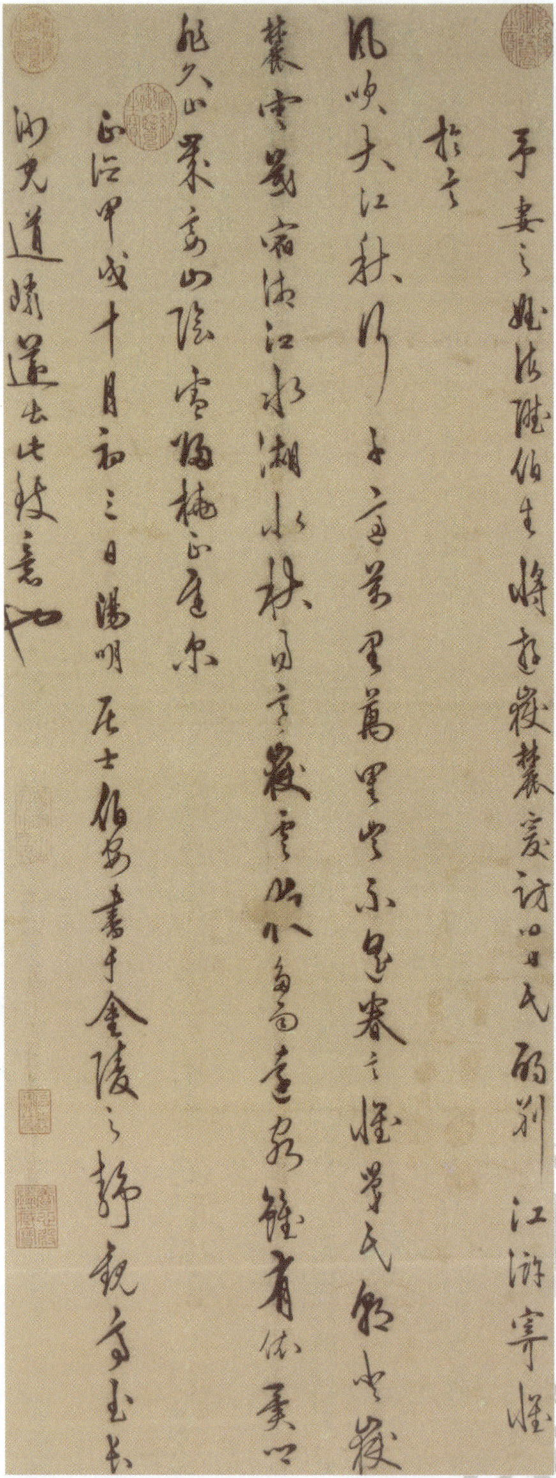

圖二三　予妻之姪諸陞伯生將遊嶽麓爰訪舅氏酌别江滸寄懷於言手跡二（墨跡紙本）

風吹大江秋，行子適萬里。萬里豈不遙？眷言懷舅氏。朝登嶽麓雲，暮宿湘江水。湘水秋易寒，嶽雲夜多雨。遠客雖有依，異乡非久止。歲宴山陰雪，歸橈正遲尔。

正德甲戌十月初三日，陽明居士伯安書於金陵之靜觀亭。至長沙見道巖，遂出此致意也。

以上據書法全集著録別妻侄詩軸（圖二三）録入。

奉壽西岡羅老先生尊丈

蚤賦歸來意洒然，螺川猶及拜詩篇。高風山斗長千里，道貌氷霜又幾年。曾與眉菴論世美，真從程洛溯心傳。西岡自並南山壽，姑射無勞更問仙。

陽明山人侍生王守仁頓首稾上　時正德丙子季春望後九日也

以上據書法全集著録奉壽西岡羅老先生尊丈卷（圖二四）録入。

龍江留別五首

正德丙子九月，守仁領南贛之命，大司馬白巖喬公、太常白樓吳公、大司成蓮北魯公、少司成雙溪汪公，相與集餞於清凉山，又餞於借山亭，又再餞於大司馬第，又出餞於龍江，諸公皆聯句爲贈，即席次韻奉酬，聊見留別之意。

未去先愁別後思，百年何地更深知？今宵燈火三人尔，他日緘書一问之。潯有烟霞刊肺腑，不堪霜雪妬鬢眉。莫將分手看容易，知是重逢定幾時！

謫鄉還日是多餘，長擬雲山信所如。豈謂尚懸蒼水佩，無端又領紫泥書。豺狼遠道休爲梗，鷗鷺初盟已漸虛。他日姑蘇歸舊隱，揔拈書藉便移居。

寒事俄驚蟪蟀先，同遊剛是早春天。故人愈覺晨星少，別話聊憑盃酒延。戎馬驅馳非舊日，筆床相對又何年？不因遠地踈蹤跡，惠我時裁金玉篇。

無補涓埃媿聖朝，潯將投筆擬班超。論交義重能相負？惜別情多屢見招。地入風塵兵甲滿，雲深湖海夢魂遙。廟堂長策諸公在，銅柱何年折舊標？

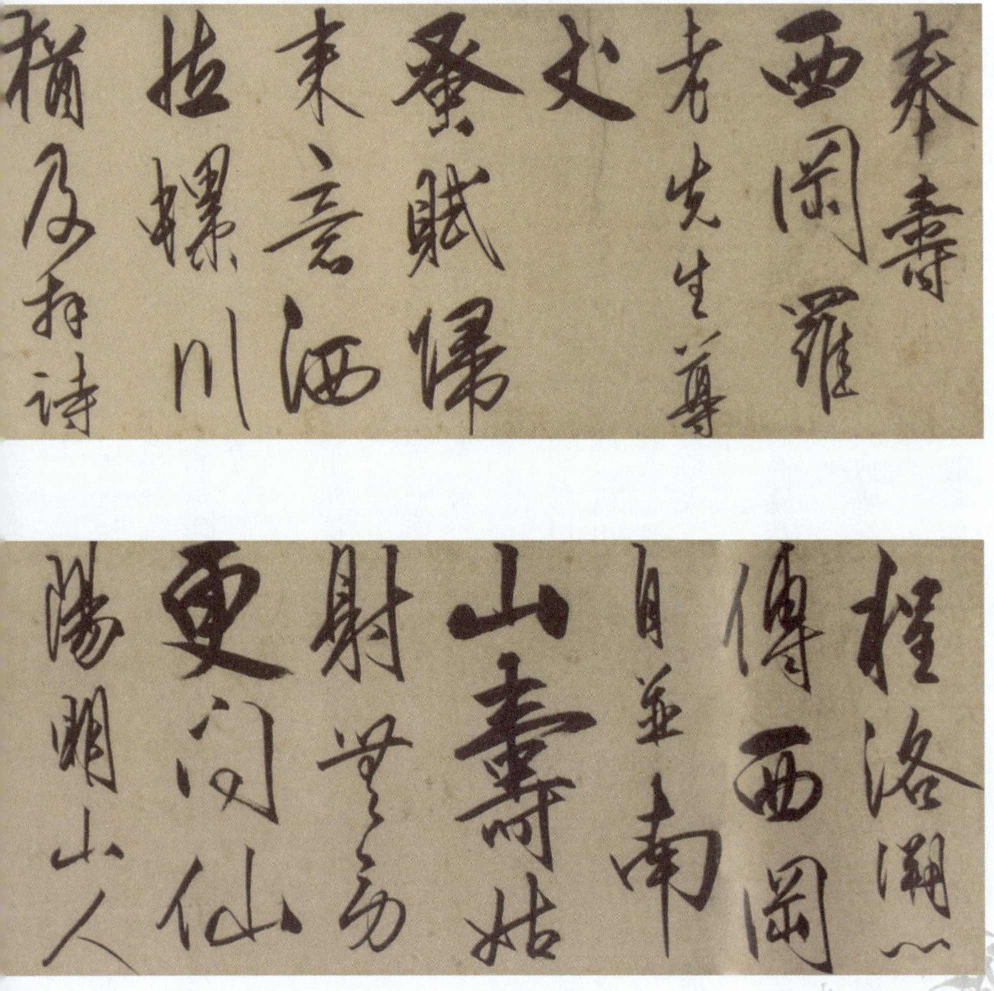

圖二四　奉壽西岡羅老先生尊文手跡（墨跡紙本）

扁高風
山斗長千
里道貌
冰霜又
歲年
曾與眉
雍論世
美土真況

侍生王
守仁頓首
藻上時
正德丙子
李春實
後九日如

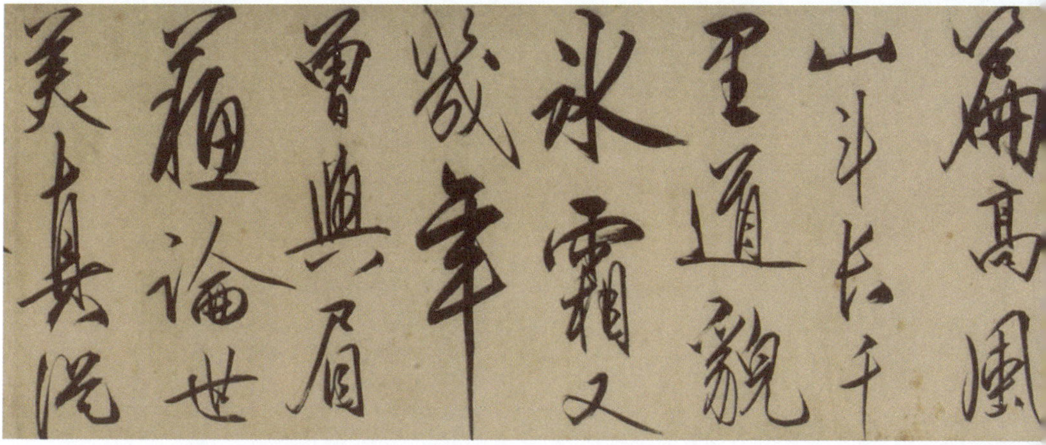

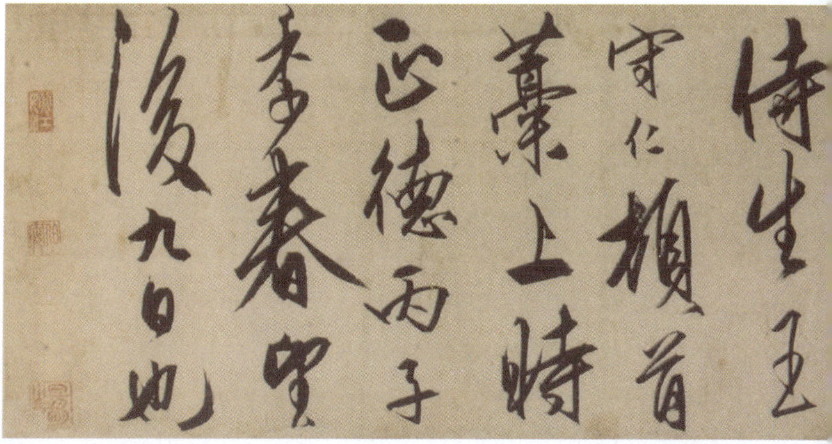

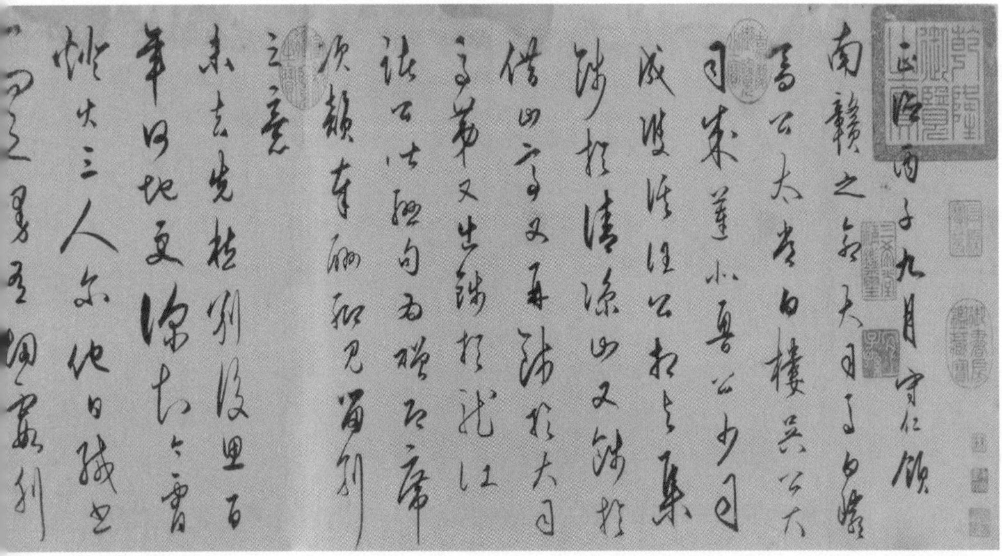

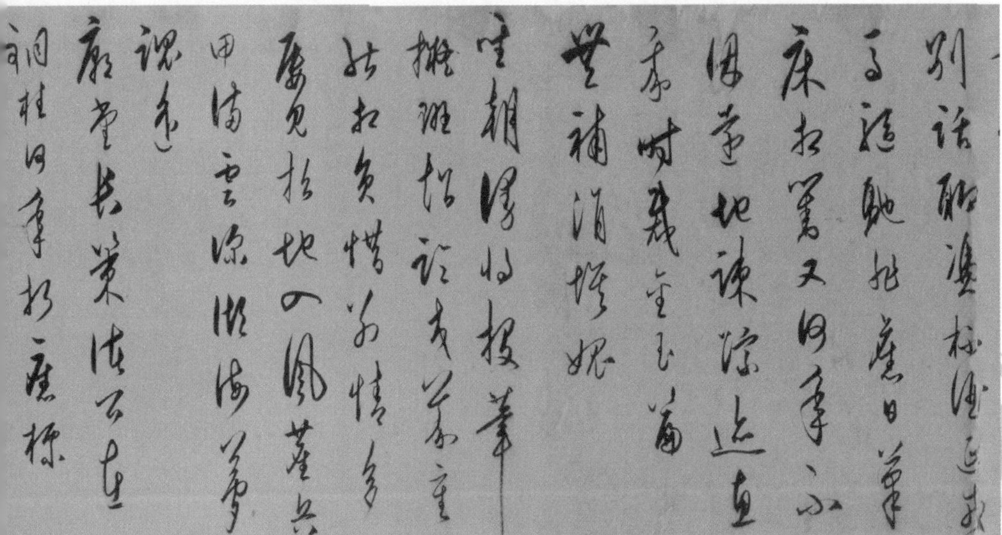

圖二五　龍江留別五首手跡（墨跡紙本）

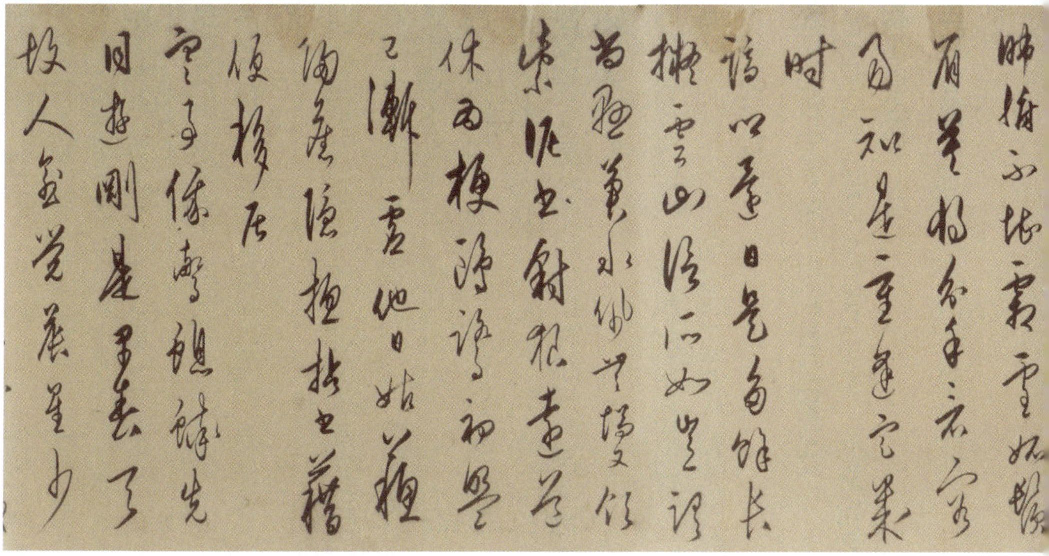

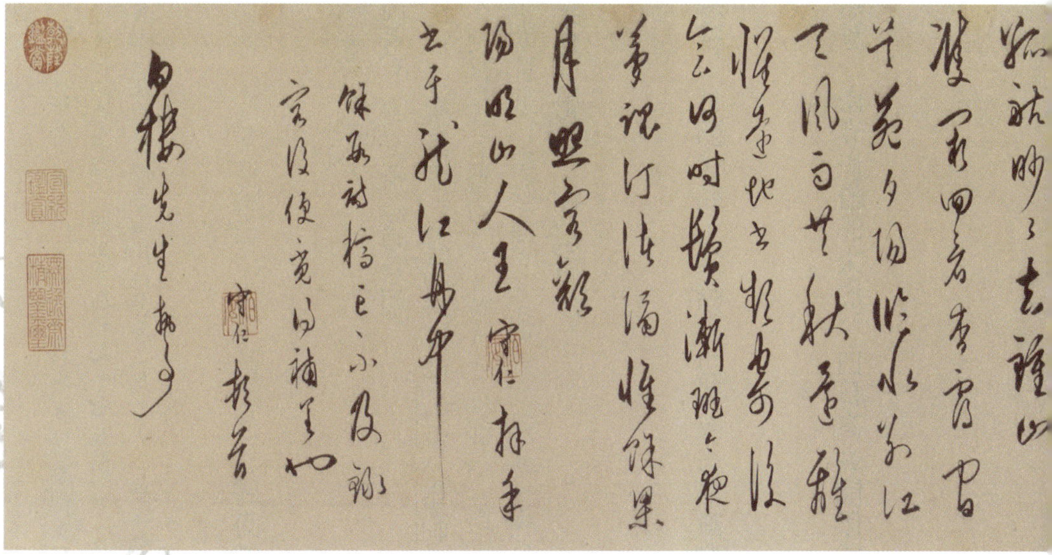

孤航眇眇去鍾山，夔闕回看杳靄間。吳苑夕陽臨水別，江天風雨共秋還。離懷逺地書頻寄，後會何時鬢漸班。今夜夢魂汀渚隔，惟餘梁月照容顔。

陽明山人王守仁拜手書於龍江舟中

餘數詩稿亡不及録，容後便覔得補呈也。守仁頓首　白樓先生執事

以上據書法全集著録龍江留別詩卷（圖二五）録入。

鄉思二首次韻答黄輿〔一〕

百事支離力不禁，一官棲息病相尋。星辰魏闕江湖逈，松竹茆茨歲月深。欲倚黄精消白髮，由來空谷有餘音。曲肱已醒浮雲夢，荷蕢休疑擊磬心。

獨夜殘燈夢未成，蕭蕭窓竹故園聲。草深石屋鼪鼯嘯，雪靜空山猿鶴驚。漫有緘書招舊侶，尚牽纓冕負初情。雲溪漠漠春風轉，紫菌黄芝又日生。

以上據王陽明草書詩帖卷（圖一九）録入。

贛州詩

正德十二年丁丑正月抵贛履任都察院左僉都御史巡撫南贛汀漳等處（次年六月陞都察院右副都御史）至正德十四年己卯五月間所作，陽明先生四十六歲至四十八歲。

丁丑二月征漳寇進兵長汀道中有感〔二〕

將略平生非所長，也提戎馬入汀漳。數峰斜日〔三〕旌旗逺，一道春風鼓角揚。莫倚貳師〔四〕能出塞，極知充國〔五〕善平羌。瘡痍到處曾無補，翻憶鍾山舊草堂。

〔一〕陽明文録外集卷三南都詩四十七首冬夜偶書與贛州詩三十六首夜坐偶懷故山即本題二詩，文字多有異同，參見本書正編卷三。〔二〕嘉靖汀州府志（凡十九卷，嘉靖六年丁亥刻本）卷十七詞翰題作長汀道中題詩，題後有識：「夜宿行臺，用韻於壁，時正德丁丑三月十三日陽明王守仁」。〔三〕新刊續編作「晴日」。〔四〕詩録存稿作「二師」。〔五〕詩録存稿作「完國」。

雨中過南泉菴〔一〕

山城經月駐旌戈，亦復幽尋到薜蘿。南國已看〔二〕囬甲馬，東田初喜出農簑〔三〕。溪雲曉度千峰雨，江漲春生〔四〕兩岍波。暮倚七星瞻北極，絕憐蒼翠晚來多。

雨中過南泉菴書壁。是日梁郡伯携酒來同因并呈。時在正德丁丑四月五日 陽明山人守仁頓首

喜雨三首

即看一雨洗兵戈，便覺光風轉石蘿。順水飛檣來賈泊〔五〕，絕江喧浪舞漁簑。片雲東望懷〔六〕梁國，五月南征想伏波。長擬歸耕猶未得，雲門初伴漸無多。

轅門春盡猶多事，竹院空閒未得過。特放小舟乘急浪，始聞幽碧出層蘿。山田旱久兼逢雨，野老歡騰且縱歌。莫謂可塘終據險〔七〕，地形原不勝人和。

吹角峰頭曉散軍，橫空萬騎下氤氳。前旌已帶洗兵雨，飛鳥猶驚捲陣雲。南畝漸忻農事動，東山休共凱歌聞。正思鋒鏑堪揮淚，一战功成未足云。〔八〕

聞曰仁買田霅上携同志待予歸二首

見說相携霅上耕，連簑應已出烏程。荒畬初墾功須倍，秋熟雖微稅亦輕。雨後湖舠兼學釣，餉餘堤樹合閒行〔九〕。山人久有歸農興，猶向千峰夜度兵。

〔一〕中國嘉德國際拍賣有限公司中國嘉德二〇一一年秋季拍賣會 妙筆——中國古代書法專場（作品編號：〇五六六）王守仁丁丑（一五一七）作行書七言詩軸（圖二六）即本詩，書法全集著録囬軍上杭詩軸（圖二七），係本詩另一種手跡，詩後識爲「雨過南泉菴，梁郡伯携酒來，即席漫書，遂呈録。守仁頓首」，無日期，文字略有異同。詩録 存稿 陽明文録題作囬軍上杭，詩後無識。〔二〕詩録 存稿 陽明文録作「忻」。〔三〕存稿 陽明文録作「農蓑」。〔四〕囬軍上杭詩軸（圖二七）作「春深」，詩録 存稿 陽明文録作「新生」。〔五〕謝刻本全書作「買舶」。〔六〕詩録作「悭」。〔七〕詩録作「據嶮」。〔八〕嘉靖汀州府志（凡十九卷，嘉靖六年丁亥刻本）卷十七詞翰本詩題作題察院壁，題後有識：「四月戊午，班師上杭道中。都御史王守仁書」。〔九〕詩録 存稿作「間行」。

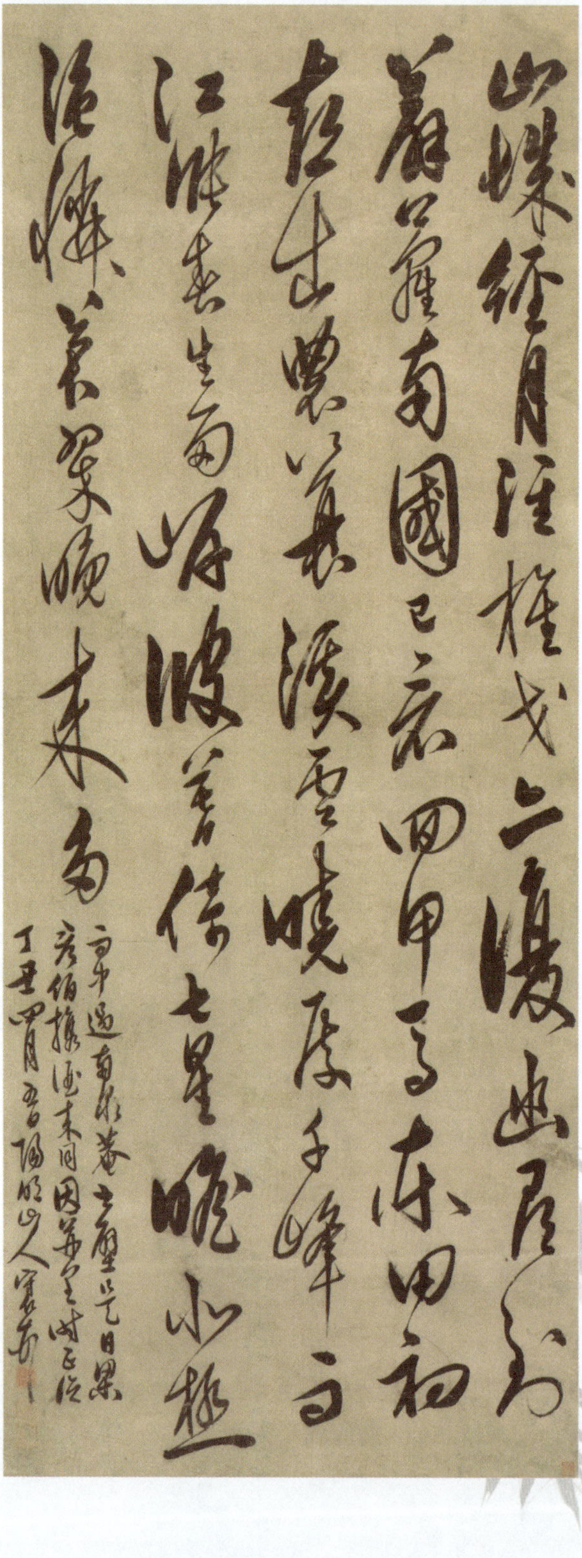

圖二六　雨中過南泉菴手跡一（墨跡紙本）

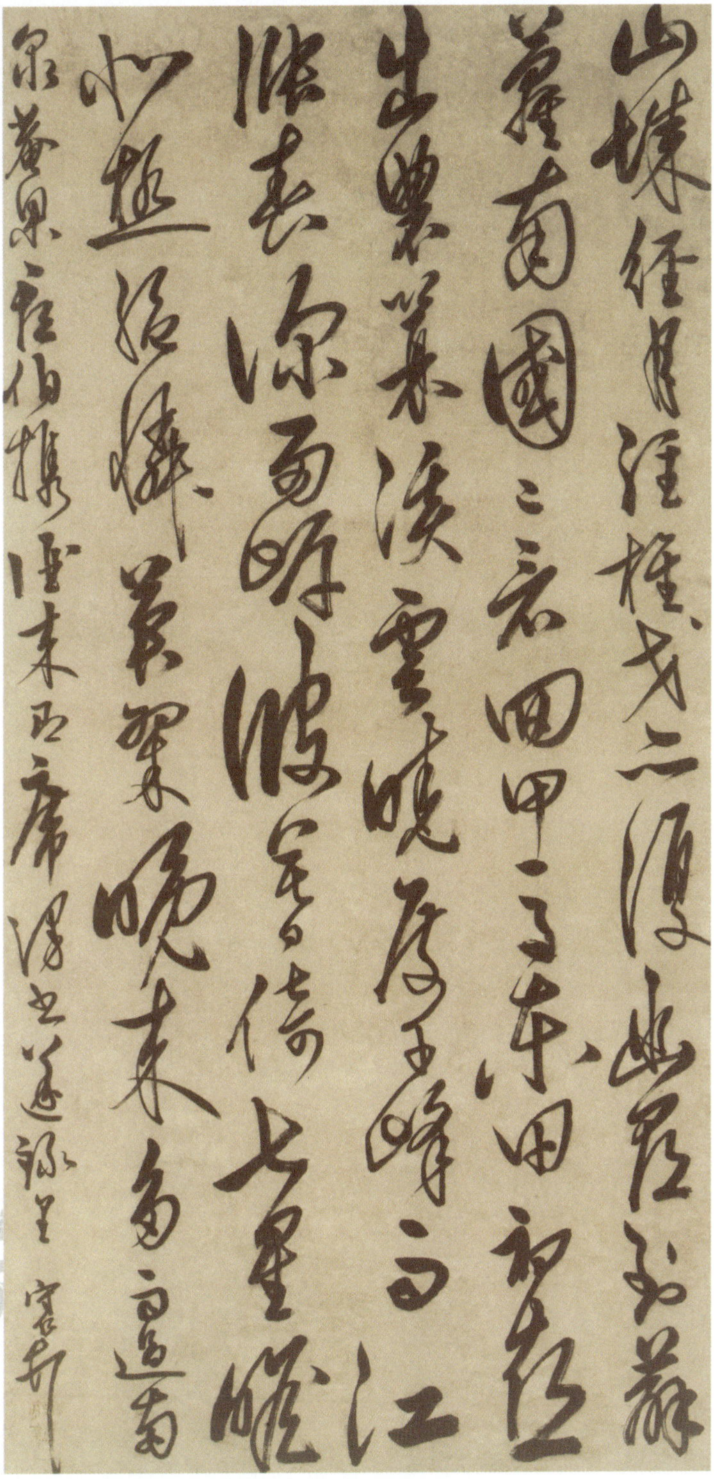

圖二七　雨中過南泉菴手跡二（墨跡紙本）

月色高林坐夜沉，此時何限故園心！山中古洞陰蘿合，江上孤舟春水深。百戰自知非舊學，三驅猶媿失前禽。歸期久負雲門伴，獨向幽溪雪後尋。〔一〕

祈雨二首

旬初一雨遍汀漳，將謂汀虔是接疆。天意豈知分彼此！人情端合有炎凉。月行今已虛纏畢〔二〕，斗杓何曾解挹漿！夜起中庭成久立，正思民瘼欲沾裳。

見說虔南惟苦雨，深山毒霧長陰陰。我來偏遇一春旱，誰解挽回三日霖！寇盜郴陽方出掠，干戈塞北還相尋。憂民無計淚空墮，謝病幾時歸海潯？

祈雨辭〔三〕

嗚呼！十日不雨兮，田且無禾；一月不雨兮，川且無波。一月不雨兮，民已爲疴；再月不雨兮，民將柰何？小民無罪兮，天無咎民！撫巡失職兮，罪在予臣。嗚呼盜賊兮，爲民大屯；天或罪此兮，赫威降嗔；民則何罪兮？玉石俱焚。嗚呼！民則何罪兮？天無〔四〕遽怒！油然興雲兮，雨茲下土。彼罪曷逋兮？哀此窮苦！

還贛〔五〕

積雨雩都道，山途喜乍晴。溪流遲渡馬，岡樹隱前旌。野屋多移竄〔六〕，窮苗尚阻兵。迎趨勤父老，無補媿巡行。

借山亭

〔一〕全録本詩著録於外録卷四江西詩一百二十首，題作即事漫述；嘉靖汀州府志（凡十九卷，嘉靖六年丁亥刻本）卷十七詞翰本詩題作夜坐有怀故园次韵。〔二〕存稿、陽明文録訛作「畢」，編校者據詩録訂改。〔三〕陽明文録本篇著録於卷一賦騷七首，題下註有「正德丙子南贛作」，編校者從詩録移入。〔四〕存稿、陽明文録作「何」，編校者從詩録訂改。〔五〕康熙雩都縣志（凡十四卷，康熙四十七年戊子刻本）卷十二紀言志詩題作平漳寇自上杭班師過雩都。〔六〕存稿、陽明文録作「移竄」，編校者從詩録訂改。

借山亭子近如何？乘興時從夢裏過。尚想清池環醉影，猶疑花徑駐鳴珂。踈簾細雨燈前局，碧樹涼風月下歌。傳語諸公合頻賞，休令歲月亦蹉跎！

桶岡和邢太守韻二首

處處山田盡入畬，可憐黎庶半無家。興師正爲民痍甚，陟險寧辭鳥道斜！勝勢〔一〕真如瓴水〔二〕建，先聲不礙嶺雲遮。窮巢容有遺驅脇，尚恐兵鋒或濫加。

戢亂興師既有名，揮戈真已見風行。豈云薄劣能驅策？實仗皇威自震驚。爛額〔三〕尚慚爲上客，徙薪尤覺費經營。主恩未報身多病，旋凱須還隴上耕。

通天巖〔四〕

青山隨地佳，豈必故園好！但得此身閒，塵寰亦蓬島。西林日初暮，明月來何早！醉卧石床涼，洞雲秋未掃。

正德庚辰八月八日訪鄒陳諸子於玉巖，題壁。陽明山人王守仁書〔五〕

遊通天巖次鄒謙之韻

天風吹我上丹梯，始信青霄亦可躋。俯視氛寰〔六〕成獨慨，却憐人世尚多迷。東南真境〔七〕埋名久，閩楚諸峰入望低。莫道僊家全脫俗，三更日出亦聞鷄。

遊通天巖次陳惟濬韻

四山落木正秋聲，獨上高峰望眼明。樹色遙連閩嶠碧，江流不盡楚天清。雲中想見雙龍轉，風外時傳一笛横。莫遣新愁添白髮，且呼明月醉沉〔八〕觥。

〔一〕陽明文録作「勝世」，編校者從詩録訂改。〔二〕詩録作「瓶水」。〔三〕詩録作「爛頞」。〔四〕江西省贛州市章貢區通天巖存陽明先生手跡刻石（拓本，圖二八）；書法全集著録玉巖題壁碑刻拓本（圖二九）即本詩；據詩稿手跡刻石拓本詩後題識，本詩應是江西詩；詩録無本詩；存稿本詩著録於外集卷三贛州詩三十二首；參見本書正編卷四。〔五〕存稿 陽明文録詩後無識。〔六〕餘姚板文録作「人寰」，全録作「氛埃」。〔七〕餘姚板文録作「絶境」。〔八〕詩録作「深」。

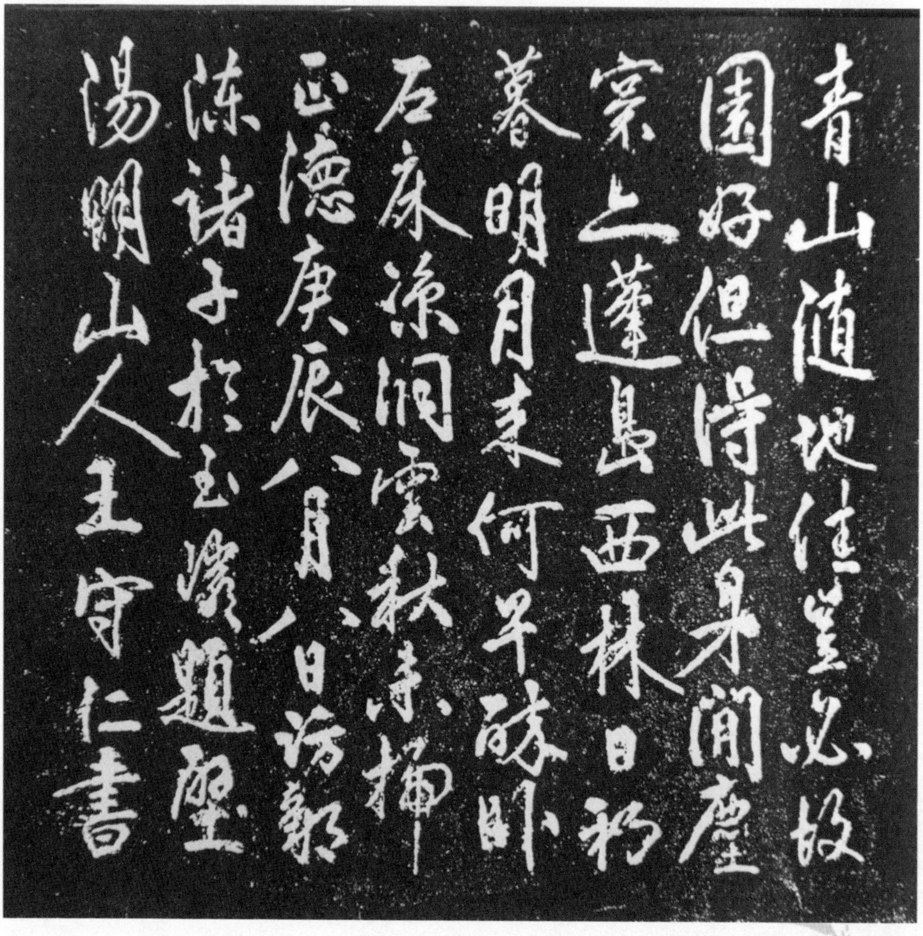
青山隨地佳豈必故
園好但得此身閒塵
寰亦蓬島西林日初
暮明月來何早醉臥
石床涼洞雲秋未掃
正德庚辰八月八日訪穀
濂諸子於玉虛題壁
陽明山人王守仁書

圖二八 通天巖手跡一（刻石拓本）

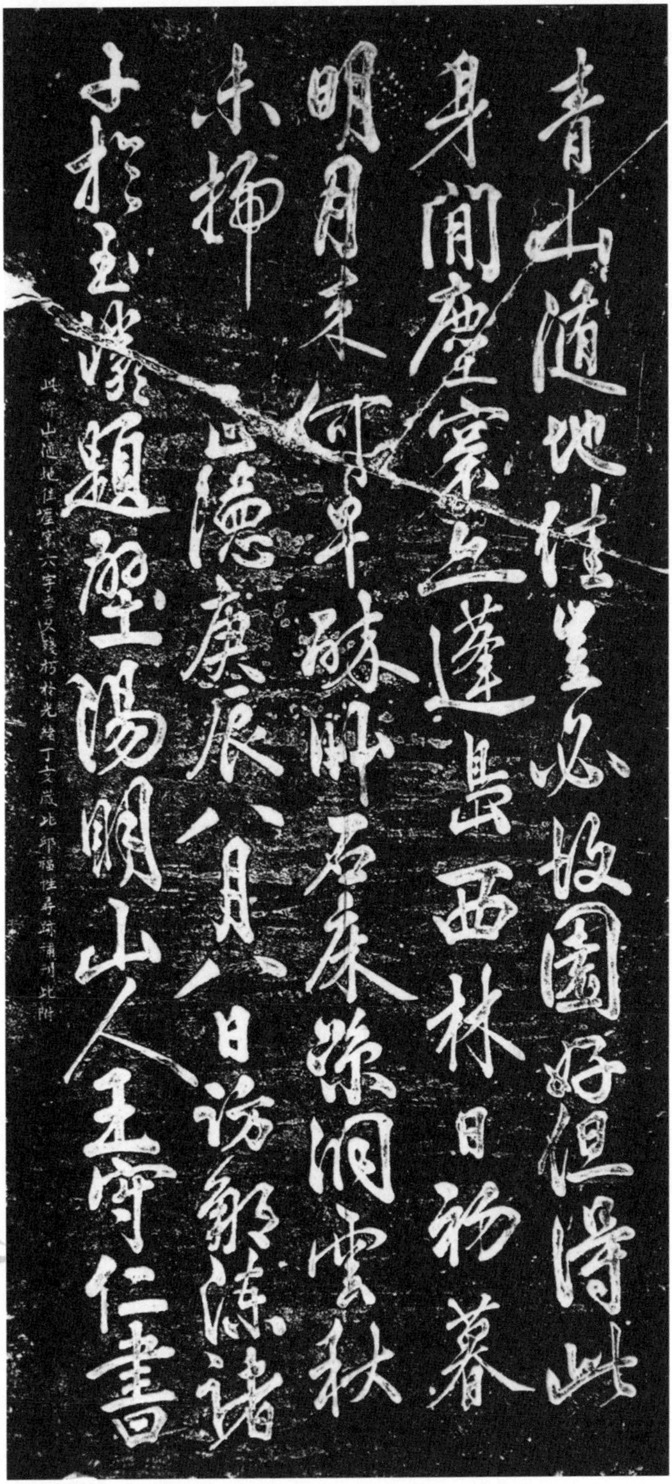
青山隨地佳豈必故園好但得此
身閒塵寰亦蓬島西林日初暮
明月來何早醉卧石牀涼洞雲秋
未掃
正德庚辰八月八日訪鄒謙之諸
子於玉巖題壁陽明山人王守仁書

圖二九 通天巖手跡二（碑刻拓本）

忘言巖次謙之韻〔一〕

意到已忘言，興劇復忘飯。坐我此巖中，是誰鑿混沌？尼父欲無言，達者窺其本。此道何古今？斯人去則遠。空巖不見人，真成面墻立。巖深雨不到，雲歸花亦濕。

圓明洞次謙之韻

羣山走波浪，出沒龍蛇脊。巖棲寄盤渦，沉淪遂成癖。我來汲東溟，爛煮南山石。千年熟一炊，欲餉巖中客。

潮頭巖次謙之韻

潮頭起平地，化作千丈雪。棹舟者何人？試問巖頭月。

天成素有志於學茲得告東歸林居靜養其所就可知矣臨别以此紙索贈湯爲賦此遂寄聲山澤諸賢

予有山水〔二〕期，荏苒風塵際。高秋送將歸，神往跡還滯。囬車當盛年，養痾非遯世。垂竿鑑湖雲，結廬浮峰樹。愛日遂庭趨，芳景添遊詣。掎生悟玄魄，妙靜息緣慮。眇眇素心人，望望滄洲去。東行訪天沃，雲中倘相遇。

坐忘言巖問二三子〔三〕

幾日〔四〕巖棲事若何？莫將佳景〔五〕復虚過〔六〕。未妨雲壑淹留久，終是塵寰錯誤多。澗道霜風踈草木，洞門煙月掛藤蘿。不知相繼來遊者，還有〔七〕吾儕此意麽？

留陳惟濬

聞說東歸欲問舟，清遊方此復離憂。却看陰雨相淹滯，莫道山靈獨苦留。薜荔巖高兼得月，桂花香滿正宜秋。煙霞到手休輕擲，塵土驅人易白頭。

〔一〕詩録存稿無本詩及以下三首。〔二〕謝刻本全書作「山林」。〔三〕餘姚板文録題作巖坐。〔四〕餘姚板文録作「數日」。〔五〕餘姚板文録作「佳境」。〔六〕餘姚板文録作「亦空過」。〔七〕餘姚板文録作「亦有」。

棲禪寺雨中與惟乾同登〔一〕

絕頂深泥冒雨扳，天於佳景亦多慳。自憐久客頻移棹，頗羨高僧獨閉關。江草遠連雲夢澤，楚雲長斷九嶷山。年來出處渾無定，慚媿沙鷗盡日閒。

茶寮紀事〔二〕

萬壑風泉〔三〕秋正哀，四山〔四〕雲霧晚初開。不因王事兼程入，安得閑行向北來！登陟未妨安石興，縱擒徒羨孔明才。乞身已擬全師日，歸掃溪邊舊釣臺。

囬軍九連山道中短述〔五〕

百里妖氛一戰清，萬峰雷雨洗囬兵。未能干羽苗頑格，深媿壺漿〔六〕父老迎。莫倚謀攻爲上策，湏還〔七〕内治是先聲。功微不願希〔八〕侯賞，但乞蠲輸〔九〕絕橫征。

囬軍龍南小憇玉石巖隻洞絕奇繾綣不能去寓以陽明别洞之名兼留是作三首〔一〇〕

甲馬新從鳥道囬〔一一〕，覽奇還更陟〔一二〕崔嵬。寇平漸喜流移復，春暖〔一三〕兼欣農務開。兩竇高

〔一〕全録本詩著録於外録卷一赴謫詩，題下註有「謫師過辰陽作」。〔二〕詩録無本詩。〔三〕存稿作「峰前」。〔四〕存稿作「四水」。〔五〕法書集著録囬軍龍南手跡刻石拓本（圖三〇）有囬軍九連山道中短述 囬軍龍南小憇玉石巖隻洞絕奇繾綣不能去寓以陽明别洞之名兼留是作三首 再至陽明别洞和邢太守韻二首其一五詩，詩後有識：「囬軍龍南道中，小憇玉石巖，用韻書此。陽明山人王守仁伯安識」。〔六〕謝刻本全書作「壺漿」。〔七〕詩録 存稿 陽明文録作「還湏」。〔八〕詩録作「封」。〔九〕詩録作「蠲租」。〔一〇〕囬軍龍南手跡刻石拓本（圖三〇）第二、第三、第四首即本題三詩；天津博物館編天津博物館藏書法（文物出版社，二〇一二年版）著録王守仁行書詩卷（圖三一）即本題三首；詩録題作囬軍龍南小憇玉石巖雙洞絕奇徘徊不忍去因寓以陽明别洞之號兼留此作，存稿 陽明文録題作囬軍龍南小憇玉石巖雙洞絕奇徘徊不忍去因寓以陽明别洞之號兼留此作三首。〔一一〕王守仁行書詩卷（圖三一）作「鐵馬初鳥從道囬」。〔一二〕王守仁行書詩卷（圖三一）作「上」。〔一三〕王守仁行書詩卷（圖三一）作「春晚」，詩録 存稿 陽明文録作「春煖」。

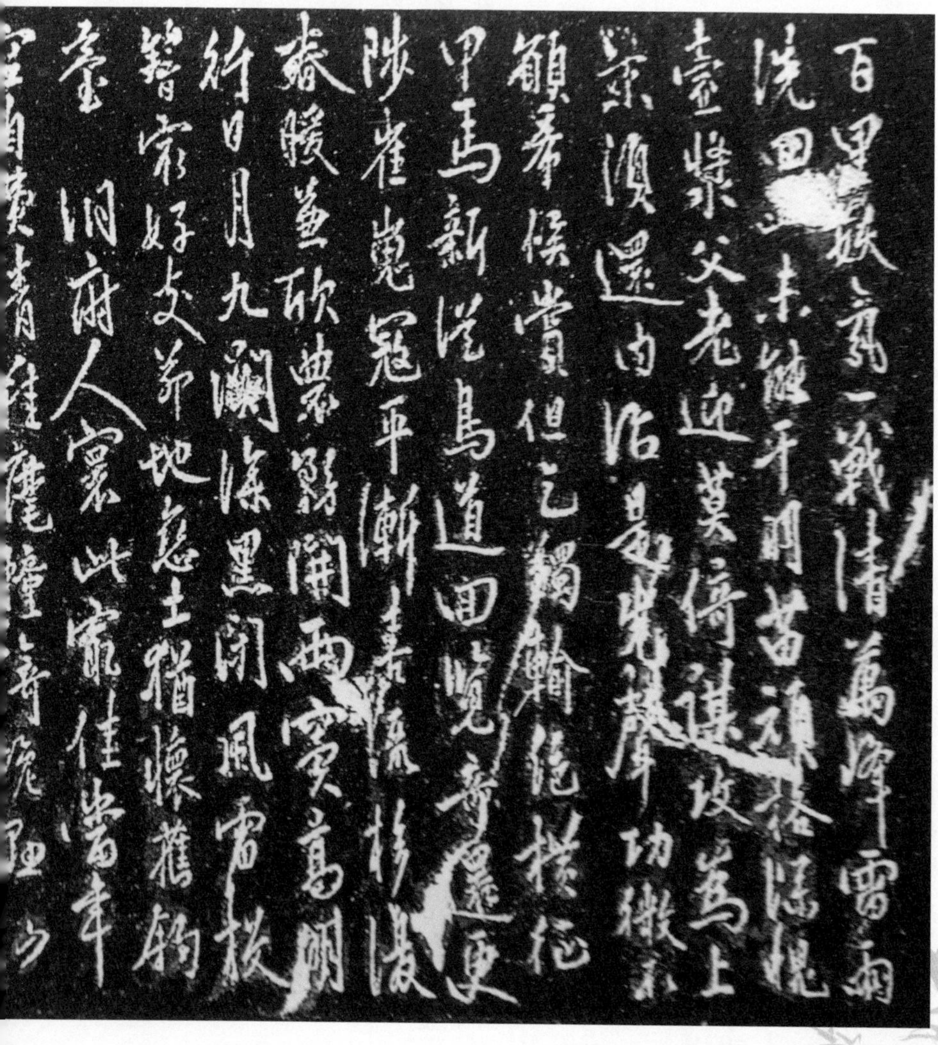

圖三〇　田軍九連山道中短述　田軍龍南小憩玉石巖雙洞絕奇繾綣不能去寓以陽明別洞之名兼留是作三首　再至陽明別洞和邢太守韻二首其一手跡（刻石拓本）

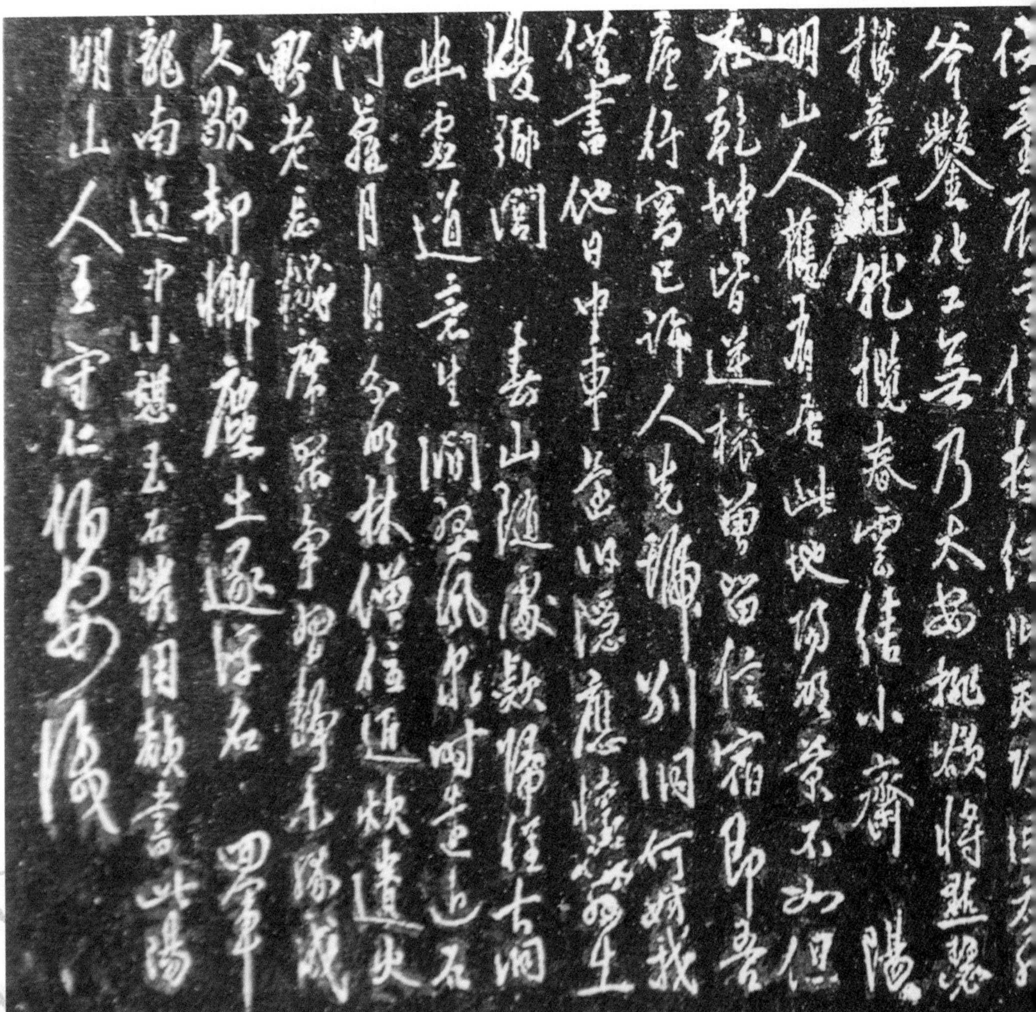

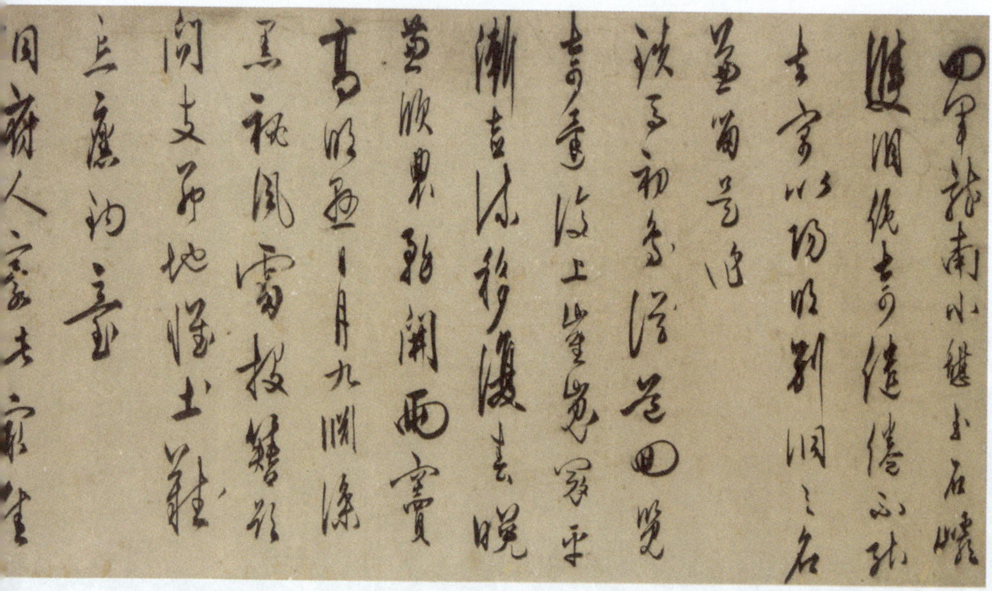

圖三一　画軍龍南小憩玉石巖雙洞絕奇繾綣不能去寓以陽明别洞之名兼留是作三首手跡（墨跡紙本）

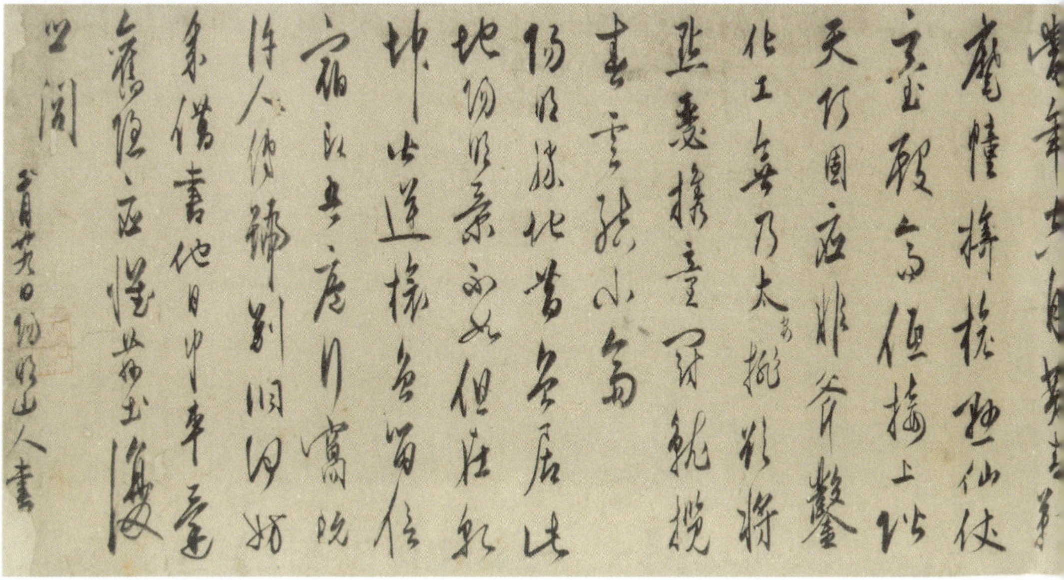

明行〔一〕日月，九關〔二〕深黑閉〔三〕風雷。投簪宜好〔四〕支茆地，戀土猶懷〔五〕舊釣臺。
洞府人寰此寅佳〔六〕，當年空自費青鞋〔七〕。麾幢旖旎懸仙仗，臺殿高佉〔八〕接緯階〔九〕。天巧固
應非斧鑿，化工無乃太安排？欲將點瑟携童冠，就攬春雲結小齋。
陽明山人舊有居〔一〇〕，此地陽明景不如。但在乾坤皆〔一一〕逆旅，曾留信宿即吾廬。行窩已〔一二〕
許人先〔一三〕號，别洞何妨我借書。他日巾車還舊隱，應懷兹土復鄉閭。
二月廿九日，陽明山人書〔一四〕

再至陽明别洞和邢太守韻二首〔一五〕

春山隨處欵歸程，古洞幽虛道意生。澗壑風泉時遠近，石門蘿月自分明。林僧住近〔一六〕炊遺火，野
老忘機席罷〔一七〕爭。習静未緣成久歇〔一八〕，却慚塵土逐浮名〔一九〕。
山水平生是課程，一淹塵土遂心生。耦耕亦欲隨沮溺，七縱何緣得孔明？吾道羊腸須蠖屈，浮名蝸
角任龍爭。好山當面馳車過，莫漫尋山説避名。

夜坐偶懷故山〔二〇〕

〔一〕王守仁行書詩卷（圖三一）作「懸」。〔二〕王守仁行書詩卷（圖三一）作「九淵」，詩録作「九天」。〔三〕王守仁行書詩卷（圖三一）作「祕」。〔四〕王守仁行書詩卷（圖三一）作「欲問」，詩録 存稿 陽明文録作「最好」。〔五〕王守仁行書詩卷（圖三一）作「懷土難忘」。〔六〕詩録 存稿 陽明文録作「最佳」。〔七〕詩録 存稿 陽明文録作「轃」。〔八〕詩録 存稿 陽明文録作「高低」。〔九〕王守仁行書詩卷（圖三一）作「上階」。〔一〇〕王守仁行書詩卷（圖三一）作「陽明勝地昔曾居」。〔一一〕詩録 存稿 陽明文録作「俱」。〔一二〕王守仁行書詩卷（圖三一）作「既」。〔一三〕王守仁行書詩卷（圖三一）作「傳」。〔一四〕毌軍龍南手跡刻石拓本（圖三〇）詩後無此落款，編校者據王守仁行書詩卷（圖三一）訂補。詩録 存稿 陽明文録詩後無落款。〔一五〕毌軍龍南手跡刻石拓本（圖三〇）第五首即本題第一首。〔一六〕詩録 存稿 陽明文録作「久」。〔一七〕詩録 存稿 陽明文録作「罷席」。〔一八〕詩録 存稿 陽明文録作「坐」。〔一九〕詩録 存稿 陽明文録作「虚名」。〔二〇〕王陽明草書詩帖卷（圖一九）有鄉思二首次韻答黄輿，其第二首即本詩；王陽明草書詩帖卷（圖一九）係陽明先生離南都赴贛前於龍江舟中所書，本詩應是南都詩，參見本書正編卷三。

獨夜殘燈夢未成，蕭蕭窓竹〔一〕故園聲。草深石屋〔二〕鼪鼯嘯〔三〕，雪靜空山猿鶴驚。漫有緘書招〔四〕舊侶，尚〔五〕牽纓冕負初情。雲溪漠漠春風轉，紫菌黃芝〔六〕又日生〔七〕。

懷歸二首

深慚經濟學封侯，都付浮雲自去留。往事每因心有得，身閒方喜世無求。狼煙幸息昆陽患，蠡測空懷杞國憂。一笑海天空闊外〔八〕，從知吾道在滄洲。

身經多難早知非，此事年來識者稀。老大有情成腐德〔九〕，細謀無計解重圍。意常不足真夷道，情到方濃是險機。悵望衡茅無事日，漫吹松火織秋衣。

送德聲叔父歸姚〔一〇〕并序

守仁〔一一〕與德聲叔父共學於家君龍山先生。叔父屢困塲屋，一旦以親老辭廪歸養，交遊強之出，輒笑曰：「古人一日養，不以三公易。吾豈以一老母博一弊儒冠乎？」嗚呼！若叔父真知內外輕重之分矣。今年夏，來贛視某，留三月，飄然歸，興不可挽。因謂〔一二〕某曰：「秋風蓴鱸，知子之興無日不切。然時事若此，恐即未能脱，吾不能俟子之歸舟。吾先歸，爲子開荒陽明之麓，如何？」嗚呼！若叔父可謂真知內外輕重之分矣。某方〔一三〕有詩戒，叔父曰：「吾行，子可無言？」輒爲賦此。

猶記垂髫共學年，於今鬢髮兩蒼然。窮通只好浮雲看，歲月真同逝水懸。歸鳥長空隨所適，秋江落木正無邊。何時却返陽明洞？蘿月松風掃石眠。

〔一〕詩録 存稿 陽明文録作「窓外」，郭刻本全書訛作「總外」，謝刻本全書作「總是」。〔二〕詩録 存稿 陽明文録作「石徑」。〔三〕詩録 存稿 陽明文録作「笑」。〔四〕詩録 存稿 陽明文録作「懷」。〔五〕詩録 存稿 陽明文録作「常」。

〔六〕詩録 存稿 陽明文録作「黃花」。〔七〕詩録 存稿 陽明文録作「自生」。〔八〕陽明文録作「處」，編校者從詩録訂改。

〔九〕陽明文録作「舊德」，編校者從詩録訂改。〔一〇〕餘姚板文録題作閒詠，無序。〔一一〕詩録作「某」。〔一二〕詩録 存稿 陽明文録作「爲」，編校者從郭刻本全書訂改。〔一三〕詩録作「以」。

示憲兒

幼兒曹，聽教誨：勤讀書，要孝弟。學謙恭，循禮儀；節飲食，戒遊戲。毋說謊，毋貪利；毋任情，毋鬬氣；毋責人，但自治。能下人，是有志；能容人，是大器。凡做人，在心地；心地好，是良士；心地惡，是兇類。譬樹菓，心是蒂；蒂若壞，菓必墜。吾教汝，全在是。汝諦聽，勿輕棄！

贈陳東川

白沙詩裏菁陽子，盡是相逢逆旅間。開口向人談〔一〕古禮，拂衣從此入雲山。

以上見陽明文録外集卷三贛州詩三十二首〔二〕。

思歸軒賦〔三〕

陽明子之官於虔也。廨之後喬木蔚然，退食而望，若處深麓，而遊於其鄉之園也。搆〔四〕軒其下，而名之曰「思歸」焉。門人相謂曰：「歸乎！夫子之役役於兵革，而沒沒於徽纏也，而靡寒暑焉，而靡昏朝焉，而髮蕭蕭焉，而色焦焦焉。雖其心之固囂囂也，而不免於呶呶焉，曉曉焉，亦奚爲乎！稿〔五〕中竭外，而徒以勞勞，焉爲乎哉？且長谷之迢迢也，窮林之寥寥也，而耕焉，而樵焉，亦焉往而弗宜矣。夫退身以全節，大知也；斂德〔六〕以亨道〔七〕，大時也；怡神養性以遊於造物，大熙也。又夫子之夙期也。而今日之歸，又奚以思爲乎哉？」則又相謂曰：「夫子之思歸也，其亦在陳之懷歟？吾黨之小子，其狂且〔八〕簡，

〔一〕鄒序本文録作「譚」。〔二〕陽明文録贛州詩係在存稿贛州詩三十二首基礎上，增補忘言巖次謙之韻、圓明洞次謙之韻、潮頭巖次謙之韻、天成素有志於學茲得告東歸林居靜養其所就可知矣臨別以此紙索贈湯爲賦此遂寄聲山澤諸賢四首，實際著録三十六首，但仍從存稿名贛州詩三十二首。〔三〕浙江省餘姚市陽明書屋藏王陽明書思歸軒賦雙鈎紙本（圖三二）即本篇；詩録無本篇，存稿、陽明文録題下註有「庚辰」。〔四〕束景南撰王陽明佚文輯考編年（凡二册，上海古籍出版社，二〇一五年增訂版）下册思歸軒賦原稿作「構」。〔五〕束景南撰王陽明佚文輯考編年（凡二册，上海古籍出版社，二〇一五年增訂版）下册思歸軒賦原稿作「槁」。〔六〕存稿作「歛得」。〔七〕束景南撰王陽明佚文輯考編年（凡二册，上海古籍出版社，二〇一五年增訂版）下册思歸軒賦原稿作「享道」。〔八〕全録作「其」。

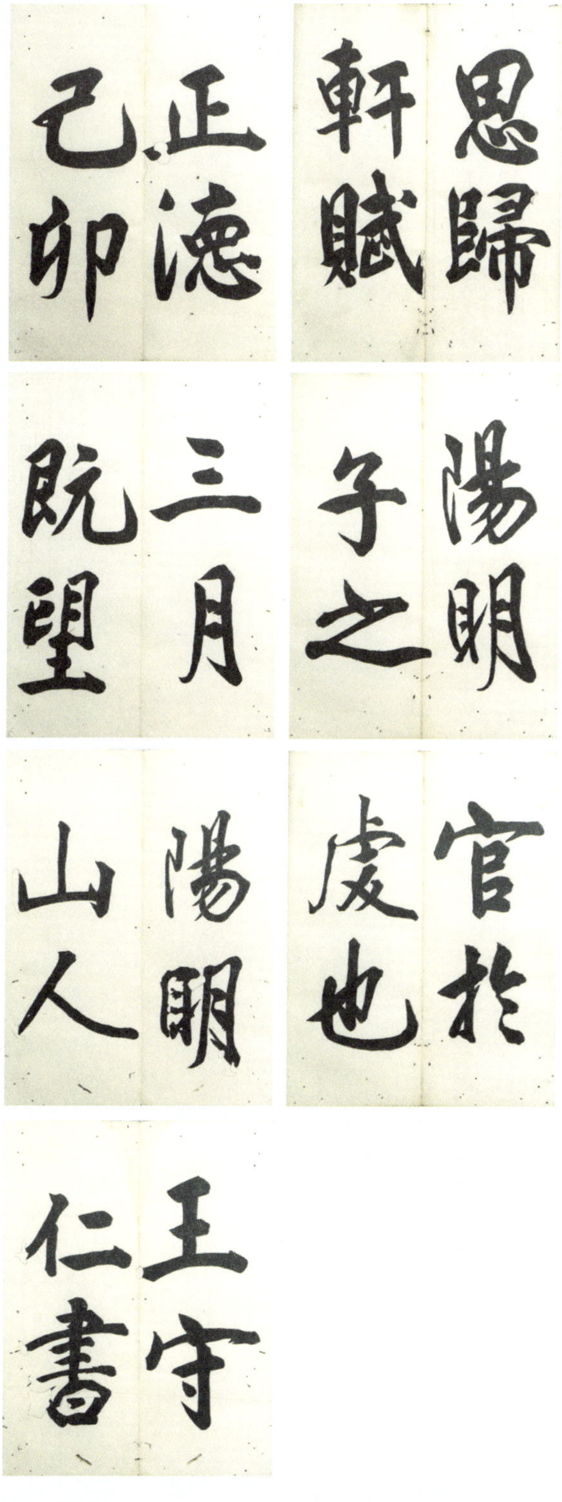
思歸軒賦
正德己卯
陽明子之
三月既望
官於虔也
陽明山人
王守仁書

圖三二　思歸軒賦手跡（雙鈎紙本，局部）

倀倀然若瞽之無與偕也。非吾夫子之歸，〔一〕孰從而裁之乎！」則又相謂曰：「嗟乎！夫子而得其歸也，斯土之人爲失其歸矣乎！〔二〕天下之大也，而皆若是焉，其誰與爲理乎！雖然，夫子而得其歸也，而後得於道。惟夫天下之不得於道也，故若是其貿貿。夫道得而志全，志全而化理，化理而人安。則夫斯人之徒，亦未始爲不得其歸也。而今日之歸，又奚疑乎！而奚以思爲乎！」陽明子聞之，憮然而嘆曰：「吾思乎？吾思乎？吾親老矣，而暇以他爲乎！雖然之言也，其始也吾私焉；其次也吾資焉；又其次也吾幾焉。」乃援琴而歌之。

歌曰：歸兮歸兮，又奚疑兮！吾行日非兮，吾親日衰兮，胡不然兮，日思予旋〔三〕兮，後悔可遷兮，歸兮歸兮，二三子之言兮！

正德己卯三月既望陽明山人王守仁書〔四〕

以上見陽明文録外集卷一賦騷七首。

〔一〕東景南撰王陽明佚文輯考編年（凡二册，上海古籍出版社，二〇一五年增訂版）下册思歸軒賦原稿有「亦」字。〔二〕東景南撰王陽明佚文輯考編年（凡二册，上海古籍出版社，二〇一五年增訂版）下册思歸軒賦原稿有「且」字。〔三〕東景南撰王陽明佚文輯考編年（凡二册，上海古籍出版社，二〇一五年增訂版）下册思歸軒賦原稿作「還」。〔四〕存稿陽明文録無落款，編校者據陽明先生詩稿手跡訂補。

陽明先生詩歌集正編卷四

江西詩

正德十四年己卯六月奉敕勘處福建叛軍遭宸濠之變趨還吉安集兵平之八月兼巡撫江西至正德十六年辛巳六月陞南京兵部尚書參贊機務離開江西期間所作，陽明先生四十八歲至五十歲。

鄱陽戰捷

甲馬秋驚鼓角風，旌旗曉拂陣雲紅。勤王敢在汾淮後，戀闕真隨江漢東。羣醜莫教〔一〕同吠犬〔二〕，九重端合是飛龍。涓埃未遂酬滄海，病懶先須伴赤松。

書草萍驛二首

九月獻俘北上，駐草萍。時已暮，忽傳王師已及徐淮，遂乘夜速發。次壁間韻紀之二首。

一戰功成未足奇，親征消息尚堪危。邊烽〔三〕西北方傳警，民力東南已盡疲。萬里秋風嘶甲馬，千山斜日度旌旗。小臣何爾驅馳急？欲請回鑾罷六師。

千里風塵一劍當，萬山秋色送歸航。堂垂雙白虛頻疏，門已三過有底忙？羽檄西來秋黯黯，關河北望夜蒼蒼。自嗟力盡螳螂臂，此日回天在廟堂。

西湖

靈鷲高林暑氣清，竺天石壁雨痕晴。客來湖上逢雲起，僧住峰頭話月明。世路久知難直道，此身那得尚虛名！移家早定孤山計，種菓支茆却易成。

寄江西諸士夫

甲馬驅馳已四年，秋風歸路更茫然。慚無國手醫民病，空有官銜縻俸錢。湖海風塵雖暫息，江湘

〔一〕存稿、陽明文録作「漫勞」，編校者從詩録訂改。〔二〕存稿作「犬吠」。〔三〕詩録作「邊峰」。

〔一〕水旱尚相沿。題詩忽憶并州句，回首江西亦故園。

太息

一日復一日，中夜坐嘆息。庭中有嘉樹，落葉何淅瀝〔二〕！蒙翳亂藤纏，寧知絕根脈！丈夫貴剛腸，光陰勿虛擲！頭白眼昏昏，吁嗟亦何及！

宿淨寺四首 十月至杭，王師遣人追寧濠，復還江西。是日遂謝病，退居西湖。

老屋深松覆古藤，羈棲猶記昔年曾。棋聲竹裏消閒晝，藥裹窓前對病僧。煙艇避人長曉出，高峰望遠亦時登。而今更是多牽繫，欲似當時又不能。

常苦人間不盡愁，每拚湏是入山休。若爲此夜山中宿，猶自中宵煎百憂。百戰西江方底定，六飛南甸尚淹留。何人真有回天力？諸老能無取日謀！

百戰歸來一病身，可堪〔三〕時事更愁人。道人莫問行藏計，已買桃花洞裏春。

山僧對我笑，長見說歸山。如何十年別，依舊不曾閑？

歸興〔四〕

一絲無補聖明朝，兩鬢徒看長二毛。自識淮陰非國士，由來康節是人豪。時方多難寧〔五〕安枕？事已無能欲善刀。越水東頭尋舊隱，白雲茆屋數峰高。

即事漫述四首〔六〕

〔一〕詩録作「江鄉」。〔二〕詩録存稿作「淅歷」。〔三〕謝刻本全書作「可看」。〔四〕株式會社東京中央二〇一六年春季拍賣中國古代書畫專場（作品編號：〇五八四）王陽明草書七詩集（圖三三）有泊金山舟中至日沮風望九華二首歸興望廬山六題七詩，詩後有「陽明山人書於潯陽舟次，時正德己卯臘月四日也」落款，其第六首即本詩。〔五〕王陽明草書七詩集（圖三三）先作「能」，後改爲「寧」；詩録存稿陽明文録作「容」。〔六〕全録本題作即事謾述五首，其第一、第二、第三、第四首即本題四首，其第五首爲陽明文録外集卷三贛州詩三十二首之聞日仁買田霅上攜同志待予歸二首第二首。

從來埜性只山林，翠壁丹梯處處尋。一自浮名縈世網，遂令真訣負初心。夜馳險冠天峰雪，秋虜強王漢水陰。辛苦半生成底事？始憐莊舄亦哀吟。〔一〕

百戰深秋始罷兵，六師冬盡尚南征。誠微未足囬天意，性僻還多拂世情。煙水滄江從鶴好，風雲溟海任龍爭。他年若訪陶元亮，五柳新居在赤城。

杳杳深愁伴客居，江船風雨夜燈虛。尚勞車駕臣多缺，無補瘡痍術已踈。親老豈堪還遠別？時危那得久無書！明朝且就君平卜，要使吾心不負初。

茆茨松菊別多年，底事寒江尚客船。強所不能儒作將，付之無柰數由天。徒聞諸葛能興漢，未必田单解誤燕。最羡漁翁閒事業，一竿明月一簑煙。

泊金山寺二首〔二〕十月將趨行在

但過金山便一登，鳴鍾出迓每勞僧。雲濤石壁深龍窟〔三〕，風雨樓臺迥佛燈。難後詩懷全欲減，酒邊孤興尚堪憑。巉梯未用妨苔滑〔四〕，曾踏天峰雪棧氷。

醉入江風酒易醒，片帆西去雨冥冥。天廻江漢留孤柱〔五〕，地缺東南着此亭。亂渚競添〔六〕新世態，兩峰獨射〔七〕舊時青。舟人指點龍王廟，欲話前朝不忍聽！

舟夜

隨處看山一葉舟，夜深霜月亦兼愁。翠華此際遊何地？畫角中宵起戍樓。甲馬尚屯淮海北，旌旗初散楚江頭。洪濤滾滾〔八〕乘風勢，容易開帆不易收。

〔一〕書法全集著録草書七律詩軸（圖三四）即本題第一首，詩末有「陽明山人王伯安書」落款。〔二〕王陽明草書七詩集（圖三三）有泊金山，首頷兩聯四句爲本題第一首首頷兩聯四句，頸尾兩聯四句爲本題第二首頸尾兩聯四句，參見本書正編卷四。〔三〕存稿脱一字，陽明文録作「龍窟」。〔四〕詩録作「笞滑」。〔五〕存稿 陽明文録作「孤住」，編校者從詩録訂改。〔六〕詩録 存稿 陽明文録作「沙渚亂更」。〔七〕詩録 存稿 陽明文録作「峰巒不改」。〔八〕詩録 存稿 陽明文録作「袞袞」，編校者從鄒序本文録訂改。

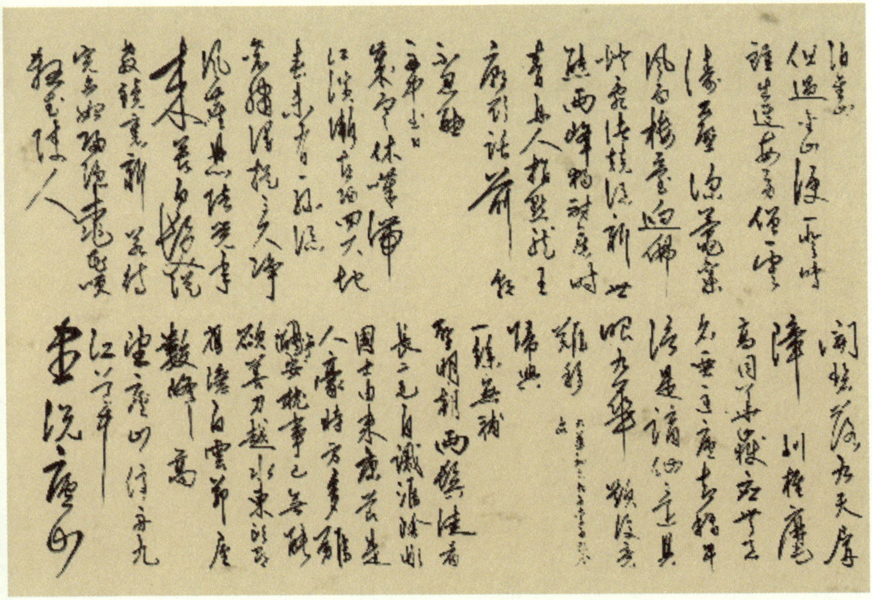

圖三三　泊金山　舟中至日　沮風　望九華二首　歸興　望廬山手跡（墨跡紙本）

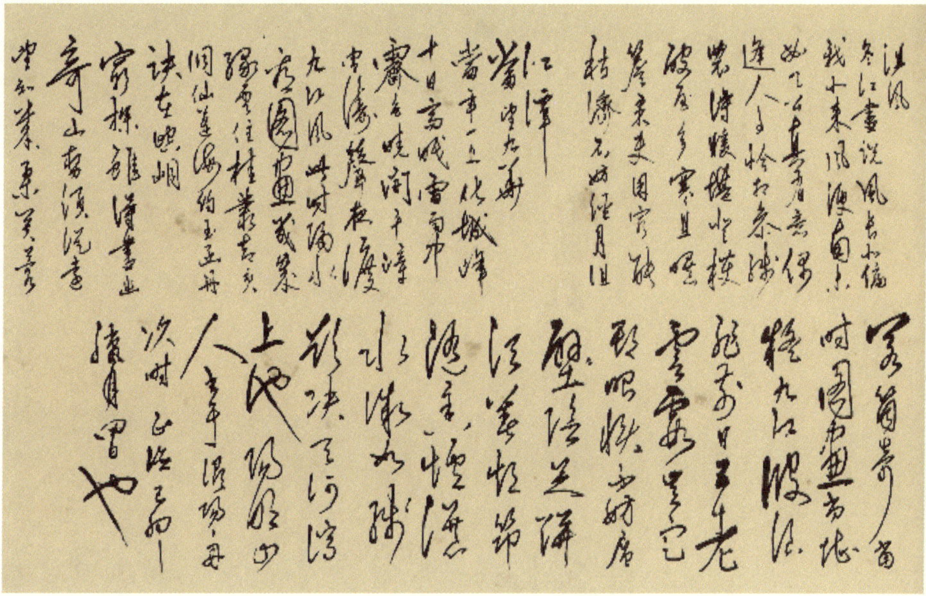

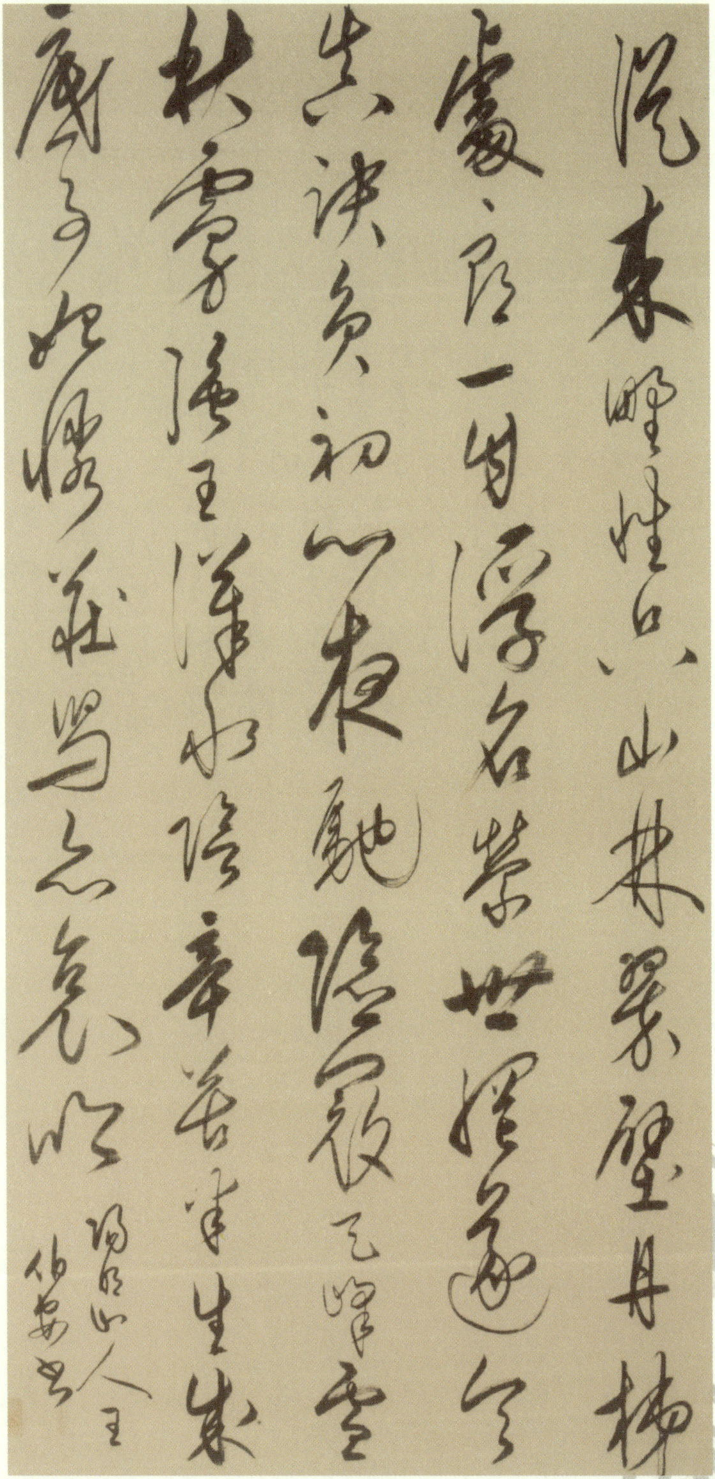

圖三四 即事漫述手跡（墨跡紙本）

舟中至日〔一〕

歲寒休嘆〔二〕滯江濱，漸喜陽囬大地春。未有一絲添衮繡，漫提三尺淨風塵。丹心倍覺年來苦，白髮從教鏡裏新。若待完名始歸隱，桃花咲殺武陵人！

沮風〔三〕

冬江盡説風長北，偏我北來風便南。未必天公真有意，偶逢〔四〕人事恰〔五〕相參。殘農得暖堪登穫，破屋多寒且曝簷。果使困窮能稍濟，不妨經月阻江潭。

用韻答伍汝真

莫恠鄉思〔六〕日夜深，干戈衰病兩相侵。孤腸自信終如鐵，衆口從教盡鑠金！碧水丹山曾舊約，青天白日是知心。茆茨歲晚饒風景，雲滿清溪雪滿岑。

過鞋山戲題

曾駕雙虬渡海東，青鞋失脚墮天風。經過已是千年後，蹤跡依然一夢中。屈子慢勞傷世隘，楊朱空自泣途窮。正須坐我匡廬頂，濯足寒濤步曉空。

楊邃菴待隱園次韻五首〔七〕

嘉園名待隱，專待主人歸。此日真歸隱，名園竟不違。巖花如共語，山石故相依。朝市都忘却，無勞更掩扉。

其二

大隱真廛市，名園陋給孤。留侯先謝病，范老竟歸湖。種竹非醫俗，移山不是愚是日公方移山石。對時

〔一〕王陽明草書七詩集（圖三三）第二首即本詩。〔二〕存稿脱一字，陽明文録作「尤嘆」。〔三〕王陽明草書七詩集（圖三三）第三首即本詩，詩録 存稿 陽明文録題作阻風。〔四〕詩録 存稿 陽明文録作「却逢」。〔五〕詩録 存稿 陽明文録作「偶」。〔六〕詩録作「鄉愁」，存稿作「鄉隨」。〔七〕鄒序本文録題作楊邃菴待隱。

存〔一〕爕理，經濟自成謨。

其三

綠野春深地，山陰夜靜時。冰霜緣徑滑，雲石向人危。平難心仍在，扶顛力未衰。江湖兵甲滿，吟罷有餘思。

其四

兹園聞已久，今度始來窺。市裏煙霞靜，壼〔二〕中結搆〔三〕奇。勝遊須繼日，虚席亦多時。莫道東山僻，蒼生或未知。

其五

芳園待公隱，屯世待公亨〔四〕。花竹深臺榭，風塵暗甲兵。一身良得計，四海〔五〕未忘情。語及艱難際，停盃淚欲傾。

登小孤書壁

人言小孤殊阻絶，從來可望不可攀。上有顛崖勢欲墮，下有劍石交巉頑。峽風閃壁船難進，洪濤怒撞蛟龍關。帆檣摧縮不敢越，往往退次依前山。崖傍沙岸日東徙，忽成巨浸通西灣。帝心似憫舟楫苦，神斧夜闢無痕斑。風雷倏翕見萬恠，人謀不得容其間。我來鋭意欲一往，小舟微服沿囬瀾。側身脇息仰天竇，懸空〔六〕絶棧蛛絲慳。風吹卯酒眼花落，凍滑丹梯足力孱。青鼉〔七〕吹雨出仍没，白鳥避客來復還。峰頭四顧盡落日，宛然風景如瀛寰。煙霞未覺三山遠，塵土聊乘半日閒。奇觀江海詎爲險？世情平地猶多艱。嗚呼！世情平地猶多艱，囬瞻北極雙淚潸！

登蟂磯次草泉心〔八〕劉石門韻二首〔九〕

〔一〕詩録作「成」。〔二〕郭刻本全書作「壺」。〔三〕詩録作「結構」。〔四〕郭刻本全書訛作「亭」。〔五〕新刊續編作「河海」。〔六〕詩録作「懸松」。〔七〕詩録作「青龜」。〔八〕新刊續編作「莫泉心」，全録作「章泉心」。

〔九〕詩録本題二詩著録於卷一南都稿；胡刻本文録題下註有「二詩壬戌年作，誤入此」；參見本書正編卷三。

中流片石倚孤雄，下有馮夷百尺宮。灩澦西蟠渾失地，長江東去正無窮。徒聞吴女埋香玉，惟見沙鷗亂雪風。往事凄微何足問！永安宮闕草萊中。

江上孤臣一片心，幾經漂沒水痕深。極怜撑住即從古，正恐崩頽或自今。蘚蝕秋螺殘老翠，蟂鳴〔一〕春雨落空音。好携雙鶴磯頭坐，明月中宵一朗吟。

望廬山〔二〕停舟九江道中〔三〕

盡說廬山若箇奇，當時圖畫尚〔四〕堪疑。九江波浪〔五〕非前日，五老雲霞〔六〕豈定期？眼慣不妨層壁險，足跰須著短笻隨。香爐瀑水〔七〕微如綫，欲决天河瀉上池。

除夕伍汝真用待隱園韻即席次答五首

一年今又去，獨客尚無歸。人世傷多難，親庭嘆久違。壯心都欲盡，衰病特相依。旅館聊隨俗，桃符換早扉。

其二

尚〔八〕憶青年日，追歡興不孤。風塵淹歲月，漂泊向江湖。濟世渾無術，違時竟笑愚。未須悲蹇難，列聖有遺謨。

其三

正逢兵亂地，况是歲窮時。天運終無息，人心本自危。憂疑紛〔九〕并集，筋力頓成衰。千載商山隱，悠然獲我思。

其四

〔一〕存稿 陽明文録作「蟂鳴」，編校者從詩録訂改。〔二〕王陽明草書七詩集（圖三三）最後一首即本詩。〔三〕詩録 存稿 陽明文録題下無自註。〔四〕詩録 存稿 陽明文録作「亦」。〔五〕詩録 存稿 陽明文録作「風浪」。〔六〕詩録 存稿 陽明文録作「煙雲」。〔七〕詩録 存稿 陽明文録作「瀑布」。〔八〕存稿 陽明文録作「向」，編校者從詩録訂改。〔九〕存稿 陽明文録作「分」，編校者從詩録訂改。

世道從厄漏，人情只管窺。年華多涉歷，變故益新奇。莫憚顛危地，曾逢全盛時。海翁機已息，應是白鷗知。

其五

星窮回曆紀，貞極起元亨。日望天迴駕，先沾雨洗兵。雪猶殘歲戀，風已舊春情。莫更辭藍尾，人生未幾傾！

元日霧〔一〕

元日昏昏霧塞空，出門只尺〔二〕誤西东。人多失足投坑塹，我亦停車泣路窮。欲斬蚩尤開白日，還排閶闔拜重瞳。小臣漫有澄清志，安得扶摇萬里風！

二日雨〔三〕

昨朝陰霧埋元日，向曉寒雲迸雨聲。莫道人爲無感召，從來天意亦分明。安危他日須周勃，痛哭當年咲賈生。坐對殘燈愁徹夜，靜聽晨鼓報新晴。

三日風

一霧二雨三日風，田家卜歲疑凶豐。我心惟願兵甲解，天意豈必斯民窮！虎旅歸思懷舊土，鑾輿消息望還宮。春盤濁酒聊自慰，無使戚戚干吾衷！

立春二首

才見春歸春又來，春風如舊鬢毛衰。梅花未放天機洩，萱草先將地脈回。漸老光陰逢世難，經年懷抱欲誰開？孤雲渺渺親庭遠，長日斑衣羡老萊。

天涯霜雪嘆春遲，春到天涯思轉悲。破屋多時空杼軸，東風無力起瘡痍。周王車駕窮南服，漢將旌

〔一〕互聯網下載陽明先生詩稿手跡（圖三五）有元日霧 二日雨 再遊九華三詩，詩後有識：「惟炎憲副，以此卷書近作，漫録數首，一咲。正德庚辰八月望 陽明山人書於虔臺之思歸軒中」；其第一首即本詩，題下有自註：「庚辰」。〔二〕詩録 存稿 陽明文録作「咫尺」。〔三〕互聯網下載陽明先生詩稿手跡（圖三五）第二首即本詩。

旗守北陲。莫訝春盤斷生菜，人間菜色正離仳。

遊廬山開先寺〔一〕

僻性尋常慣受猜，看山又是百忙來。北風留客非無意，南寺逢僧即未囘。白日高峰開雨雪，青天飛瀑瀉雲雷。緣溪踏得支筇地，脩竹長松覆石臺。

又次壁間杜牧韻

春山路僻問歸樵，爲指前峰石徑遙。僧與白雲還暝壑，月隨滄海上寒潮。世情老去渾無賴，遊興年來獨未消。囘首孤航又陳跡，疎鐘隔渚夜迢迢。

銅陵觀鉄船〔二〕

舟過銅陵，埜云縣東小山有鐵船，因往觀之，果見其彷佛，因題石上。

青山滾滾如奔濤，鉄舡〔三〕何處來停橈？人間刳木寧有此？疑是仙人之所操。僊人一去已千載，山頭日日長風號。船頭出土尚彷佛，後岡有石云船稍〔四〕。我行過此費忖度，昔人用心無已〔五〕切。由來風波平地惡，縱有鉄船還未牢。秦鞭驅之不〔六〕能動，奡力何所施其篙？我欲乘之訪蓬島，雷師鼓舵虹爲繅〔七〕。弱流萬里不勝芥，復恐駕此成徒勞。世路難行每如此，獨立斜陽首重搔。

陽明山人書於銅陵舟次，時正德庚辰春分，獻俘還自南都。〔八〕

山僧

巗下蕭然老病僧，曾求佛法禮南能。論詩自許窺三昧，入聖無梯出小乘。高閣松風飄夜磬，石牀花雨落寒燈。更深月出山窓曙，漱齒焚香誦法楞。

〔一〕存稿 陽明文録作「開元寺」，編校者從詩録訂改。〔二〕書法全集著録銅陵觀鐵船歌卷（圖三六）即本詩，題後無序，詩前有識：「録寄士潔侍御道契，見行路之難也」，詩録 存稿 陽明文録以序爲題，編校者據詩稿手跡訂補。〔三〕詩録 存稿 陽明文録作「鐵船」。〔四〕詩録作「船梢」。〔五〕詩録 存稿 陽明文録作「乃」。〔六〕詩録 存稿 陽明文録作「未」。

〔七〕存稿 陽明文録作「鑠」。〔八〕詩録 存稿 陽明文録詩後無落款。

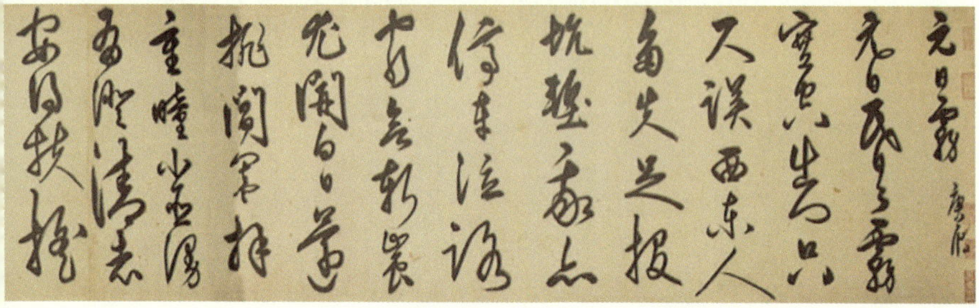

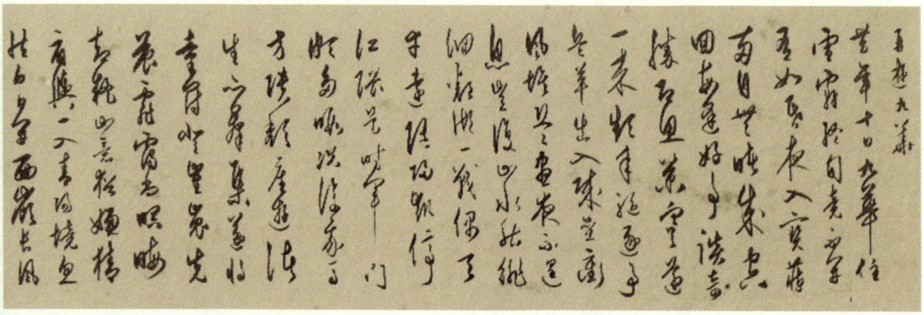

圖三五　元日霧　二日雨　再遊九華手跡（墨跡紙本）

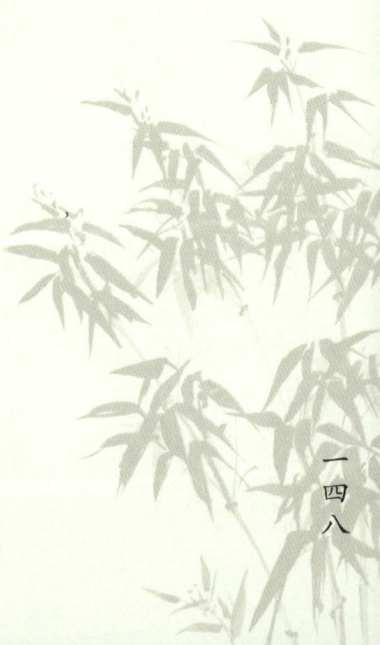

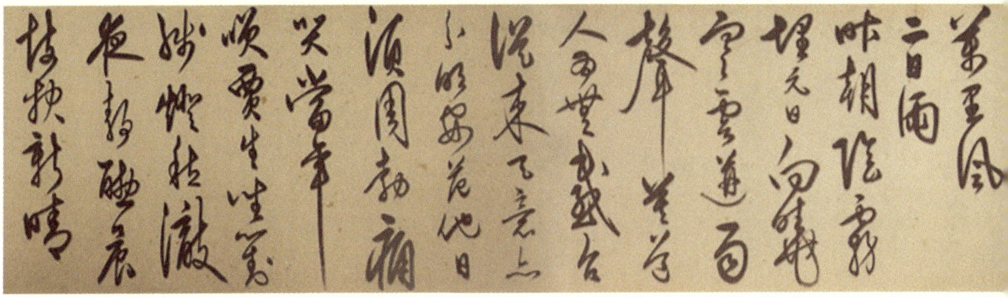

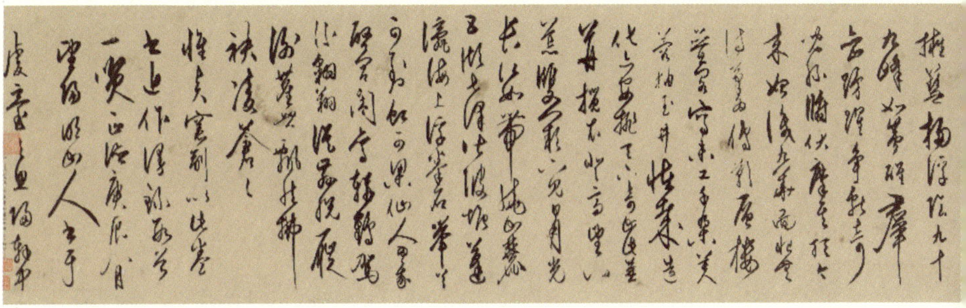

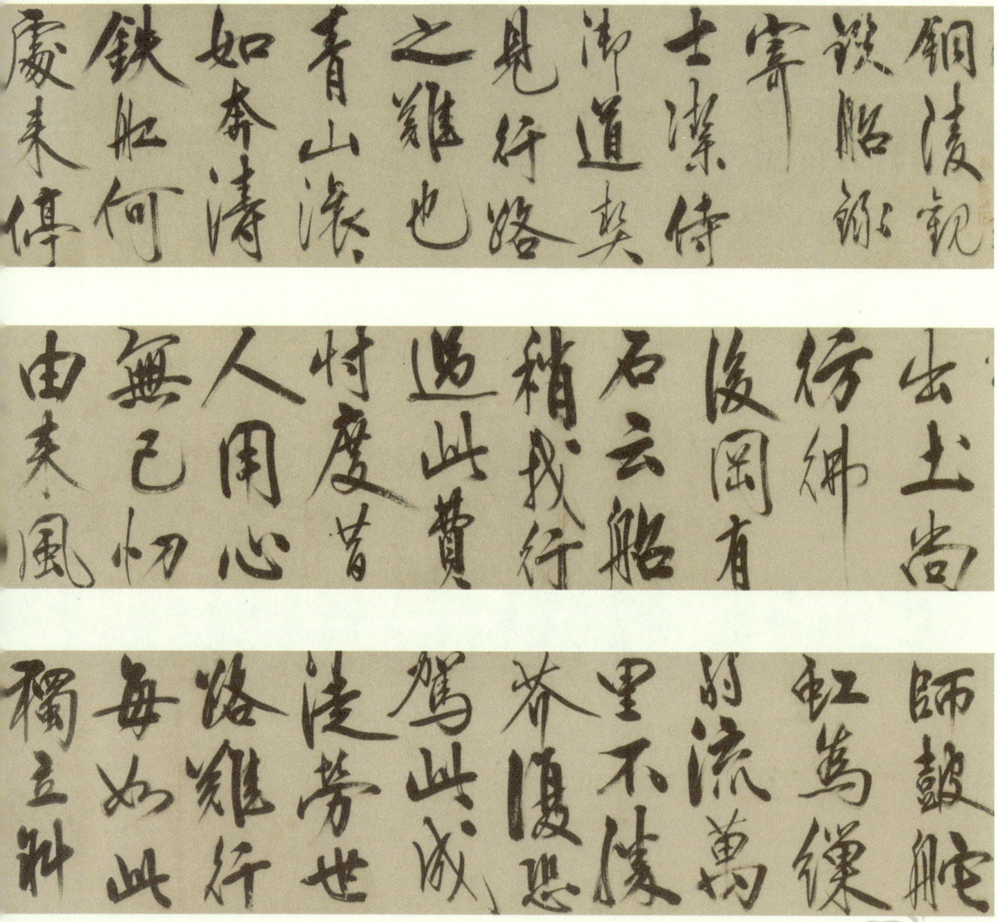

圖三六　銅陵觀鉄船手跡（墨跡紙本）

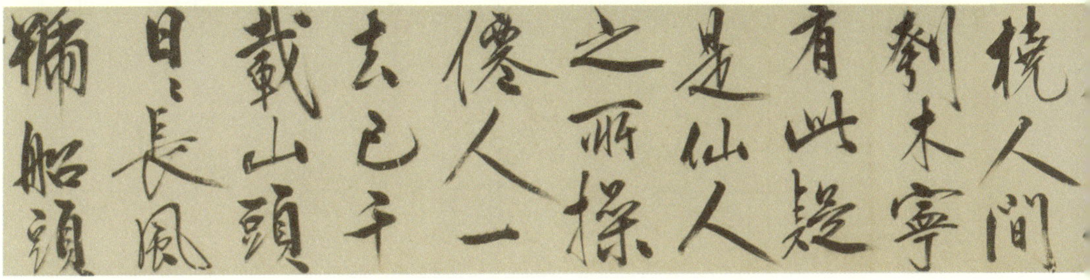
撓人間剝木寧有此疑是仙人之所採儳人一去已千載山頭日日長風觸船頭

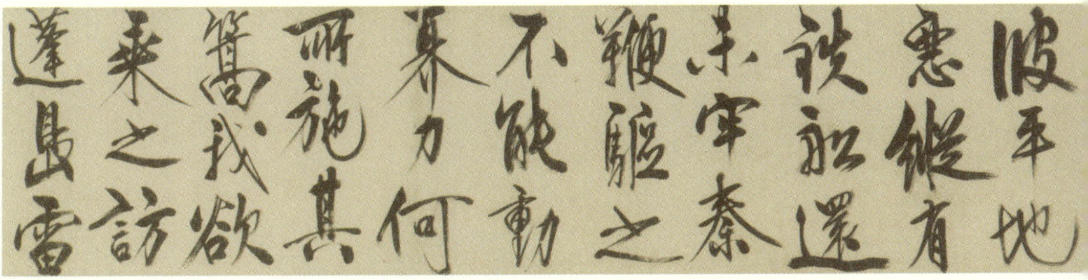
波平地惡縱有誰知還未牢秦鞭驅之不能動募力何所施其篙我欲乘之訪蓬島雷

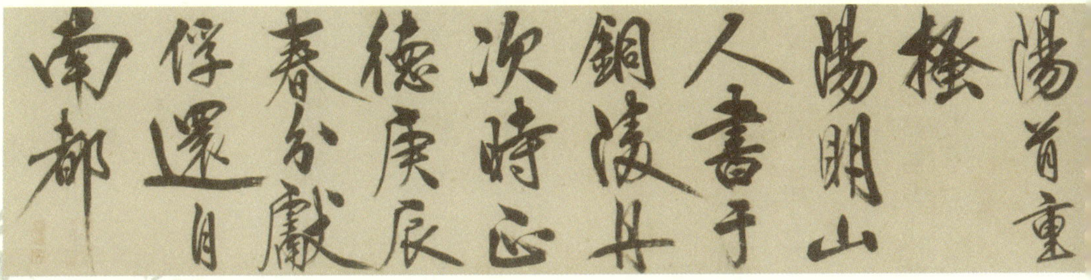
陽首重撥

陽明山人書于銅陵舟次時正德庚辰春分獻俘還自南都

望九華二首〔一〕

当年一上化城峰，十日高眠雷雨中。霽色曉開千嶂雪，濤聲夜渡九江風。此時隔水看圖畫，幾歲緣雲住桂叢？却負洞仙蓬海約，玉函丹訣在崆峒。

窮探雖得盡幽奇，山勢須從遠望知。幾朵芙蓉開碧落，九天屏障〔二〕列旌麾。高同華嶽應無忝〔三〕，名亞匡廬却稍卑。信是謫仙還具眼，九華題後竟難移。九華，初名九子，李白改今名。〔四〕

觀九華龍潭

飛流三百丈，澒洞祕靈湫。峽坼〔五〕開雷斧，天虛下月鈎。化形時試鉢，吐氣或成樓。吾欲鞭龍起，爲霖遍九州。

廬山東林寺次韻

東林日暮更登山，峰頂高僧有蘭箬〔六〕。雲蘿磴道石參差，水聲深澗樹高下。遠公學佛却援儒，淵明嗜酒不入社。我亦愛山仍戀官，同是乾坤避人者。我歌白雲聽者寡，山自點頭泉自瀉。月明壑底忽驚雷，夜半天風吹屋瓦。

遊東林次邵二泉韻〔七〕

昨遊開先〔八〕殊草草，今日東林遊始好。手持青竹〔九〕撥層雲，直上青天招五老。萬壑笙竽松籟哀，千峰掩映〔一〇〕芙蕖〔一一〕開。坐俯西巘窺落日，風吹孤月江东來。莫向人間空白首，富貴何如一杯酒！種蓮採菊〔一二〕兩荒凉，慧遠〔一三〕陶潛骨同〔一四〕朽。乘風我欲還金庭，三洲弱水連沙汀。他年海上望

〔一〕王陽明草書七詩集（圖三三）有本題二詩，題前誤衍一「當」字；詩録 存稿 陽明文録題作江上望九華山。〔二〕存稿 陽明文録作「屏嶂」。〔三〕詩録作「黍」。〔四〕詩録 存稿 陽明文録詩後無自註。〔五〕詩録 存稿 陽明文録作「峽圻」，編校者從鄒序本文録訂改。〔六〕謝刻本全書作「蘭若」。〔七〕法書集著録東林寺詩碑拓本（圖三七）即本詩，詩録 存稿 陽明文録題作又次邵二泉韻。〔八〕存稿 陽明文録作「開元」。〔九〕詩録 存稿 陽明文録作「蒼竹」。〔一〇〕存稿 陽明文録作「晻映」。〔一一〕詩録 存稿 陽明文録作「芙蓉」。〔一二〕詩録作「栽菊」，存稿 陽明文録作「栽菊」。〔一三〕詩録 存稿 陽明文録作「惠遠」。〔一四〕存稿 陽明文録作「何」。

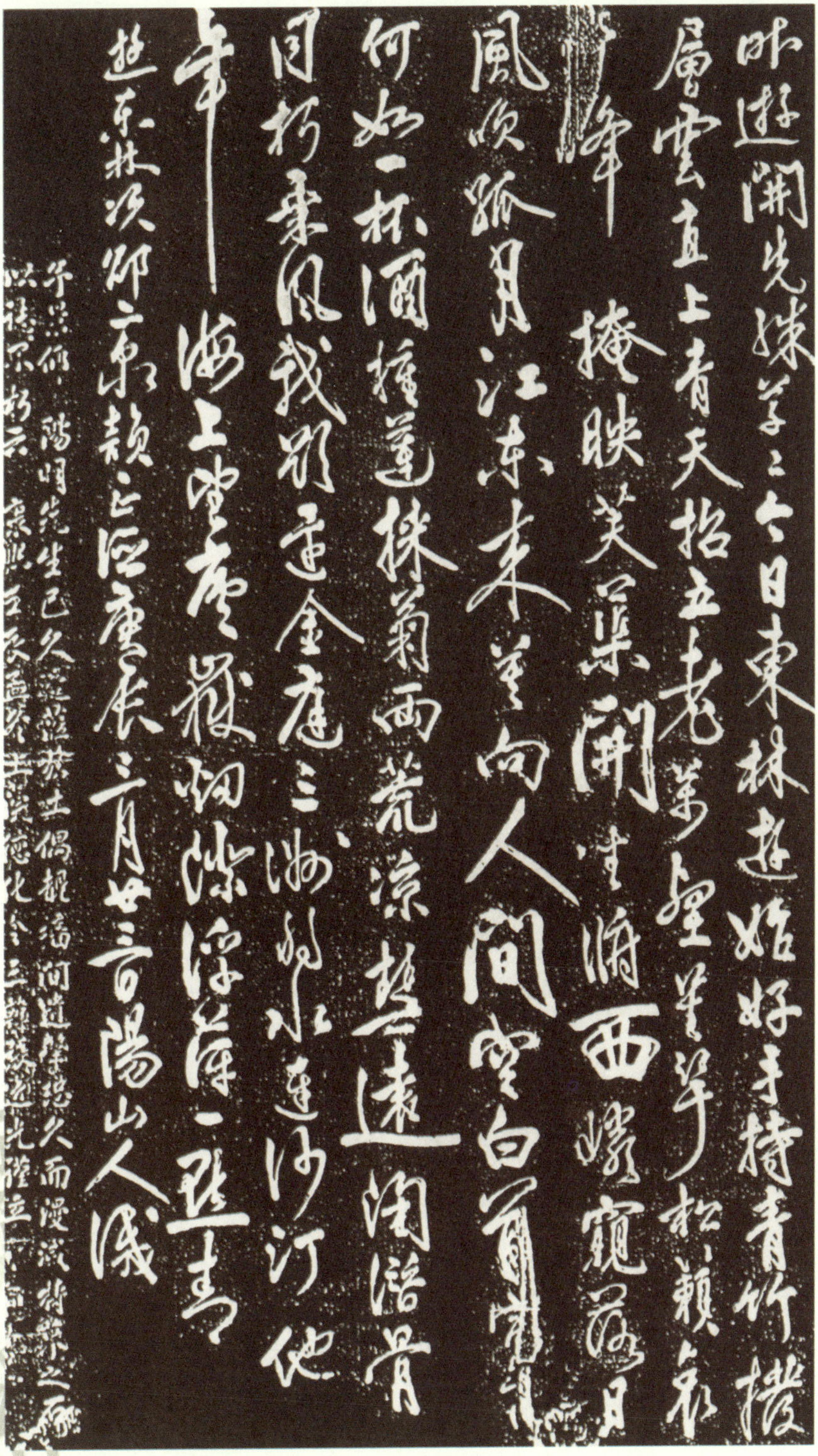

圖三七　遊東林次邵二泉韻手跡（刻板拓本）

廬嶽〔一〕，烟際浮萍一點青。

遊東林次邵二泉韻。正德庚辰三月廿三日，陽〔二〕山人識〔三〕

遠公講經臺

遠公說法有高臺，一朶青蓮雲外開。臺上久無獅子吼，野狐〔四〕時復聽經來。

太平宮白雲

白雲休道本無心，隨我迢迢度遠岑。擱路野風吹暫斷，又穿深樹候前林。

書九江行臺壁

九華真實是奇觀，更是廬山亦耐看。幽勝未窮三日興，風塵已覺再來難。眼餘五老晴光碧，衣染天池積翠寒。却恠寺僧能好事，直來城市索詩刊。

又次李僉事素韻

省災行近郊，探幽指層麓。囬飈振玄岡，頹陽薄西陸。菑田收積雨，禾稼泛平菉〔五〕。取徑歷村墟，停車問耕牧。清溪厲月行，暝洞披雲宿。澌米石間〔六〕溜，斧薪澗底木。田翁來聚觀，中宵尚馳逐。將迎媿深情，瘡痍慚撫掬。幽枕靜無寐，風泉朗鳴玉。雖繆真訣傳，頗苦塵緣熟。終當遁名山，鍊藥洗凡骨。械辭謝親交，流光易超忽。〔七〕

繁昌道中阻風二首

〔一〕陽明文録作「廬頂」。〔二〕東林寺詩碑拓本（圖三七）署名中無「明」字。〔三〕詩録 存稿 陽明文録詩後無識。〔四〕陽明文録訛作「野孤」，編校者據詩録訂改。〔五〕詩録作「篆」。〔六〕謝刻本全書作「石澗」。〔七〕詩録卷二江西稿本詩後著録九華山下柯秀才家 夜宿無相寺 題四老圍棋圖 無相寺 無相寺夜宿聞雨二首 示諸生三首六題九詩，其中九華山下柯秀才家 夜宿無相寺 題四老圍棋圖 無相寺 無相寺夜宿聞雨二首五題六首，存稿著録於外集卷一歸越詩三十五首，陽明文録著録於外集卷一歸越詩三十四首；示諸生三首，存稿 陽明文録著録於外集卷四居越詩三十四首；參見本書正編卷一和正編卷四。

阻風夜泊柳邊亭，懶夢還鄉午未醒。臥穩從教波浪惡，地深長是水雲冥。入林沽酒村童引，隔水放歌漁父聽。頗覺看山緣獨在，蓬窓剛對一峰青。

東風漠漠水澐澐，花柳沿村春事殷。泊久漁樵來作市，心閒麋鹿漸同羣。自憐失脚趨塵土，長恐歸期負海雲。正憶山中詩酒伴，石門延望幾斜曛。

江邊阻風散步至靈山寺

歸船不遇打頭風，行脚何緣到此中？幽谷餘寒春雪在，虛簷斜日暮江空。林間古塔無僧住，花外僊源有路通。隨處看山隨處樂，莫將蹤跡嘆萍蓬。

泊舟大同山溪間諸生聞之有挾册來尋者

扁舟經月住林隈，謝得黃鶯日日來。兼有清泉堪洗耳，更多脩竹好銜盃。諸生涉水携詩卷，童子和雲掃石苔。獨柰華峰隔煙霧，時勞策杖上崔嵬〔一〕。

巗下桃花盛開携酒獨酌

小小山園幾樹桃，安排春色候停橈。開樽旋掃花陰雪，展席平臨松頂濤。地遠不須防俗駕，溪晴還好着漁舠。雲間石路稀人跡，深處容無避世豪。

白鹿洞獨對亭

五老隔青冥，尋常不易見。我來騎白鹿，凌空陟飛巘。長風捲浮雲，褰帷始窺面。一笑仍舊顏，媿我鬢先變。我來爾爲主，乾坤亦郵傳。海燈照孤月，靜對有餘眷。彭蠡浮一觴，賓主聊酬勸。悠悠萬古心，默契可無辯！

豐城阻風 前歲遇難於此，得北風幸免。

北風休嘆北船窮，此地曾經拜北風。句踐敢忘嘗膽地？齊威長憶射鈎功。橋邊黃石機先授，海上陶

〔一〕詩録作「崔巍」。

朱意頗同。況是倚門衰白甚，歲寒茆屋萬山中。

江上望九華不見

五旬三過九華山，一度陰寒一度雨。此來天色稍晴明，忽復昏霾起亭午。平生山水最多緣，獨此相逢容有數。人言此山天所祕，山下居人不常睹。蓬萊涉海或可求，瑶水崑崙俱舊遊。洞庭何止吞八九！五嶽曾向囊中收。不信開雲掃六合，手扶赤日照九州。駕風騎氣覽八極，視此瑣屑真浮漚！

江施二生與醫官陶埜冒雨登山人多笑之戲作歌

江生施生頗好奇，偶逢陶埜奇更痴。共言山外有佳寺，勸予往遊爭願隨。是時雷雨雲霧塞，多傳險滑難車騎。兩生力陳道非遠，埜請登高覘路岐。三人冒雨陟岡背，既仆復起相牽攜。同儕咻笑招之返，奮袂徑往淩嵚崎。歸來未暇顧沾濕，且說地近山徑夷。青林宿靄漸開霽，碧巘絳氣浮微曦。津津指譬在必往，興劇不道〔一〕傍人嗤。予亦對之成大笑，不覺老興如童時。平生山水已成癖，歷深探隱忘飢疲。年來世務頗羈縛，逢場遇境心未衰。埜本求僊志方外，兩生學士亦爾爲。世人趨逐但聲利，赴湯蹈火甘傾危。解脫塵囂事行樂，爾輩狂簡翻見譏。歸與歸與吾與爾，陽明之麓終爾期！

遊九華道中

微雨山路滑，山行入輕舟。桃花夾岸迷遠近，廻巒疊嶂盤深幽。奇峰應接勞回首，瞻之在前忽在後。不道舟行轉屈曲，但恠青山亦奔走。薄午雨霽雲亦開，青鞋布襪無塵埃。梅蹊柳徑度村落，長松白石穿林隈。始攀風磴出木杪，更俯懸崖聽瀑雷。亂山高頂藏平野，茆屋高低自成社。此中那得有人家！恐是當年避秦者。西巘日色漸欲下，且向前林秣吾馬。世途濁隘不可居，吾將此地營〔二〕蘭箬〔三〕。

芙蓉閣〔四〕

〔一〕謝刻本全書作「到」。〔二〕詩録存稿作「成」。〔三〕詩録存稿作「蘭若」。〔四〕詩録卷二江西稿本題共三首，本詩即其第一首；其第二、第三首陽明文録著録於外集卷一歸越詩三十五首，參見本書正編卷一。

九華之山何崔嵬！芙蓉直傍青天栽。剛風倒海吹不動，大雪裂地凍還開。夜半峰頭掛明月，宛如玉女臨粧臺。我拂滄浪〔一〕寫圖畫，題詩還媿謫僊才。

重遊無相寺次韻四首

遊興殊未盡，塵寰不可留。山青只依舊，白盡世間頭。

其二

人跡不到地，茆茨亦數間。借問此何處？云是九華山。

其三

拔地千峰起，芙蓉揷曉寒。當年看不足，今日復來看。

其四

瀑流懸絕壁，峰月上寒空。鳥鳴蒼硼底，僧住白雲中。

登蓮花峰

蓮花頂上老僧居，脚踏蓮花不染泥。夜半華心〔二〕吐明月，一顆懸空黍米珠。

重遊無相寺次舊韻

舊識僊源路未差，也從谷口問桃花。屢攀絕棧經殘雪，幾度清溪踏月華。虎穴相隣多異境，鳥飛不到有僧家。頻來休下僊翁榻，只借峰頭一片霞。

登雲峰望始盡九華之勝因復作歌〔三〕

九華之峰九十九，此語相傳俗人口。俗人眼淺見皮膚，焉測其中之所有？我登華頂拂〔四〕雲霧，極目奇峰那有數！巨壑中藏萬玉林，大劍長鎗攢武庫。有如智者深韜藏，復如淑女避讒妬。闇然避世不求知，

〔一〕謝刻本全書作「滄海」。〔二〕詩録作「華星」，謝刻本全書作「花心」。〔三〕王一槐撰九華山志（凡六卷，嘉靖十五年丙申刻本）卷四詩志題作九華之峰以千計蓋遊者未嘗睹也晚登雲峰始盡其奇因歌以啓好事者。〔四〕詩録作「掃」。

卑已尊人羞逞露。何人不道九華奇？奇中之奇人未知。我欲窮搜盡拈出，祕藏恐是天所私。旋解詩囊旋收拾，脫穎〔一〕露出錐參差。從來題詩李白好，渠於此山亦潦草。曾見王维畫輞川，安得渠來拂纖縞！

雙峰遺柯生喬〔二〕

爾家雙峰下，不見雙峰景。如錐處囊中，深藏未脫穎〔三〕。盛德心愈卑，幽人跡多屏。悠然望雙峰，可以發深省。

歸途有僧自望華亭來迎且請詩

方自華峰下，何勞更望華！山僧援故事，要我到渠家。自謂遊已至，那知望轉佳！正如酣醉後，醒酒却滇茶。

無相寺金沙泉次韻

黃金不布地，傾沙〔四〕瀉流泉〔五〕。潭淨長開鏡，池分或鑄蓮。興雲爲大雨，濟世作豐年。縱有貪夫過，清風自灑然。

夜宿天池月下聞雷次早知山下大雨三首

昨夜月明峰頂宿，隱隱雷聲在山麓。曉來却問山下人，風雨三更捲茆屋。〔六〕

其二

野夫〔七〕權作青山主，風景朝昏頗裁耴〔八〕。巉傍日脚半溪雲，山下雷聲一村雨。〔九〕

其三

〔一〕存稿 陽明文録作「脫頴」，編校者從詩録訂改。〔二〕詩録本詩無題，蔡立身修纂青陽縣志（凡六卷，萬曆二十二年甲午刻本）卷六原藝篇 詩賦類題作望雙峰示柯還之。〔三〕存稿 陽明文録作「脫頴」，編校者從詩録訂改。〔四〕詩録 存稿 陽明文録作「傾汴」，編校者從鄒序本文録訂改。〔五〕詩録作「泉流」。〔六〕法書集著録夜宿天池詩碑一拓本（圖三八）即本詩，詩後有「天池月下聞雷，陽明山人守仁書」落款。〔七〕詩録 存稿 陽明文録作「野人」。〔八〕詩録 存稿 陽明文録作「裁取」。〔九〕法書集著録夜宿天池詩碑二拓本（圖三九）即本詩，詩後有「夜宿天池，陽明山人書」落款。

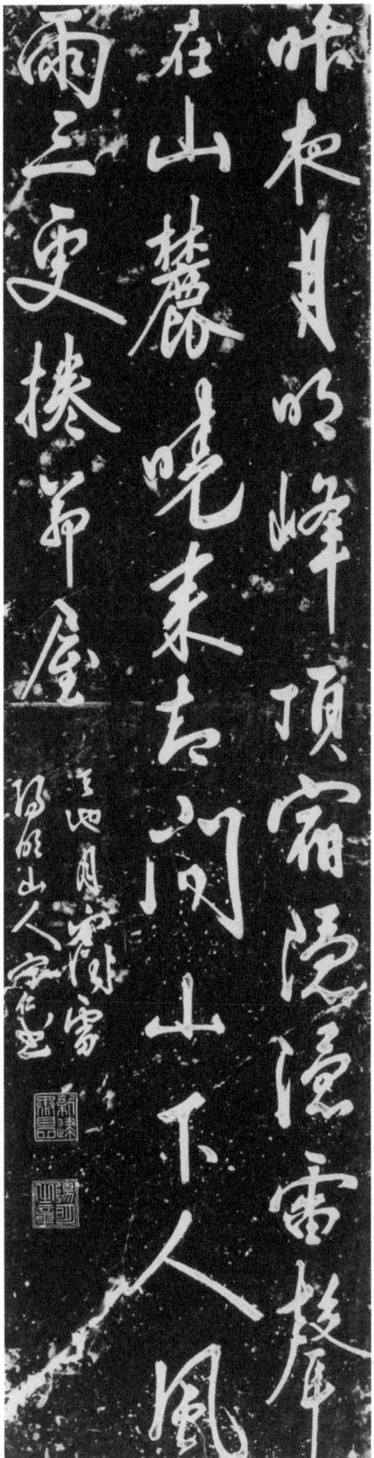

圖三八 天池月下聞雷手跡（碑刻拓本）

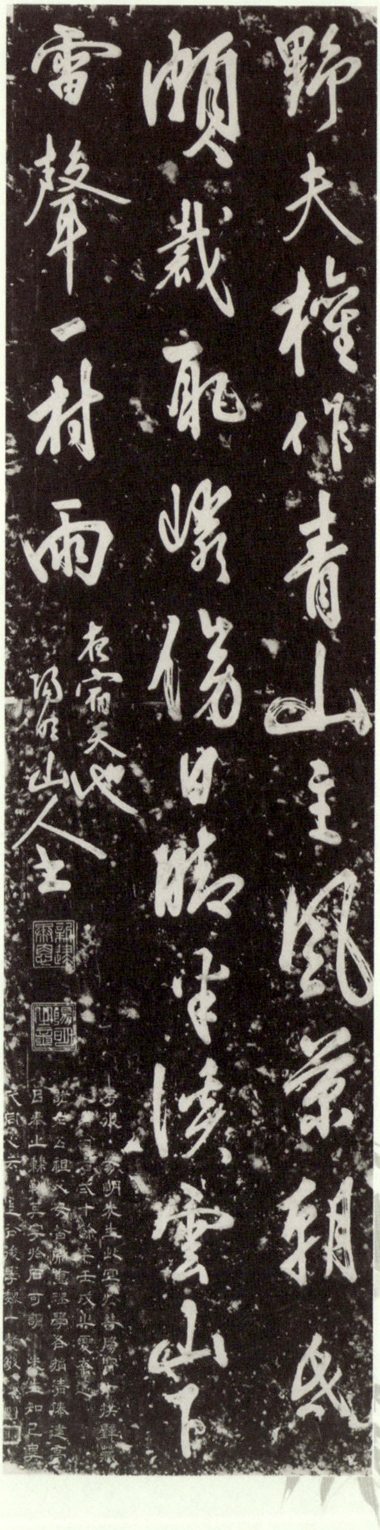

圖三九 夜宿天池手跡（碑刻拓本）

天池之水近無主，木魅山妖競偷取。公然又盜山頭雲，去向人間作風雨。

文殊臺夜觀佛燈

老夫高卧文殊臺，拄杖夜撞青天開。散落星辰滿平野，山僧盡道佛燈來。

書汪進之太極巖二首〔一〕

一竅誰將混沌開？千年樣子道州來。須知太極元無極，始信心非明鏡臺。

其二

始信心非明鏡臺，須知明鏡亦塵埃。人人有個圓圈在〔二〕，莫向蒲團坐死灰。

勸酒

平生忠赤有天知，便欲欺人肯自欺？毛髮暗從愁裏改，世情明向笑中危。春風脉脉回枯草，殘雪依依戀舊枝。漫對芳樽辭酩酊，機關識破已多時。

重遊化城寺二首〔三〕

愛山日日望山晴，忽到山中眼自明。鳥道漸非前度險，龍潭更〔四〕比舊時清。會心人遠〔五〕空遺洞，識面僧來不記名。莫謂〔六〕中丞喜忘世，前途風浪苦難行。

山寺重來〔七〕十九秋，舊僧零落老比丘。簷松盡長青冥榦，瀑水猶懸翠壁流。人住層崖嫌洞淺，鳥鳴春磵覺山幽。年來別有閑尋意，不似當時孟浪遊。

遊九華

九華原亦是移文，錯恠山頭日日雲。乘興未甘回俗駕，初心終不負靈均〔八〕。紫芝香煖春堪茹，青

〔一〕餘姚板文録題作題太極窩。〔二〕餘姚板文録作「子」。〔三〕餘姚板文録題作重遊光孝寺，無第二首。〔四〕餘姚板文録作「還」。〔五〕餘姚板文録作「去」。〔六〕餘姚板文録作「道」。〔七〕謝刻本全書訛作「從來」。〔八〕詩録作「靈君」。

竹泉高晚更分。幽夢已無〔一〕塵土累，清猿正好月中聞。

再遊九華〔二〕

弘治壬戌嘗遊九華，值時陰霧，竟無所睹。至是正德庚辰復往遊之，風日清朗，盡得其勝，喜而作歌。

昔年十日九華住，雪霧〔三〕終旬竟不開。有如昏夜入寶藏，兩目無睹成空回。每逢好事談奇勝，即思策蹇還一來。頻年驅逐事兵革，出入賊壘衝風埃。恐恐晝夜不遑息，豈復山水能徘徊！鄱湖一戰偶天幸，遠隨歸凱停江隈。是時軍門〔四〕頗多暇，況復我馬方隤頹〔五〕。舊遊諸生亦羣集，遂將童冠登崔嵬〔六〕。先晨霏靄尚暝晦，却疑山意猶嫌猜。肩輿一入青陽境，忽然白日開西嶺。長風擁篲掃浮陰，九十九峰如夢醒。羣巒踴躍爭獻奇，兒孫俯伏摩其頂。今來始識九華面，恨無詩筆爲傳影。層樓疊閣寫未工，千朶芙蓉抽玉井。恠哉造化亦安排，天下奇山此兼并。攬衣登高望八荒，雙闕下見日月光。長江如帶繞山麓，五湖七澤皆陂塘。蓬瀛海上浮拳石，舉足可到虹可梁。仙人爲我啓閶闔，鸞軿鶴駕紛翱翔。從兹脱屣謝塵世，飄然拂袂〔七〕凌蒼蒼。

巖頭閒坐漫成

盡日巖頭坐落花，不知何處是吾家？靜聽谷鳥遷喬木，閒看林蜂散午衙。翠壁泉聲穿亂石，碧潭雲影透晴沙。痴兒公事真難了，須信吾生自有涯。

將遊九華移舟宿寺山二首

逢山未愜意，落日更移船。峽寺緣溪徑，雲林帶石泉。鐘聲先度嶺，月色已浮川。今夜巖房宿，寒燈不待懸。

〔一〕存稿 陽明文録作「分」，編校者從詩録訂改。〔二〕互聯網下載陽明先生詩稿手跡（圖三五）第三首即本詩，題後無序；詩録 存稿 陽明文録以序爲題；新刊續編卷三題作九華歌，題後有序。〔三〕詩録 存稿 陽明文録作「雲霧」。〔四〕詩録 存稿 陽明文録作「軍務」。〔五〕詩録 存稿 陽明文録作「虺隤」。〔六〕詩録作「崔巍」。〔七〕詩録 存稿 陽明文録作「袖」。

維舟谷口傍煙霏，共説前岡石徑微。竹杖穿雲尋寺去，藤筐採藥帶花歸。諸生晚佩聯芳〔一〕杜，野老春霞綴衲衣。風詠不須沂水上，碧山明月更清輝。

登雲峰二三子詠歌以從欣然成謡二首

淳氣日凋薄，鄒魯亡〔二〕真承。世儒昌臆説，愚瞽相因仍。晚途益淪溺，手援吾不能。棄之入煙霞〔三〕，高歷雲峰層。開茆傍虎穴，結屋依巖僧。豈曰事高尚？庶免無予憎。好鳥求其侶，嚶嚶林間鳴。而我在空谷，焉得無良朋！飄飄二三子，春服來從行。詠歌見真性，逍遥無俗情。各勉希聖志，毋爲塵所縈！

其二

深林之鳥何間關？我本無心雲自閒。大舜亦與木石處，醉翁惟在山林間。晴窓展卷有會意，絶壁題詩無厚顔。顧謂從行二三子，隨遊麋鹿俱忘還。

有僧坐巖中已三年詩以勵吾黨

莫怪巖僧木石居，吾儕真切幾人如？經營日夜身心外，剽竊糠粃齒頰餘。俗學未堪欺老衲，昔賢取善及陶漁。年來奔走成何事？此日斯人亦起予。

春日遊齊山寺用杜牧之韻二首

即看花發又花飛，空向花前嘆式微。自笑半生行脚過，何人未老乞身歸？江頭鼓角翻春浪，雲外旌旗閃落暉。羡殺山中麋鹿伴，千金難買芰荷衣。

倦鳥投枝已亂飛，林間暝色漸霏微。春山日暮成孤坐，遊子天涯正憶歸。古洞濕雲含宿雨，碧溪明月弄清暉。桃花不管人間事，只笑山人未拂衣。

重遊開先寺〔四〕戲題壁

中丞不解了公事，到處看山復尋寺。尚爲妻奴守俸錢，至今未得休官去。三月開先〔五〕兩度來，寺

〔一〕詩録作「芳聯」。〔二〕詩録作「忘」。〔三〕詩録作「煙霧」。〔四〕存稿、陽明文録作「開元寺」，編校者從詩録訂改。〔五〕存稿、陽明文録作「開元」，編校者從詩録訂改。

僧倦客門未開。山靈似嫌俗士駕，溪風攔路吹人回。君不見富貴中人如中酒，折腰解醒須五斗？未妨適意山水間，浮名於我亦何有！

賈胡行

賈胡得明珠，藏珠剖其軀。珠藏未能有，此身已先無。輕己重外物，賈胡一何愚！請君勿笑賈胡愚，君今奔走聲利途，鑽求富貴未能得，弊精〔一〕勞形骨髓枯。竟日惶惶憂毀譽，終宵惕惕防艱虞，一日僅得五升米，半級仍甘九族誅。胥靡接踵略無悔，請君勿笑賈胡愚！

送邵文實方伯致仕

君不見榯〔二〕下雞？引類呼羣啄且啼，稻粱〔三〕已足脂漸肥，毛羽脫落充庖厨。又不見籠中鶴？斂翼垂頭困牢落，籠開一旦入層雲，萬里翺翔縱〔四〕廖廓。人生山水須認真〔五〕，胡爲利祿纏其身？高車駟馬盡桎梏，雲臺麟閣皆埃塵。鴟夷抱恨浮江水，何似乘〔六〕舟逃海濱？舜水龍山予舊宅，讓公且作煙霞伯。拂衣便擬逐公回，爲予先掃峰頭石。

紀夢〔七〕并序

正德庚辰八月廿八夕，卧小閣，忽夢晉忠臣郭景純氏以詩示予，且極言王導之奸，謂世之人徒知王敦之逆，而不知王導實陰主之。其言甚長，不能盡録。覺而書其所示詩於壁，復爲詩以紀其略。嗟乎！今距景純若千年矣，非有實惡深冤鬱結而未暴，寧有數千載之下尚懷憤不平若是者耶！

秋夜卧小閣，夢遊滄海濱。海上神山〔八〕不可到，金銀宮闕高嶙峋。中有僊人芙蓉巾，顧我宛若平生親。

〔一〕郭刻本全書作「疫精」，謝刻本全書作「役精」。〔二〕郭刻本全書作「塒」。〔三〕詩録、存稿、陽明文録作「黃粱」，編校者從全録訂改。〔四〕謝刻本全書訛作「從」。〔五〕詩録作「任真」。〔六〕詩録作「扁」，存稿脫一字。〔七〕浙江省餘姚市檔案館藏夢中郭景純自述詩題壁手跡刻板拓本（圖三九），詩後有識：「右晉忠臣郭景純之作，予夢遇景純，出以見示，且極論王導之罪，謂世之人徒知王敦之逆，而不知導之奸，陰有以主之。其言甚長，不能備録，姑寫其所示詩于壁。嗚呼！君子之澤，五世而斬，則小人之罪，亦數世可滅矣。非有實惡深冤抑結而未暴，寧有千載之下尚懷憤懣不平若是者耶！予因是而深有感焉，復爲一詩，以紀其略。時正德庚辰八月廿八日，陽明山人王守仁伯安書」。〔八〕詩録作「神仙」。

欣然就語下煙霧，自言姓名郭景純。携手歷歷訴衷曲，義憤感激難具陳。切齒尤深怨王導，深奸老滑長欺人！當年王敦覬神器，導實陰主相緣夤。不然三問三不答，胡忍使敦殺伯仁！寄書欲拔太真舌，不相爲謀敢爾云！敦病已篤事已去，臨哭嫁禍復賣敦。事成同享帝王貴，事敗仍爲顧命臣。幾微隱約亦可見，世史掩覆多失真。袖出長篇再三讀，覺來字字能書紳。開窓試抽晉史閱，中間事跡頗有因。因思景純有道者，世移事往千餘春。若非精誠果有激，豈得到今猶憤嗔！不成之語以筮戒，敦實氣沮竟殞身。人生生死亦不易，誰能視死如輕塵！燭微〔一〕先幾炳易道，多能餘事非所論。取義成仁忠晉室，龍逢龔勝心可倫。是非顛倒古多有，吁嗟景純終見伸！御風騎氣遊八垠，彼敦之徒，草木糞土臭腐同沉淪！

昔我〔二〕明易〔三〕道，故知未形〔四〕事。時人不我識，遂傳耽〔五〕小技〔六〕。一思王導徒，神器良久覬。諸謝豈不力？伯仁見其底。所以敦者傭，罔顧天經與地義！不然百口未負托，何忍置之死！我於是〔七〕時知有分，日中斬柴市。我死何足悲〔八〕！我生良有以！九天一人拊〔九〕膺嘯〔一〇〕，晉室諸公亦可耻。舉目山河徒嘆非，携手登亭空洒淚。王導真奸雄，千載人未議。偶感君子談中及，重與寫真記。固知倉率〔一一〕不成文，自今當與頻謔戲。倘其爲我一表揚，萬世萬世萬萬世。

右晉忠臣郭景純自述詩，盖予夢中所得者，因表而出之。

無題〔一二〕

嶬頭有石人，爲我下嶙峋。脚踏破履五十兩，身披舊衲四十斤。任重致遠香象力，餐霜坐雪金剛身。夜寒雙虎與溫足，雨後禿龍來伴宿。手握頑磚鏡未光，舌底流泉梅未熟。夜來拾得遇寒山，翠竹黃花好共

〔一〕陽明文録訛作「燭徵」，編校者據詩録訂改。〔二〕詩録 陽明文録作「我昔」。〔三〕存稿作「陽明」。〔四〕詩録 存稿 陽明文録作「未來」。〔五〕詩録 存稿 陽明文録作「躭」。〔六〕詩録 存稿 陽明文録作「一技」。〔七〕詩録 存稿 陽明文録作「斯」。〔八〕詩録作「悲何足」。〔九〕詩録 存稿 陽明文録作「撫」。〔一〇〕詩録 陽明文録作「哭」，存稿作「笑」。〔一一〕詩録 存稿 陽明文録作「倉卒」。〔一二〕王一槐撰九華山志（凡六卷，嘉靖八年戊子刻本）卷四詩志題作送周經和尚，詩後有識：「巉僧周經自少林來，坐石竇中且三年。聞予至，與醫官陶埜來謁。經蓋有道行者，埜素精醫，有方外之緣，故詩及之」。

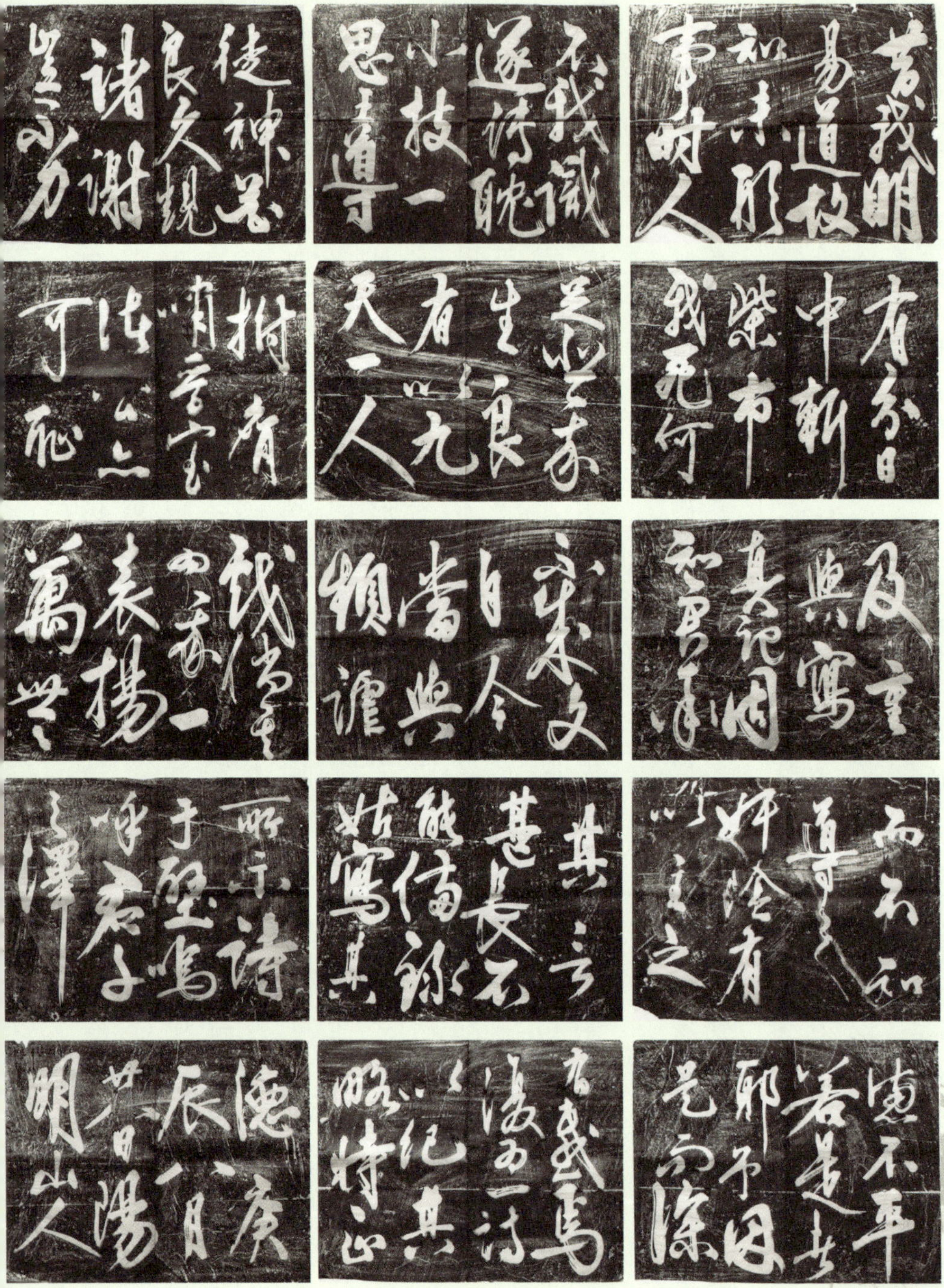

圖四〇　夢中郭景純自述詩題壁手跡（刻板拓本）

托何悬置之死我於遂持知

天地经纬不可东贞然名曰

佰不见其庖廪以致馨者备周顾

谈甲束涤偶感哀子载人

道可真妤雅平酒泼王堂

嗟州揽手举目山河注

敕之道谓世之人尊之而初王

极论主见示且纯出

郭荣花之作于右言出盘第之世

尚怀愦我之下宁者

柳束佶有实宪诚矣小

数世可金冠处斩句小女母宁

王守仁伯安书

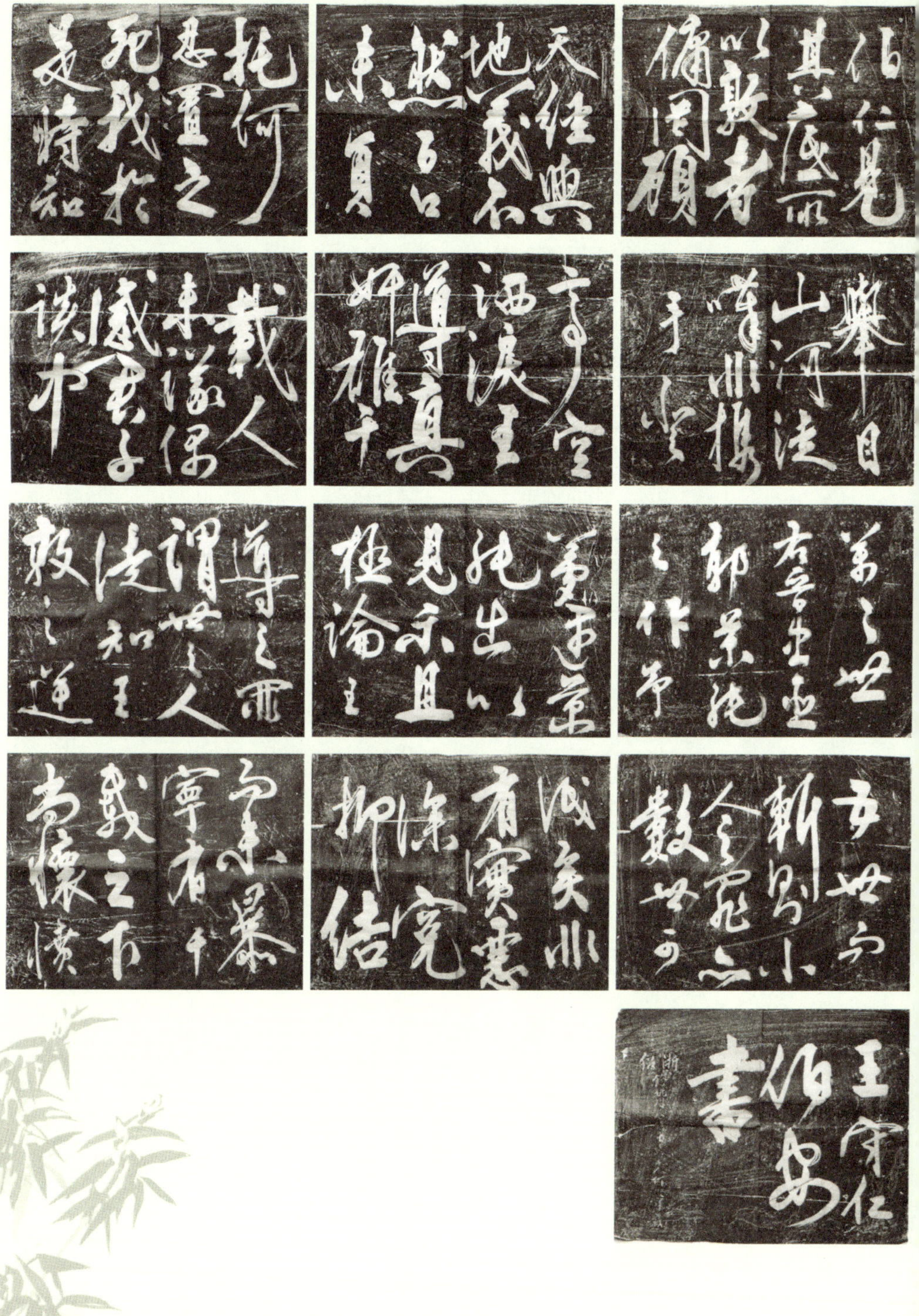

看〔一〕。同來問我安心法，還解將心與汝安。

遊落星寺

女媧煉石補天漏，璇璣晝夜無停走。自從憧却玉衡星，至今七政迷前後。渾儀晝夜徒揣摩〔二〕，敬授人時亦何有？玉衡憧却此湖中，眼前誰是補天手？

通天巗〔三〕

青山隨地佳，豈必故園好！但得此身閒，塵寰亦蓬島。西林日初暮，明月來何早！醉卧石床凉，洞雲秋未掃。

正德庚辰八月八日訪鄒陳諸子於玉巗，題壁。陽明山人王守仁書

遊通天巗示鄒陳二子〔四〕

鄒陳二子皆好遊，一往通天十日留。候之來歸久不至，我亦乘興聊尋幽。巗扉日出雲氣浮，二子晞髮登巗頭。谷轉始聞人語響，蒼壁杳杳長林秋。嗒然坐我亦忘去，人生得休且復休。採芝共約陽明麓，白首無慚黄綺儔。

青原山次黄山谷韻〔五〕

咨觀歷州郡，驅馳倦風埃。名山特乘暇，林壑盤縈廻。雲石緣欹徑〔六〕，夏木深層隈。仰窮嵐霏際，始睹臺殿開。衣傳西竺舊，構〔七〕遺唐宋材。風松溪溜急，湍響空山哀。妙香隱玄洞，僧屋懸穹崖。扳依儼龍象，陟降臨緯階。飛泉瀉靈竇，曲檻連雲榱。我來慨遺跡，勝事多湮埋。邈矣西方教，流傳遍中垓。如何皇極化，反使吾人猜？剥陽幸未絶，生意存枯荄。傷心眼底事，莫負生前盃。煙霞有本性，山水乞歸骸。崎嶇羊腸坂，車輪幾傾摧。蕭散麋鹿伴，澗谷終追陪。恬愉返真澹，闃寂辭喧豗。至樂發天籟，絲竹

〔一〕陽明文録訛作「其看」，編校者據詩録訂改。〔二〕詩録作「揣摸」。〔三〕本詩存稿、陽明文録著録於外集卷三贛州詩三十二首，編校者據詩稿手跡刻石（拓本，圖二八）增補，參見本書正編卷三。〔四〕全録本詩著録於外録卷三贛州詩三十一首。〔五〕詩録本詩著録於卷四廬陵稿。〔六〕詩録、存稿、陽明文録訛作「歌徑」，編校者據鄒序本文録訂改。〔七〕詩録、存稿作「搆」。

謝淫哇。千古自同調，豈必時代偕！祢重二三子，兹遊非偶來。且從山叟宿，勿受役夫催。東峰上煙月，夜景方徘徊。

睡起偶成二首〔一〕

四十餘年睡〔二〕夢中，而今醒眼始朦朧。不知日已過停午〔三〕，起向高樓撞曉鐘。

其二

起向高樓撞曉鐘，尚多昏睡正懵懵。縱令日暮醒猶得，不信人間耳盡聾！

立春

荒村亂後耕牛絕，城郭春來見土牛。家業苟存鄉井戀，風塵先幸甲兵休。未能布德慚時令，聊復題詩寫我憂。爲報胡雛須遠塞，暫時邊將駐南州。

遊廬山開元寺

清晨入谷到斜曛，遍歷青霞躡紫雲。閶闔遠從雙劍闢，銀河真自九天分。驅馳此日原非暇，夢想當年亦自勤。斷擬罷官來駐此，不教林鶴更移文。

登小孤次陸良弼韻

看盡東南百二峰，小孤江上是真龍。攀龍我欲乘風去，高躡層霄絕世蹤。

佛郎機〔四〕

見素林公聞寧濠之變，即夜使人範錫爲佛郎機銃，并抄火藥方，手書勉予竭忠討賊。時六月毒暑，人多道暍死。公遣兩僕，裹糧從間道，冒暑晝夜行三千餘里，以遺予。至則濠已就擒七日。予發

〔一〕餘姚板文録題作睡起二首。〔二〕餘姚板文録作「是」。〔三〕詩録作「亭午」，餘姚板文録作「庭戶」。〔四〕保利香港拍賣有限公司保利香港二〇一五年春季拍賣會中國古代書畫專場（作品編號：一〇七六）王守仁書佛郎機遺事（圖四〇）即本篇，存稿陽明文録之外集卷四江西詩一百二十首無本詩，外集卷八有著録，題下註有「庚辰」，編校者從詩録移入。

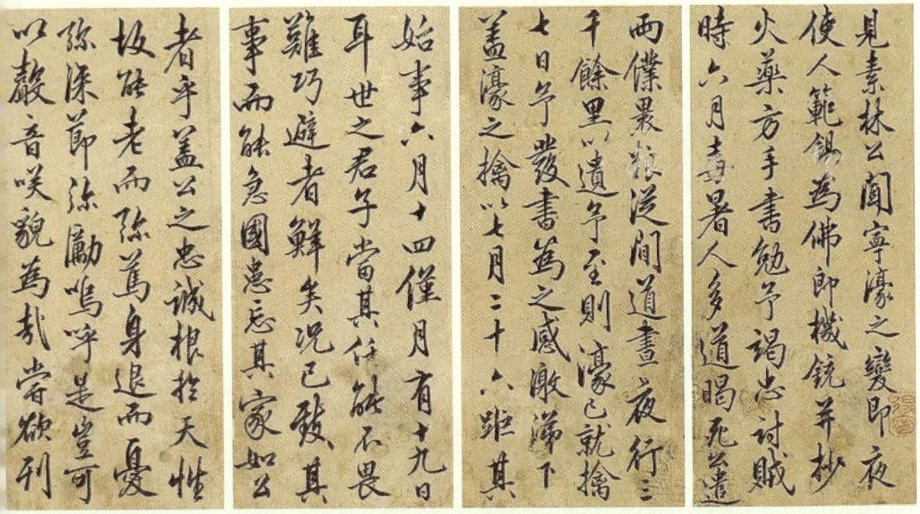

見素林公聞寧濠之變即夜
使人範錫爲佛郎機銃并抄
火藥方手書勉予竭忠討賊
時六月毒暑人多道暍死公遣
兩僕裹糧從間道晝夜行三
千餘里以遺予至則濠已就擒
七日矣予發書爲之感激涕下
蓋濠之擒以七月二十六距其
始事六月十四僅月有十九日
耳世之君子當其任能不畏
難巧避者鮮矣況已致其
事而能急國患忘其家如公
者乎蓋公之忠誠根於天性
故雖老而彌篤身退而憂
彌深節彌勵嗚呼是豈可
以聲音笑貌爲哉嘗欲列

壺之思歸軒
正德戊寅之冬福建按察
僉事周期雍以公事抵贛
時逆濠奸謀日稔遠近洶洶
予思預爲之備而濠黨偵
伺左右搖手動足朝聞暮達
以期雍官異省當非濠所計
及因屏左右語之故遂與定
議期雍歸即潛募驍勇具
械束裝部勒以俟予檄晨
到而期雍夕發故當濠之
變外援之兵惟期雍先至
適當見素公書至之日距
濠始事六僅月有十九日
耳初予嘗使門人冀元亨
者因濠禮請講學遂說

圖四一　佛郎機手跡（墨跡紙本）

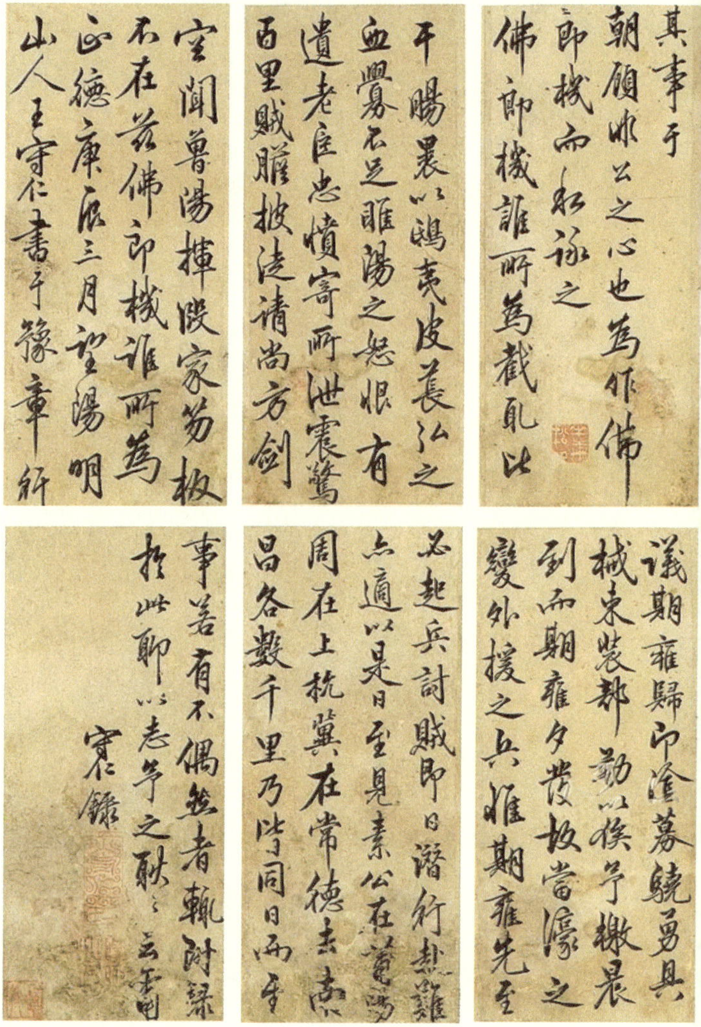

其事于
朝顧非公之心也為作佛
郎機而私詠之
佛郎機誰所為截取比
干腸裹以鴟夷皮萇弘之
血釁不足睢陽之怨恨有
遺老臣忠憤寄所泄震驚
百里賊膽披徒請尚方劍
空聞魯陽揮段家笏板
不在茲佛郎機誰所為
正德庚辰三月望陽明
山人王守仁書于豫章軍行

議期雍歸卬塗募驍勇具
械束裝郡勤以俟予擬晨
到而期雍夕發故當濠之
變外援之兵惟期雍先至
忽起兵討賊即日潛行赴難
亦適以是日至見素公在莆陽
周在上杭冀在常德去南
昌各數千里乃皆同日而至
事若有不偶然者輒附錄
於此聊以志予之耿耿云爾
守仁錄

書，爲之感激涕下。盖濠之擒以七月二十六，距其始事六月十四，僅月有十九日耳。世之君子，當其任，能不畏難巧避者鮮矣，况已致其事，而能急國患忘〔一〕其家如公者乎！盖公之忠誠，根於天性，故能老而弥〔二〕篤，身退而憂弥〔三〕深，節弥〔四〕勵。嗚呼！是豈可以聲音咲貌爲哉！嘗欲列〔五〕其事於朝，顧非公之心也。爲作佛郎機而〔六〕私詠之〔七〕。君子之同聲者，將不能已於言耳矣〔八〕

佛郎機，誰所爲？截耴〔九〕比干腸，褁以鴟夷皮。萇弘之血釁不足，睢陽之怒恨有遺。老臣忠憤寄所泄，震驚百里賊膽披。徒請尚方劍，空聞魯陽揮。段家〔一〇〕笏板不在兹，佛郎機，誰所爲？

正德庚辰三月望，陽明山人王守仁書於豫章行臺之思歸軒。〔一一〕

正德戊寅之冬，福建按察僉事周期雍以公事抵贛，時逆濠奸謀日稔，遠近洶洶。予思預爲之備。而濠黨偵伺〔一二〕左右，搖手動足，朝聞暮達。以期雍官異省，當非濠所計及。因屏左右，語之故，遂與定議。期雍歸，即陰募驍勇，具械束裝，部勒以俟。予檄晨到，而期雍夕發。故當濠之變，外援之兵惟期雍先至。適當見素公書至之日，距濠始事亦僅月有十九日耳。初，予嘗使門人冀元亨者，因濠禮請〔一三〕講學，遂〔一四〕説濠〔一五〕以君臣大義，或格其奸。濠不懌，已而滋怒，遣人陰購害之。冀辭予曰：「濠必反，先生宜早計。」遂遁歸。至是聞變，知予必起兵討賊〔一六〕，即日潛行赴難，亦適以是日至。見素公在莆陽，周在〔一七〕上杭，冀在常德，去南昌各數千〔一八〕里，乃皆同日而至，事若有不偶然者。輒附録於此，聊以志〔一九〕予之耿耿云爾〔二〇〕。守仁録〔二一〕

〔一〕詩録　存稿　陽明文録作「踰」。〔二〕詩録　存稿　陽明文録無此字。〔三〕詩録　存稿　陽明文録作「愈」。〔四〕詩録　存稿　陽明文録作「愈」。〔五〕詩録作「別」。〔六〕詩録　存稿　陽明文録無此字。〔七〕詩録　存稿　陽明文録無此字。〔八〕王守仁書佛郎機遺事（圖四〇）無以上十四字。〔九〕詩録　存稿作「截取」，陽明文録作「截耴」。〔一〇〕詩録　存稿　陽明文録作「公」。〔一一〕詩録　存稿　陽明文録詩後無落款。〔一二〕詩録　存稿　陽明文録作「伺覘」。〔一三〕詩録　存稿　陽明文録無「濠禮請」三字。〔一四〕王守仁書佛郎機遺事（圖四〇）無此字。〔一五〕詩録　存稿　陽明文録無此字。〔一六〕詩録　存稿　陽明文録無「討賊」二字。〔一七〕詩録　存稿　陽明文録作「官」。〔一八〕詩録　存稿　陽明文録作「三千餘」。〔一九〕詩録　存稿　陽明文録作「識」。〔二〇〕詩録　存稿　陽明文録無此字。〔二一〕詩録　存稿　陽明文録無此落款。

月下吟三首

露冷天清月更輝，可堪〔一〕遊子倍沾衣。催人歲月心空在，滿眼兵戈事漸非。方朔本無金馬意，班超惟願玉門歸。白頭應倚〔二〕庭前樹，恠我還期秋又違。

江天月色自清秋，不管人間底許愁。湧憶〔三〕翠華旋北極，正憐白髮倚南樓。狼烽絕塞寒初入，鶴怨空山夜未休。莫重三公輕一日，虛名真覺是浮漚！

依依窓月夜還來，渺渺鄉愁坐未囬。素位也知非自得，白頭無柰是親衰。當年竹下曾裘仲，何日花前更老萊！悬疏乞骸今幾上，中宵翹首望三台。

月夜二首

高臺月色倍新晴，極浦浮沙遠樹平。客久欲迷鄉國望，亂餘愁聽鼓鼙聲。湖南水潦頻移粟，磧北風煙且罷征。濡手未辭援溺苦，白頭方切倚閭情。

其二

舉世困酣睡，而誰偶獨醒？疾呼未能起，瞪目相恠驚。反謂醒者狂，羣起環鬬爭。洙泗輟金鐸，濂洛傳微聲。誰鳴塗毒〔四〕鼓？聞者皆昏冥。嗟爾欲奚爲？奔走皆〔五〕營營。何當聞此鼓？開爾天聰明！

雪望四首

風雪樓臺夜更寒，曉來霽色滿山川。當歌莫放陽春調，幾處人家未起煙。

其二

初日湖山雪未融，野人村落閉重重。安居信是豐年兆，爲語田夫莫惰農。

其三

霽景朝來更好看，河山千里思湧湧。茆簷日色猶堪曝〔六〕，應是邊關〔七〕地更寒。

其四

〔一〕謝刻本全書作「可看」。〔二〕詩録作「寄」。〔三〕謝刻本全書作「擬」。〔四〕詩録、存稿脫二字。〔五〕詩録作「空」。〔六〕存稿、陽明文録訛作「瀑」，編校者據詩録訂改。〔七〕存稿作「邊閔」。

法象冥濛失巨纖，連朝風雪費粧嚴。誰將塵世化珠玉？好與貧家聚米鹽。

大秀宮〔一〕次一峰韻三首

兹山堪遁跡，上應少微星。洞裏乾坤別，壺〔二〕中日月明。道心空自警，塵夢苦難醒。方嶠由來此，虛無隔九溟。

其二

清溪曲曲轉層林，始信桃源路未深。晚樹煙霏山閣靜，古松雷雨石壇陰。丹爐遺火飛殘藥，僊樂浮空寄絕音。莫道山人才一到，千年陳跡此重尋。

其三

落日下清江，悵望閤道晚。人言玉笥更奇絕，漳口停舟路非遠。肩輿取徑沿村落，心目先馳嫌足緩。山昏且〔三〕就雲儲眠，踈林月色鳴〔四〕風泉。夢魂忽忽到真境，侵曉循跡來洞天。洞天非人世，予亦非世人。當年曾此寄一跡，屈指忽復三千春。巘頭坐石剥落盡，手種松栢枯龍鱗。三十六峰僅如舊，澗谷漸改溪流新。空中僊樂風吹斷，化爲鼓角驚風塵。風塵慘淡半天地，何當一掃還吾真？從行諸生駭吾說，問我恐是兹山神。君不見廣成子，高卧崆峒長不死？到今一萬八千年，陽明真人亦如此。

歸懷〔五〕

行年忽五十，頓覺毛髮改。四十九年非，童心獨猶在。世故漸改〔六〕涉，遇坎稍無餒。每當快意事，退然思辱殆。傾否仰聖作〔七〕，物睹豈不快？柰何桑梓懷，衰白倚門待！

啾啾吟〔八〕

知者不惑仁不憂，君胡戚戚眉雙愁？信步行來皆坦道，憑天判下非人謀。用之則行舍即休，此身浩

〔一〕存稿 陽明文録訛作「火秀宫」，編校者據詩録訂改。〔二〕鄒序本文録作「壺」。〔三〕存稿 陽明文録脱一字，鄒序本文録作「欲」，全録作「聊」，編校者據詩録訂補。〔四〕存稿 陽明文録脱一字，鄒序本文録作「映」，郭刻本全書作「與」，全録作「聞」，編校者據詩録訂補。〔五〕詩録題作歸人。〔六〕詩録作「更」。〔七〕存稿作「作聖作」，陽明文録作「作聖功」，編校者從詩録訂改。〔八〕詩録本詩著録於卷三獄中稿。

蕩浮虚舟。丈夫落落掀天地，豈顧束縛如窮囚！千金之珠彈鳥雀，掘土何煩用鐲鏤！君不見？東家老翁防虎患，虎夜入室銜其頭；西家兒童不識虎，執竿驅虎如驅牛。痴人懲噎遂廢食，愚者畏溺先自投。人生達命自灑落，憂讒避毁徒啾啾！

以上見陽明文録外集卷四江西詩一百二十首，有增補。

題壽外母蟠桃圖三章〔一〕

某之妻之母，諸太夫人張，今年壽八十。十二月二十有二日，其設帨辰也。某縻於官守，不能歸捧一觴於堂下。幕下之士有郭詡者，因爲作王母蟠桃之圖以獻。夫王母蟠桃之説，雖出於偎經異典，未必其事之有無，然今世之人，多以之祝願其所親愛，固亦古人岡陵松栢之意也。吾從衆可乎？遂用之以寄遙祝之私，而詩以歌之云：

維彼蟠桃，千歲一華。夫人之壽，兹維始葩。
維彼蟠桃，千歲一實。夫人之壽，益堅孔碩。
維華維實，厥根彌植。維夫人孫〔二〕子，亦昌衍靡極。

以上録自陽明文録外集卷八題壽外母蟠桃圖。

泊金山〔三〕

但過金山便一登，鳴鍾出迓每勞僧。雲濤石壁深鼉窟，風雨棲臺迥佛燈。亂渚競添新世態，兩峰獨射舊時青。舟人指點龍王廟，欲話前朝不忍聽！

以上據王陽明草書七詩集（圖三二）録入。

夢中郭景純自述詩題壁〔四〕

〔一〕存稿陽明文録題下註有「庚辰」。〔二〕陽明文録作「孔子」，編校者從存稿訂改。〔三〕陽明文録外集卷四江西詩一百二十首著録泊金山寺二首，本詩爲其第一首首頷兩聯四句和第二首頸尾兩聯四句之和，讀如一律，文字略有異同，參見本書正編卷四。〔四〕陽明文録外集卷四江西詩一百二十首之紀夢中有本篇，文字略有異同，參見本書正編卷四。

昔我明易道，故知未形事。時人不我識，遂傳耽小技。一思王導徒，神器良久覬。諸謝豈不力？伯仁見其底。所以敦者傭，罔顧天經與地義！不然百口未負托，何忍置之死！我於是時知有分，日中斬柴市。我死何足悲！我生良有以！九天一人撫膺嘯，晉室諸公亦可耻。舉目山河徒嘆非，携手登亭空洒淚。王導真奸雄，千載人未議。偶感君子談中及，重與寫真記。固知倉卒不成文，自今當與頻謔戲。倘其爲我一表揚，萬世萬世萬萬世。

右晉忠臣郭景純之作，予夢遇景純，出以見示，且極論王導之罪，謂世之人徒知王敦之逆，而不知導之奸，陰有以主之。其言甚長，不能備録，姑寫其所示詩于壁。嗚呼！君子之澤，五世而斬，則小人之罪，亦數世可滅矣。非有實惡深冤抑結而未暴，寧有千載之下尚懷憤懣不平若是者耶！予因是而深有感焉，復爲一詩以紀其略。時正德庚辰八月廿八日陽明山人王守仁伯安書

以上據夢中郭景純自述詩題壁手跡刻石拓本（圖四〇）録入。

居越詩

正德十六年辛巳六月陞南京兵部尚書參贊機務八月便道歸越省葬至嘉靖六年丁亥五月命兼都察院左都御史征廣西思恩田州離越間作，陽明先生五十歲至五十六歲。

歸興二首〔一〕

百戰歸來白髮新，青山從此作閒人。峰攢尚憶衝蠻陣，雲起猶疑見虜塵。島嶼微茫滄海暮，桃花爛熳武陵春。而今始信還丹訣，却笑當年識未真。

歸去休來歸去休，千貂不換一羊裘。青山待我長爲主，白髮從他自滿頭。種菓移花新事業，茂林脩竹舊風流。多情最愛滄州伴，日日相呼理釣舟。

次谦之韵

珎重江船冒暑行，一宵心話更分明。須從根本求生死，莫向支流辯濁清。久奈世儒横臆說，競搜物

〔一〕詩録卷二居越稿無本題二詩。

理外人情。良知底用安排得？此物由來自渾成。

再遊浮峰次韻

廿載風塵始一回，登高心在力全衰。偶懷勝事乘春到，況有良朋自遠來。還指松蘿尋舊隱，撥〔一〕開雲石翦蒿萊。後期此別知何地？莫厭花前勸酒盃。

夜宿浮峰次謙之韻

日日春山不厭尋，野情原自懶朝簪。幾家茆屋山村靜，夾岸桃花溪水深。石路草香隨鹿去，洞門蘿月聽猿吟。禪堂坐久〔二〕發清磬，却笑山僧亦有心。

再遊延壽寺次舊韻

歷歷溪山記舊蹤，寺僧遙住翠微重。扁舟曾泛桃花入，岐路新多〔三〕草樹封。谷口鳥聲兼伐木，石門煙火出深松。年來百好俱衰薄，獨有幽探興尚濃。

碧霞池夜坐

一雨秋涼入夜新，池邊孤月〔四〕倍精神。潛魚水底傳心訣，棲鳥枝頭說道真。莫謂天機非嗜欲，須知萬物是吾身。無端禮樂紛紛議，誰與青天掃宿塵！

秋聲〔五〕

秋來萬木發天聲，點瑟迴琴今夜〔六〕清。絕調迴隨流水遠，餘音細入晚雲輕。洗心真已空千古，傾耳誰能辯九成？徒使清風傳律呂，人間瓦缶正雷鳴。

〔一〕詩録存稿作「提」。〔二〕詩録作「夜久」。〔三〕郭刻本全書作「心多」。〔四〕詩録存稿陽明文録作「孤日」，編校者從新刊續編訂改。〔五〕日本關西美術拍賣株式會社二〇一八年五週年秋季拍賣會古渡遺珠中國古代書畫專場（作品編號：〇五八二）王守仁行書秋聲賦水墨絹本（圖四二）有秋聲月夜諸生共坐二首夜坐三題四詩，其第一首即本詩。〔六〕詩録存稿陽明文録作「日夜」，餘姚板文録作「入夜」。

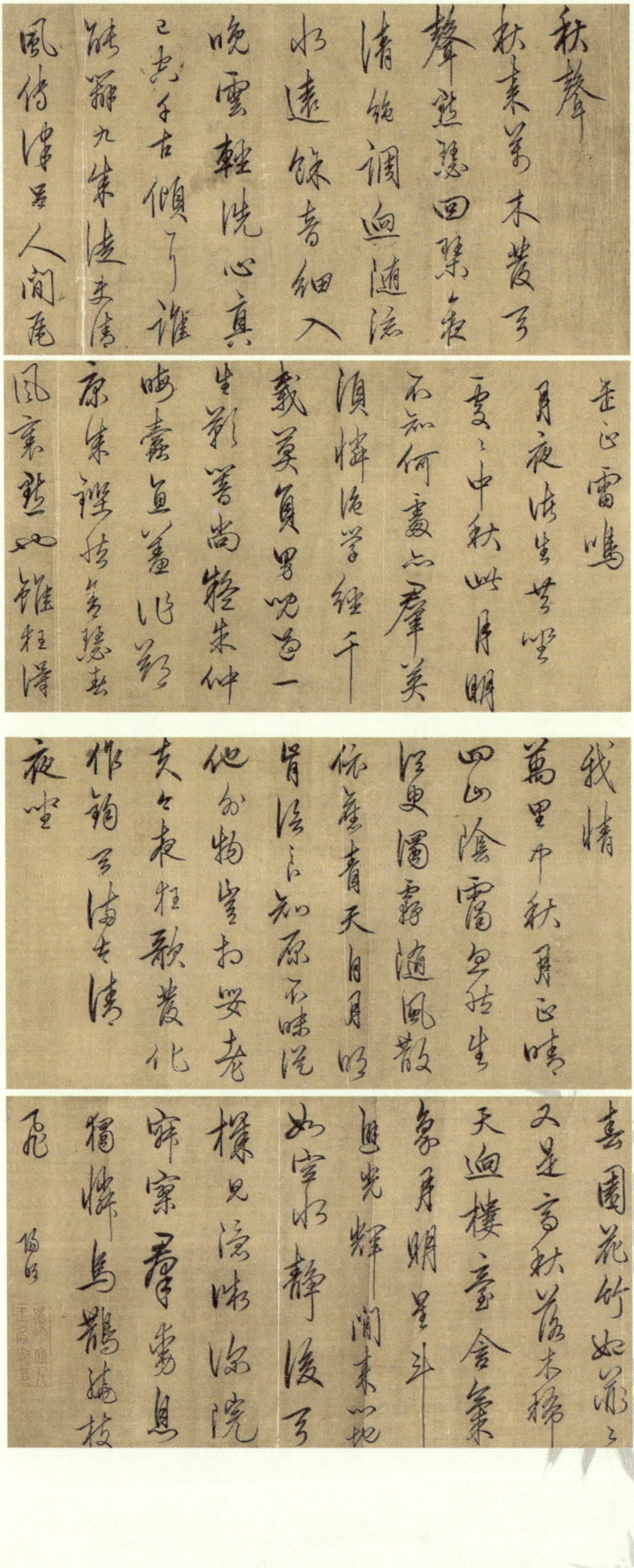

圖四二　秋聲　月夜諸生共坐二首　夜坐手跡（水墨絹本）

林汝桓以二詩寄次韻爲别

斷雲微日半晴陰，何處高梧有鳳鳴？星漢浮槎先入夢，海天波浪不須驚。魯郊已自非常典，膰肉寧爲脱冕行！試向滄浪歌一曲，未云不是九韶聲。

堯舜人人學可齊，昔賢斯語豈無稽！君今一日真千里，我亦當年苦舊迷。萬理由來吾具足，六經原只是階梯。山中盡有閑風月，何日扁舟更越溪！

月夜諸生共坐二首〔一〕

處處中秋此月明，不知何處亦羣英？須憐絕學經千載，莫負男兒過一生！影響尚疑朱仲晦，蠹魚〔二〕羞作鄭康成。鏗然舍瑟春風裏，點也雖狂得我情。

萬里中秋月正晴，四山陰靄〔三〕忽然生。須臾濁霧隨風散，依舊青天自〔四〕月明。肯信良知原不昧，從他外物豈相嬰〔五〕！老夫今夜狂歌發，化作鈞天滿太清〔六〕。

夜坐〔七〕

春園花竹〔八〕始菲菲，又是高秋落木〔九〕稀。天迥樓臺含氣象，月明星斗避光輝。閒來心地如空水，靜後天機見隱微。深院寂寥羣動息，獨憐烏鵲繞枝飛。

夜坐一首

〔一〕王守仁行書秋聲賦（圖四二）有本題二詩；浙江保利國際拍賣有限公司二〇〇九秋季藝術品拍賣會 中國書畫專場（作品編號：〇六七四）曾鯨天泉坐月圖手卷水墨絹本中有陽明先生月夜諸生共坐詩手跡（圖四三）即本題二詩；詩録題作月夜，存稿 陽明文録題作月夜二首，題下均有自註：「與諸生歌於天泉橋」，二詩序次與詩稿手跡相左。〔二〕詩録 存稿 陽明文録作「支離」。〔三〕詩録 存稿 陽明文録作「雲靄」。〔四〕鄒序本文録作「此」。〔五〕詩録 存稿 陽明文録作「能攖」。〔六〕餘姚板文録作「泰清」。〔七〕王守仁行書秋聲賦（圖四二）第四首即本詩；横濱國際拍賣和日本美寶會（寶屋）二〇二〇年秋季特别聯合拍賣大會 翰墨品菁專場（作品編號：〇四七八）王陽明書法立軸水墨絹本（圖四四）即本詩，無題。詩録 存稿 陽明文録題作秋夜。〔八〕鄒序本文録作「花木」。〔九〕鄒序本文録作「落葉」。

圖四三　月夜諸生共坐二首手跡（水墨絹本）

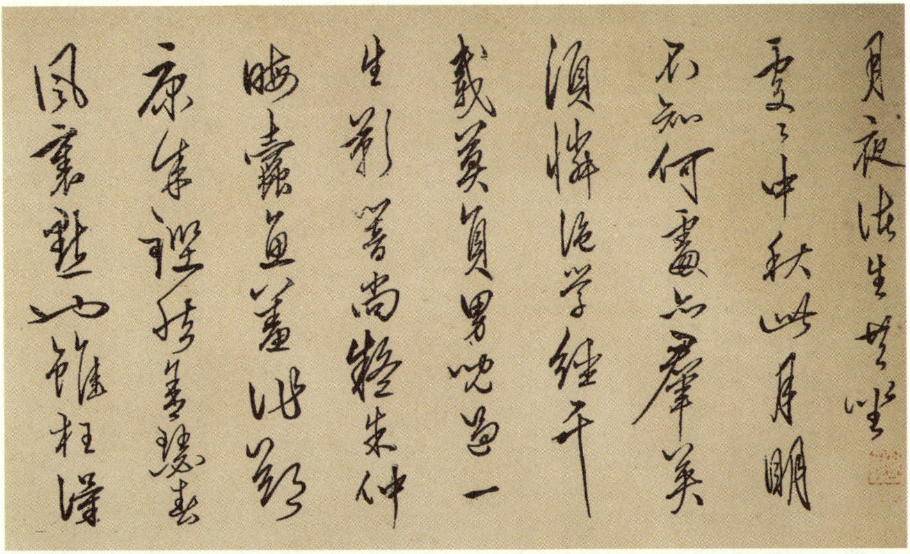

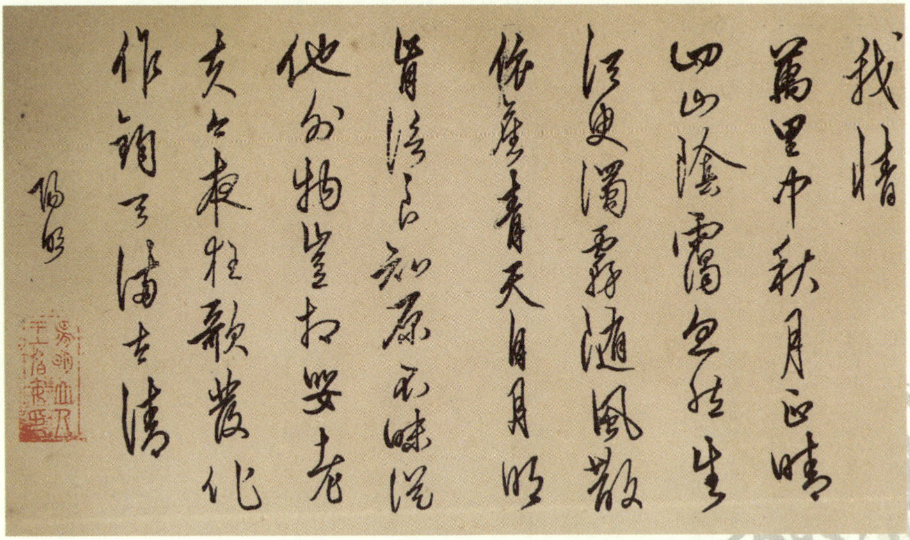

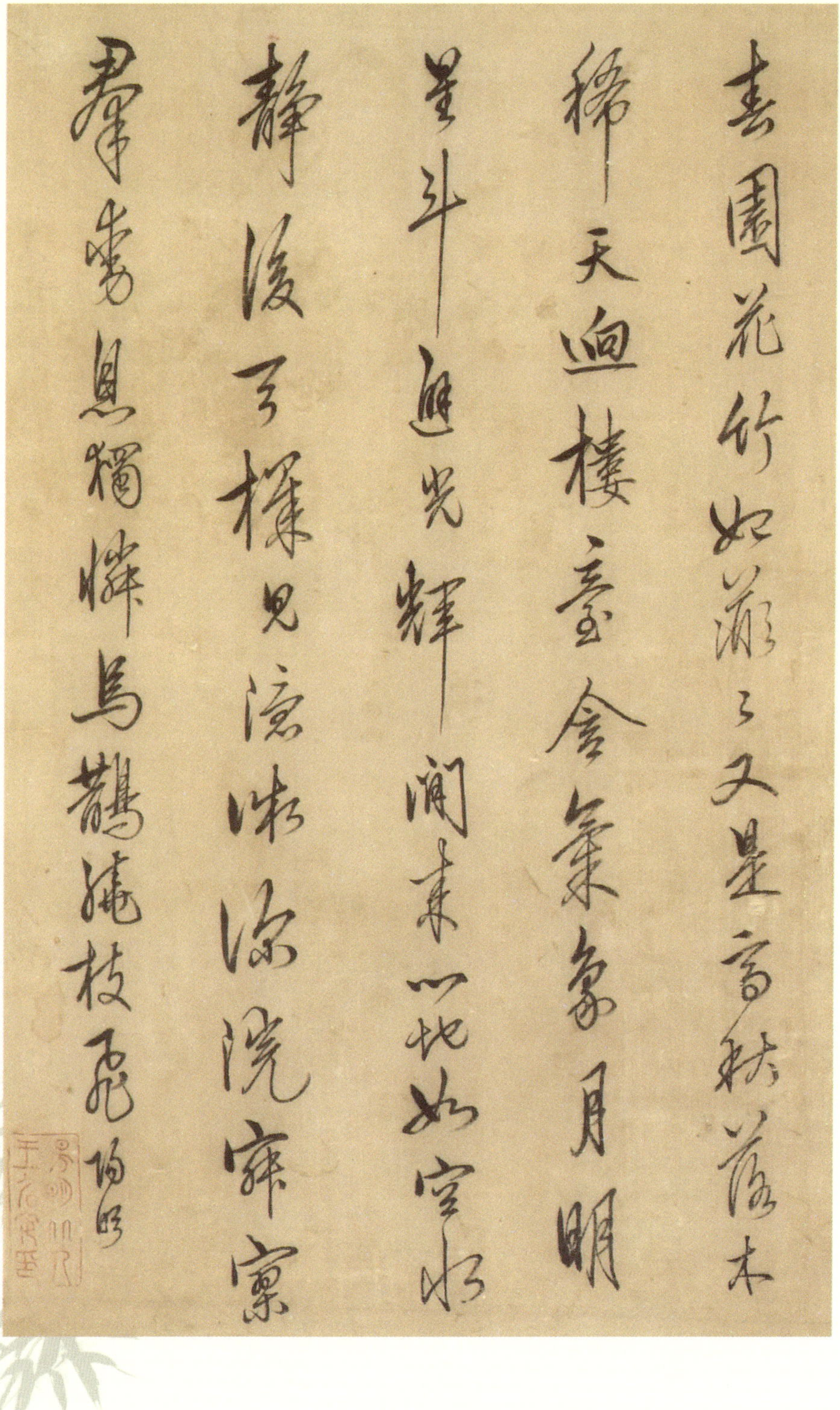

圖四四　夜坐手跡（墨跡紙本）

獨坐秋庭〔一〕月色新，乾坤何處更閒人！高歌度與清風去，幽意自隨流水春。千聖本無心外訣，六經須拂鏡中塵。却憐擾擾周公夢，未及惺惺陋巷貧。

心漁爲錢翁希明別號題

錢翁，德洪父，三歲雙瞽，好古博學，能詩文。〔二〕

有漁者歌曰：「漁不以目惟以心，心不在魚漁更深。北溟之鯨殊小小，一舉六鰲未足歆。」「敢問何如其爲漁耶？」曰：「吾將以斯道爲網，良知爲綱，太和爲餌，天地爲舫〔三〕。絜之無意，散之無方，是謂得無所得而忘無可忘者矣。」

登香爐峰次蘿石韻

曾從爐鼎躡天風，下數天南百二峰。勝事縱爲多病阻，幽懷還與故人同。旌旗影動星辰北，鼓角聲迴滄海東。世故茫茫渾未定，且乘溪月放歸篷。

觀從吾登爐峰絕頂戲贈〔四〕

道人不奈登山癖〔五〕，日暮猶思絕棧雲。巘底獨行穿虎穴，峰頭清嘯亂猿羣。清溪月出時尋寺，歸棹城隅夜欵門〔六〕。可笑中郎無好興，獨留松院坐黃昏。

書扇贈從吾

君家只在海西限，日日寒潮去復迴。莫遣扁舟成久別，爐峰秋月望君來。

與二三子登秦望〔七〕

嘉靖甲申冬二十一日再登秦望，自弘治戊午登後，二十七年矣。將下，適董蘿石與二三子來，復坐久之。暮歸，同宿雲門僧舍。

〔一〕餘姚板文録作「中庭」。〔二〕詩録 存稿題下無註。〔三〕詩録 存稿 陽明文録作「舫」，編校者從郭刻本全書訂改。〔四〕詩録卷二居越稿無本詩和書扇示從吾二詩。〔五〕存稿 陽明文録作「僻」，編校者從鄒序本文録訂改。〔六〕存稿作「扣門」。〔七〕存稿 陽明文録本詩以序爲題，編校者據詩録訂補。

初冬風日佳，策杖〔一〕登崔嵬。自予羈宦跡，久與山谷違。屈指廿七載，今兹復一來。沿溪尋往路，歷歷皆所懷。躋險還屢息，興在知吾衰。停午〔二〕際峰頂，曠望未能囬。良朋亦偶至，歸路相徘徊。夕陽飛鳥靜，羣壑風泉哀。悠悠觀化意，點也可與偕。

山中漫興〔三〕

清晨急雨〔四〕度林扉〔五〕，餘滴〔六〕煙稍尚濕衣〔七〕。隔水〔八〕霞明桃亂吐，沿溪風煖〔九〕藥初肥。物情到底能容懶，世事從前頓覺〔一〇〕非。自擬〔一一〕春光還〔一二〕自領，好誰〔一三〕歌詠月中歸？

挽潘南山

聖學宫墻亦久荒，如公精力可昇堂。若爲千古經綸手，只作終年著述忙。末俗澆漓風益下，平生辛苦意難忘。西風一夜山陽笛，吹盡南岡落木霜。

和董蘿石菜花韻

油菜花開滿地金，鵓鳩聲裏又春深。閭閻正苦飢民色，畎畝常懷老圃心。自有牡丹堪富貴，也從蜂蝶謾追尋。年年開落渾閒〔一四〕事，來賞何人共此襟？

天泉樓夜坐和蘿石韻〔一五〕

莫厭西樓坐夜深，幾人今夕此登臨？白頭未是形容老，赤子依然混沌心。隔水鳴榔聞過棹，映窗殘月見疎林。看君已得忘言意，不是當年只苦吟。

〔一〕詩録作「策林」，存稿陽明文録作「杖策」，編校者從新刊續編訂改。〔二〕陽明文録作「簿午」，郭刻本全書作「薄午」，編校者從詩録訂改。〔三〕文録續編卷四春晴散步二首之第一首與本詩大同小異，參見本書正編卷一。〔四〕詩録作「忽雨」。〔五〕文録續編作「過林霏」。〔六〕文録續編作「餘點」。〔七〕文録續編作「滴衣」。〔八〕存稿陽明文録作「雨水」，編校者從詩録訂改。〔九〕文録續編作「暖」。〔一〇〕文録續編作「且任」。〔一一〕文録續編作「對眼」。〔一二〕文録續編作「惟」。〔一三〕文録續編作「如誰」。〔一四〕詩録作「間」。〔一五〕餘姚板文録題作諸生夜坐。

詠良知四首示諸生〔一〕

問君何事日憧憧？煩惱場中錯用功。莫道聖門無口訣，良知兩字是參同。

箇箇人心有仲尼，自將聞見苦遮迷。而今指與真頭面，只是良知更莫疑。

人人自有定盤針，萬化根原〔二〕揔〔三〕在心。却咲從前顛倒見，枝枝葉葉外頭尋。

無聲無臭獨知時，此是乾坤萬有基。抛却自家無盡藏，沿門持鉢効貧兒。

示諸生三首〔四〕

爾身各各自天真，不用求人更問人。但致良知成德業，謾從故紙費〔五〕精神。乾坤是易原非畫，心性何形得有塵？莫道先生學禪語，此言端的爲君陳。〔六〕

人人有路透長安，坦坦平平一直看。盡道聖賢須有祕，翻嫌易簡却求難。只從孝弟爲堯舜，莫把辭章學柳韓。不信自心〔七〕原具足，請君隨事反身觀。

長安有路極分明，何事幽人曠不行？遂使蓁茆成間塞，儘教麋鹿自縱横。徒聞絕境勞懸想，指與迷途却浪驚。冒險甘投蛇虺窟，顛崖墮壑竟亡生。

答人問良知二首

良知即〔八〕是獨知時，此知之外更無知。誰人不有良知在！知得良知却是誰？〔九〕

其二

知得良知却是誰？自家痛癢自家知。若將痛癢從人問，痛癢何須更問爲！

〔一〕書法全集著録良知詩四絶卷（圖四五）即本題四首，詩後有識：「馮子仁問良知之説，舊嘗有四絶，遂書贈之。陽明山人王守仁書，時嘉靖戊子九月望日也」；詩録 存稿 陽明文録本題第一、第二首序次與詩稿手跡相左。〔二〕詩録 存稿 陽明文録作「根源」，謝刻本全書作「根緣」。〔三〕存稿作「本」。〔四〕詩録本題三首著録於卷二江西稿。〔五〕餘姚板文録作「廢」。〔六〕餘姚板文録本詩題作別南浦勉諸同志。〔七〕郭刻本全書作「自家」。〔八〕謝刻本全書訛作「却」。〔九〕餘姚板文録本詩題作勉同志。

答人問道

飢來喫飯倦來眠，只此修行玄更玄。說與世人渾不信，却從身外覓神僊。

寄題玉芝庵〔一〕

塵途駿馬勞千里，月樹鷦鷯足一枝。身既了時心亦了，不湏多羨碧霞池。

別諸生〔二〕

綿綿聖學已千年，兩字良知〔三〕是口傳。欲識渾淪無斧鑿，湏從規矩出方圓。不離日用常行内，直造先天未畫前。握手臨岐更何語？慇懃莫媿別離筵！

後中秋望月歌

一年兩度中秋節，兩度中秋一樣月。兩度當筵望月人，幾人猶在幾人別？此後望月幾中秋？此會中人知在否？當筵莫惜慇懃望，我已衰年半白頭。

書扇示正憲

汝自冬春來，頗解學文義。吾心豈不喜？顧此枝葉事。如樹不植根，暫榮終必瘁。植根可如何？願汝且立志！

送蕭子雝憲副之任〔四〕

衰疾悟止足，閒居便靜脩。採芝深谷底，考槃南澗頭。之子亦早見，枉帆經舊丘。幽尋意始結，公期已先遒。星途觸來暑，拯焚能自由。黃鵠一高舉，剛風翼難收。懷慈〔五〕戀丘隴，囬顧未忘憂。往志鴈〔六〕千里，豈伊枋榆投！哲士營四海，細人聊自謀。聖作正思治，吾衰竟〔七〕何酬！所望登才俊，濟濟揚

〔一〕詩録無本詩，存稿 陽明文録題下註有「丙戌」。〔二〕餘姚板文録題作與武陵萬秀夫。〔三〕餘姚板文録作「求仁」。
〔四〕書法全集著録送蕭子雝詩軸（圖四六）即本詩，詩録題作送蕭子雝副憲之任。〔五〕存稿 陽明文録作「茲」。〔六〕詩録 存稿 陽明文録作「局」。〔七〕詩録 存稿 陽明文録作「亮」。

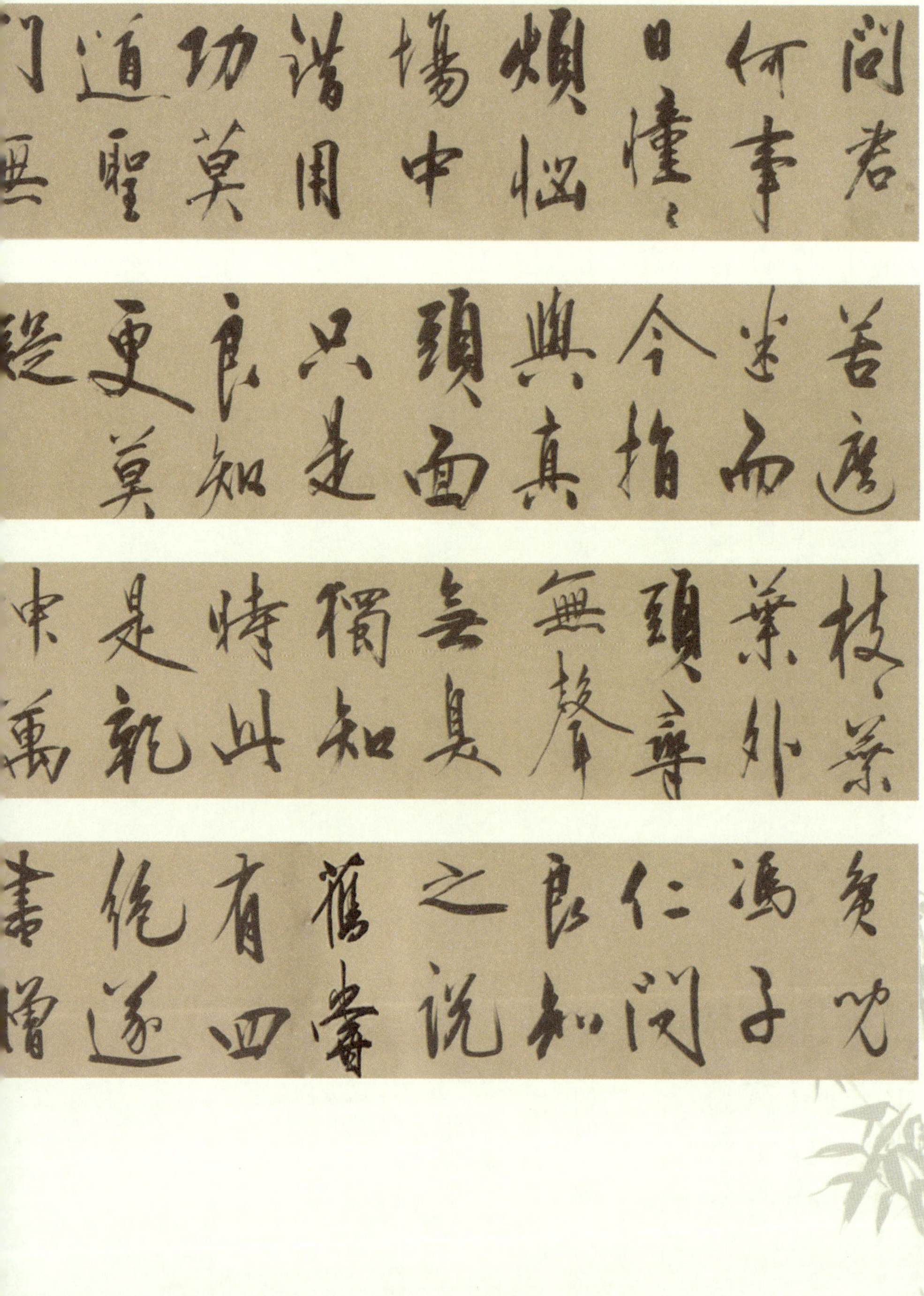

圖四五　詠良知四絕手跡（墨跡紙本）

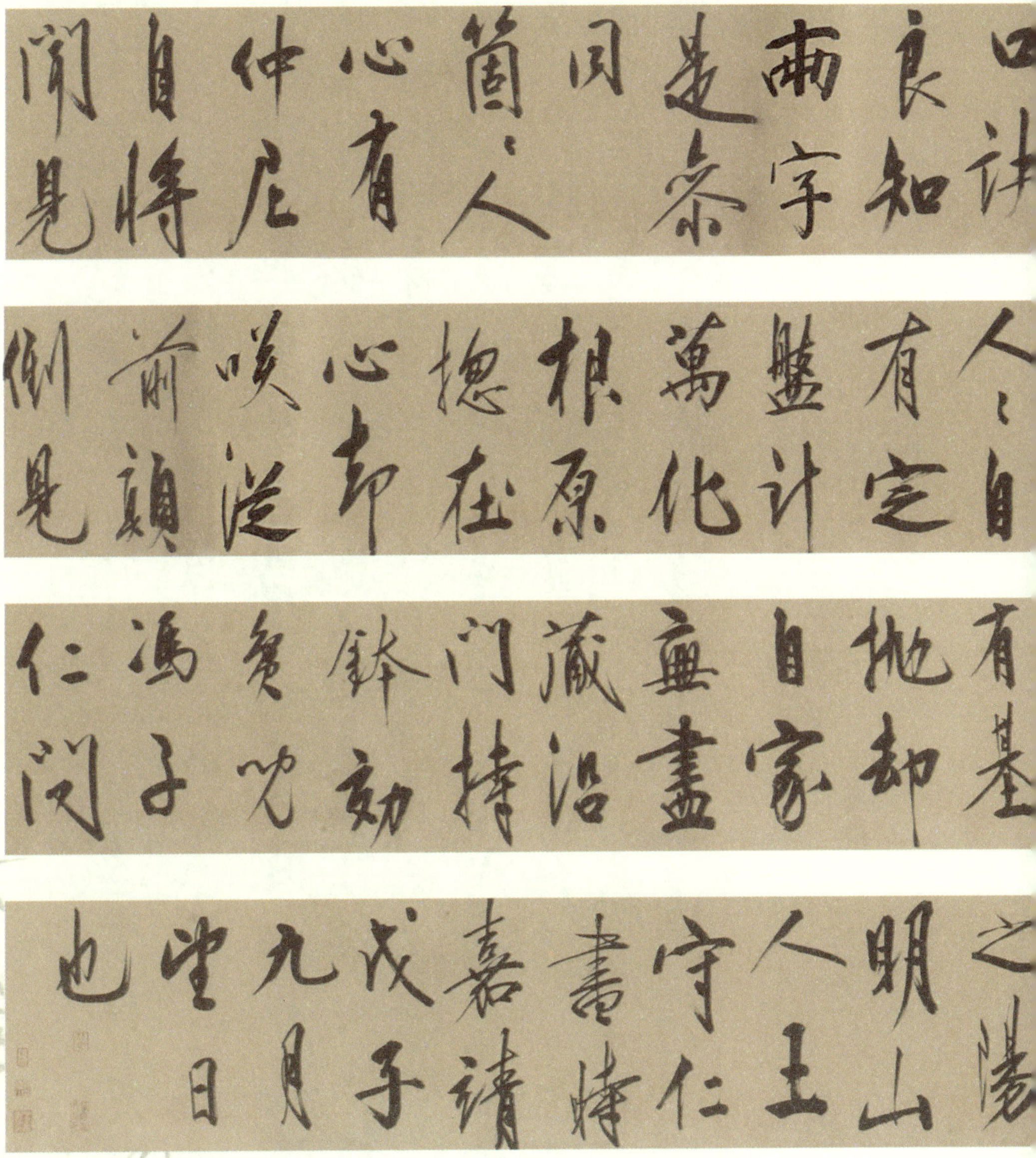
口訣良知兩字是參同箇箇人心有仲尼自將聞見
人人自有定盤針萬化根原總在心卻笑從前顛倒見
有甚拋卻自家無盡藏沿門持鉢效貧兒馮子仁問
之陽明山人王守仁書時嘉靖戊子九月望日也

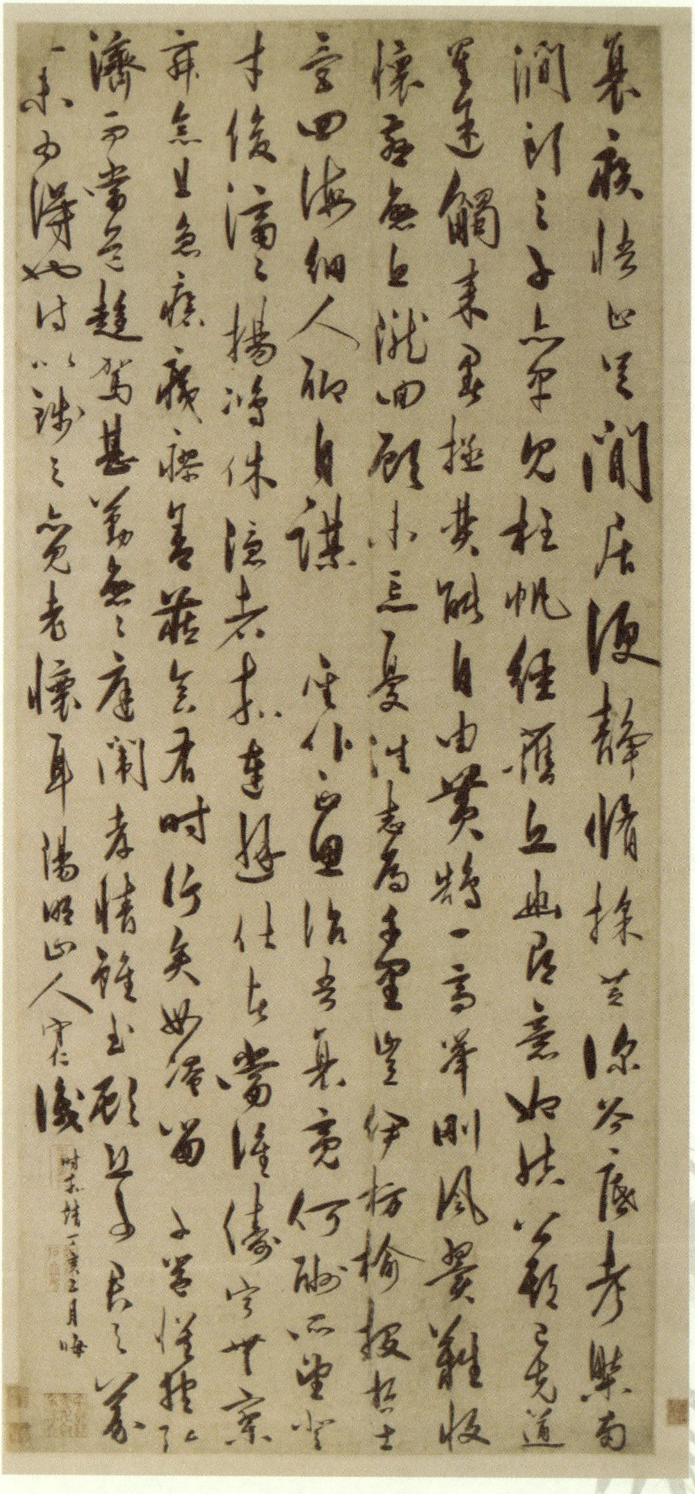

圖四六　送蕭子雝憲副之任手跡（墨跡紙本）

鴻休。隱者嘉連〔一〕遯，仕者當誰儔！寧無寥寂〔二〕念？且〔三〕急瘡痍瘳〔四〕。舍藏會〔五〕有時，行矣毋淹留！

子邕懷抱弘濟，而當道趨駕甚勤。戀戀庭闈，孝情雖至，顧恐事君之義□未爲得也。詩以餞之，亦見老懷耳。陽明山人守仁識，時嘉靖丁亥五月晦〔六〕

中秋

去年中秋陰復晴，今年中秋陰復陰。百年好景不多遇，况乃白髮相侵尋。吾心自有光明月，千古團圓永無缺！山河大地擁清輝，賞心何必中秋節！

嘉靖丙戌十二月庚申始得子年已五十有五矣六有靜齋二丈昔與先公同舉於鄉聞之而喜各以詩來賀藹然世交之誼也次韻爲謝二首〔七〕

海鶴精神老益強，晚途詩價重圭璋。洗兒惠比金錢貴，爛目光呈奎井祥。何物敢云繩祖武？他年只好共爺長。偶逢燈事開湯餅，庭樹春風轉歲陽。

自分秋禾後吐芒，敢云琢玉晚成璋〔八〕！漫憑先德餘家慶，豈是生申降嶽祥！攜抱且堪娱老况，長成或可望書香。不辭歲歲臨湯餅，還見吾家第幾郎。

以上見陽明文録外集卷四居越詩三十四首〔九〕

勝果寺次舊韻〔一〇〕

江上月明看不徹，山窓夜半只須開。萬松深處無人到，千里空中有鶴來。受此幽期真結托，憐予遊跡尚風埃。年來病馬秋尤瘦，不向黄金高築臺。

贈岑東隱先生二首

〔一〕鄒序本文録作「肥」。〔二〕謝刻本全書作「瘵寂」。〔三〕存稿 陽明文録作「宜」。〔四〕謝刻本全書作「寥」。〔五〕詩録 存稿 陽明文録作「應」。〔六〕詩録 存稿 陽明文録詩後無識。〔七〕詩録無本題二首。〔八〕郭刻本全書作「珪璋」。〔九〕陽明文録 存稿之居越詩三十四首均録詩四十一首。〔一〇〕餘姚板文録本詩無題，題目係編校者擬定。

岑東隱老先生，余祖母族弟也。今年九十有四矣，雙瞳炯然，飲食談笑如少壯，所謂聖世之人瑞者非耶？涉江來訪，信宿而別。感嘆之餘，贈之以詩。

東隱先生白髮垂，猶能持竹釣江湄。身當百歲康強日，眼見九朝全盛時。寂寂羣芳搖落後，蒼蒼松栢歲寒枝。結廬聞説臨瀛海，欲問桑田幾變移？

其二

聖學工夫在致知，良知知處即吾師。勿忘勿助能無間，春到園林鳥自啼。

以上見餘姚板文録卷四。

兩廣詩

嘉靖六年丁亥五月命兼都察院左都御史征廣西思恩田州九月發越中赴任（十二月命暫兼理巡撫兩廣）至嘉靖七年戊子十一月逝世間作，陽明先生五十六歲至五十七歲。

秋日飲月巖新構別王侍御

湖山久繫念，媿處〔一〕限形跡。遙望一水間，十年靡由即。軍旅起衰廢，驅馳豈遑息！前旌道囬岡，取捷上崎側〔二〕。新搆鬱層椒，石門轉深寂。是時霜始降，風凄羣卉析〔三〕。壑靜響江聲，窓虛涵海色。夕陰下西岑，涼月穿東壁。觀風此餘情，撫景見高臆。匪從羣公餞，何因得良覿？南徼方如燬，救焚敢辭亟！來歸幸有期，終遂幽尋僻。

嘉靖丁亥九月十九日癸巳書，是日霜降。〔四〕

復過釣臺〔五〕

憶昔過釣臺，驅馳正軍旅。十年今始來，復以兵戈起。空山煙霧深，往跡如夢裏。微雨林徑滑，肺病雙足胝。仰瞻臺上雲，俯濯臺下水。人生何碌碌！高尚當如此。瘡痍念同胞，至人匪爲己。過門不遑入，

〔一〕陽明文録作「塊處」，編校者從詩録訂改。〔二〕郭刻本全書作「畸側」。〔三〕存稿、陽明文録作「折」，編校者從詩録訂改。〔四〕存稿、陽明文録詩後無識，編校者據詩録訂補。〔五〕詩録本詩無題。

憂勞豈得已！滔滔良自傷，果哉末難矣！

右正德己卯獻俘行在，過釣臺而弗及登。今兹復來，又以兵革之役，兼肺病足瘡，徒顧瞻悵望而已。書此付桐廬尹沈元材，刻置亭壁，聊以紀經行歲月云耳。嘉靖丁亥九月廿二日書，時从行進士錢德洪、王汝中、建德尹楊思臣及元材，凡四人。

方思道送西峰

西峰隱真境，微境臨通衢。行役空屢屢，過眼黃〔一〕塵迷。青林外延望，中閟何由窺？方子巘廊器，兼稟〔二〕雲霞姿。每逢泉石處，必刻棠陵詩。兹山秀常玉，之子囊中錐。羣峰灝秋氣，喬木含凉吹。此行非佳餞，誰爲發幽奇？柰何眷清賞，局促牽至期〔三〕！悠悠傷絕學，之子亦如斯。爲君指周道，直往勿復疑！

西安雨中諸生出候因寄德洪汝中并示書院諸生

幾度西安道，江聲暮雨時。機關鷗鳥破，蹤跡水雲疑。仗鉞非吾事，傳經媿爾師。天真泉石秀，新有鹿門期。

德洪汝中方卜書院盛稱天真之奇并寄及之

不踏天真路，依稀二十年。石門深竹徑，蒼峽瀉雲泉。泮壁環胥海，龜疇見宋田。文明原有象，卜築豈無緣！

寄石潭二絕〔四〕

僕兹行无所樂，樂與二公一會耳。得見閑齋，固已如見石潭矣。留不盡之興於後期，豈謂樂不可極耶？聞尊恙已平復，必於不出見客，無乃太以界限自拘乎？奉次二絕，用發一笑，且以致不及請教之憾。

〔一〕存稿、陽明文録脱一字，郟序本文録作「被」，編校者據新刊續編訂補。〔二〕詩録作「凛」，存稿、陽明文録脱一字，郟序本文録作「已」，編校者據新刊續編訂補。〔三〕詩録作「王期」。〔四〕詩録題作寄石潭書并詩二絕。

見説新居止隔山，肩輿曉出暮堪還。知公久已藩籬〔一〕撤，何事深林尚閉關？

乘興相尋涉萬山，扁舟亦復及門還。莫將身病爲心病，可是無關却有關。

長生

長生徒有慕，苦乏大藥資。名山遍探歷，悠悠鬢生絲。微軀一繫念，去道日遠而。中歲忽有覺，九還乃在茲。非爐亦非鼎，何坎復何離。本無終始究，寧有死生期！彼哉遊方士，詭辭反增疑。紛然諸老翁，自傳困多岐。乾坤由我在，安用他求爲？千聖皆過影，良知乃吾師！

南浦道中

南浦重來夢裏行，當年鋒鏑尚心驚。旌旗不動山河影，鼓角猶傳草木聲。已喜閭閻多復業，獨憐飢饉未寬征。迂踈何有甘棠惠？慚媿香燈父老迎！

重登黃土腦

一上高原感慨重，千山落木正無窮。前途且與停西日，此地曾經拜北風。劍氣晚横秋色淨，兵聲寒帶暮江雄。水南多少流亡屋，尚訴征求杼軸空！

過宿新城〔二〕

猶記當年築此城，廣猺湖冦正縱横。人今樂業皆安堵，我亦經過一駐兵。香火沿門慚老稚，壺漿遠道及從行。峰山弩手疲勞甚，且放歸休〔三〕莫送迎。

嘉靖丁亥十一月四日有事兩廣，駐兵新城。此城予巡撫時所築。峰山弩手其始蓋優恤之，以俟調發，其後漸苦於送迎之役，故詩及之。〔四〕

夢中絶句〔五〕

〔一〕詩録作「藩人」。〔二〕存稿 陽明文録題作過新溪驛，編校者從詩録訂改。〔三〕陽明文録作「歸農」，編校者從詩録訂改。〔四〕存稿 陽明文録詩後無識，編校者據詩録訂補。〔五〕詩録本詩與以下一題二首合題作謁伏波廟，識在詩後。

此予十五歲時夢中所作。今拜伏波祠下，宛如夢中。茲行殆有不偶然者，因識其事於此。〔一〕

捲甲歸來馬伏波，早年兵法鬢毛皤。雲埋銅柱雷轟折〔二〕，六字題文〔三〕尚不磨。

謁伏波廟二首

四十年前夢裏詩，此行天定豈人爲！徂征敢倚風雲陣，所過須同時雨師。尚喜遠人知向望，却慚無術救瘡痍。從來勝算歸廊廟，恥說兵戈定四夷。

樓船金鼓宿烏蠻，魚麗羣舟夜上灘。月繞旌旗千嶂〔四〕靜，風傳鈴柝九溪寒。荒夷未必先聲服，神武由來不殺難。想見虞廷〔五〕新氣象，兩階干羽五雲端。

田州刻石〔六〕

田石平，田州寧民謠如此。田水縈，田山迎府治新向。千萬世，鞏皇明。嘉靖歲，戊子春，新建伯〔七〕，王守仁，勒此石，告後人。

破斷藤峽〔八〕

才看干羽格苗夷，忽見風雷起戰旗。六月徂征非得已，一方流毒已多時。遷賓玉石分須早，柳慶雲霓怨莫遲。嗟爾有司懲既往，好將恩信撫遺黎。

平八寨

見說韓公破此蠻，貔貅十萬騎連山。而今止用三千卒，遂爾收功一月間。豈是人謀能妙算〔九〕！偶逢天助及師還。窮搜極討非長計，須有恩威化梗頑。

南寧二首

〔一〕詩録本識在詩後。〔二〕存稿、陽明文録作「轟析」，編校者從詩録訂改。〔三〕存稿、陽明文録作「題詩」，編校者從詩録訂改。〔四〕存稿作「千障」。〔五〕詩録作「虞庭」。〔六〕陽明文録外集卷四無本詩，外集卷九有録，編校者據詩録增補。〔七〕新刊續編作「陽明子」。〔八〕詩録卷二兩廣稿無本詩及以下五題七首。〔九〕存稿作「奮勝」。

一駐南寧五月餘，始困〔一〕送遠過僧廬。浮屠絶壁經殘燹，井竈沿村見廢墟。撫恤尚慚凋弊後，遊觀正及省耕初。近聞襁負歸猺獞，莫陋夷方不可居。

勞矣田人莫遠迎，瘡痍未定犬猶驚。燹餘破屋須先緝，雨後荒畬莫廢耕。歸喜逃亡來負襁，貧憐繻絝綴旗旌。聖朝恩澤寬如海，甑鮒盆魚縱爾生。

往歲破桶岡宗舜祖世麟老宣慰實來督兵今茲思田之役乃隨父致仕宣慰明輔來從事目擊其父子孫三世皆以忠孝相承相尚也詩以嘉之三首

宣慰彭明辅，忠勤晚益敦。歸師當五月，冒暑淨蠻氛。

其二

九霄雖已老，報國意尤懃。五月衝炎暑，囬軍立戰勳。

其三

愛爾彭宗舜，少年多戰功。從親心已孝，報國意尤忠！

題甘泉居〔二〕

我聞甘泉居，近連菊坡麓。十年勞夢思，今來快心目。徘徊欲移家，山南尚堪屋。渴飲甘泉泉，飢餐菊坡菊。行看羅浮雲，此心聊復足！

書泉翁壁

我祖死國事，肇禋在增城。荒祠幸新復，適來奉初蒸。亦有好兄弟，念年〔三〕思一尋。蒼蒼蒹葭色，宛隔環瀛深。入門散圖史，想見抱膝吟。賢郎敬父執，童僕意相親。病軀不遑宿，留詩慰慇懃。落落千百載，人生幾知音！道同〔四〕著形跡，期無負初心。

以上見文録外集卷四兩廣詩二十一首，有增補。

〔一〕鄒序本文録作「因」。〔二〕乾隆增城縣志（凡二十卷，乾隆十九年甲戌刻本）卷十九藝文本詩與書泉翁壁合題作留題甘泉湛公屋壁二首。〔三〕鄒序本文録作「念言」。〔四〕謝刻本全書作「道通」。

陽明先生詩歌集副編卷

佚詩

資聖寺杏花樓

東風日日杏花開，春雪多情故換胎。素質翻疑同苦李，淡粧新解學寒梅。心成鐵石還誰賦？涷合青枝亦任猜。迷却晚來沽酒處，午橋真訝灞橋迴。

以上録自胡震亨 姚叔祥等纂海鹽縣圖經（凡十六卷，天啓四年甲子刻本）卷三方域篇；又見於光緒海鹽縣志（凡二十二卷，卷首 卷末各一卷，光緒三年丁丑刻本）卷七輿地考等。

寓資聖僧房

落日平堤海氣黃，短亭衰柳艤孤航。魚蝦入市乘潮晚，鼓角收城返棹忙。人世道緣逢郡博，客途歸夢借僧房。一年幾度頻留此，他日重來是故鄉。

以上録自萬曆嘉興府志（凡三十二卷，萬曆二十八年庚子刻本）卷二十九藝文 海鹽縣；又見於康熙嘉興府志（凡十八卷，卷首 卷末各一卷，康熙二十年辛酉刻本）卷十八詩文二 海鹽縣等。

萬松窩

隱居何所有？云是萬松窩。一徑清陰合，三冬翠色多。喜無車馬跡，時見鹿麋過。千古陶宏景，高風滿澗阿。

以上録自道光東陽縣志（凡二十七卷，卷首一卷，民國三年甲寅翻印本）卷二十六廣聞志 詩。

遊金粟山

金粟峰頭縱遠觀，山林不動萬松寒。飛崖瀉碧雨初歇，古澗流紅春欲闌。佛地移來龍窟小，僧房高借鶴巢寬。飄然便覺離塵世，一笑天風振羽翰。

以上録自萬曆嘉興府志（凡三十二卷，萬曆二十八年庚子刻本）卷二十九藝文 海鹽縣；又見於康熙嘉興府志（凡十八卷，卷首 卷末各一卷，康熙二十一年辛酉刻本）卷十八詩文二 海鹽縣等。

登硤石山

朝登硤石巔，霽色浮高宇。長岡抱回龍，恠石駭奔虎。古刹凌層雲，中天立鼇柱。萬室湧魚鱗，晴光動江滸。曲徑入藤蘿，行行見危堵。寺僧聞客來，袈裟候庭廡。登堂識遺像，畫繪衣冠古。乃知顧况宅，今爲梵王土。書臺空有名，湮埋化煙莽。葛井雖依然，日暮飲牛羖。長松非舊枝，子規啼正苦。古人豈不立？身後杳難睹。悲風振林薄，落木驚秋雨。人生一無成，寂寞知何許！

以上録自嘉靖海寧縣志（凡九卷，嘉靖三十六年丁巳刻本）卷九雜志 詩文；又見於康熙海寧縣志（凡十三卷，康熙二十二癸亥刻本）卷二方域志 山川等。

天章寺次秦行人韻

十里紅塵踏淺沙，蘭亭何處是吾家？茂林有竹啼殘鳥，曲水無觴見落花。野老逢人談往事，山僧留客薦新茶。臨風無限斯文感，回首天章隔紫霞。

以上録自覺顯集刻蘭亭遺墨（殘卷，萬曆年間刻本）；又見於沈復燦輯山陰道上集（嘉慶年間稿本）。

登秦望山用壁間韻

秦望獨出萬山雄，縈紆鳥道盤蒼空。飛泉百道瀉碧玉，翠壁千仞削古銅。久雨忽晴真可喜，山靈於我豈無以！初疑步入畫圖中，豈知身在青霄裏！蓬島茫茫幾萬重，此地猶傳望祖龍。儷舟一去竟不返，斷碑千古原無蹤。北望稽山懷禹跡，却嘆秦望爲慚色。落日淒風結晚愁，歸雲半掩春湖碧。便欲峰頭拂石眠，吊古傷今益惘然。未暇長卿哀二世，且續蘇君觀海篇。長嘯歸來景漸促，山鳥山花吟不足。夜深風雨過溪來，小榻寒燈卧僧屋。

以上録自張元忭纂輯雲門志略（凡五卷，萬曆二年甲戌刻本）卷五；又見於乾隆紹興府志（凡八十卷，卷首一卷，乾隆五十七年壬子刻本）卷三地理志三 會稽縣等。

毒熱有懷用少陵執熱懷李尚書韻寄年兄程守夫吟伯

曉來梅雨望沾淩，坐久紅爐天地蒸。幽朔多寒還酷烈，清虛無語湧飛昇。此時頭羡千莖雪，何處身依百丈氷？且欲冷然從禦寇，海桴吾道未湏乘。

以上録自乾隆淳安縣志（凡十六卷，卷首一卷，乾隆二十一年丙子刻本）卷十五藝文；又見於光緒淳安縣志（凡十六卷，卷首一卷，光緒十年甲申刻本）卷十五藝文。

奉和宗一高韻

懶愛官閒不計陞，解嘲還計昔人曾。沉迷薄領今應免，料理詩篇老更能。未許少陵誇吏隱，真同摩詰作禪僧。龍淵且復三冬蟄，鵬翼終當萬里騰。

以上録自朱孟震著遊宦餘談（凡一卷，萬曆二十年壬辰刻本）獻吉伯安和韻條。

送李貽教歸省圖詩

九秋旌旆出長安，千里軍容馬上看。到處臨淮驚節制，趨庭萊子得承歡。瞻雲漸喜家山近，夢闕還依禁漏寒。聞說閭門高已久，不妨冠蓋擁歸鞍。

以上録自嘉慶郴州總志（凡四十三卷，卷首 卷末各一卷，嘉慶二十五年庚辰刻本）卷三十七藝文下；又見於光緒永興縣志（凡五十五卷，卷首一卷，光緒九年癸未刻本）卷四十九藝文。

清風樓

遠看秋鶴下雲臯，壓帽青天礙眼高。石底蟠螭吹錦霧，海門孤月送銀濤。酒經殘雪渾無力，詩倚新春欲放豪。勸賦登楼聊短述，清風曾不媿吾曹！

以上録自康熙太平府志（凡四十卷，康熙四十六年丁亥刊本）卷三十九藝文五；又見於乾隆太平府志（凡四十四卷，乾隆二十三年戊寅刻本）卷四十二藝文詩等。

謫僊樓

攬衣登采石，明月滿磯頭。天礙烏紗帽，寒生紫綺裘。江流詞客恨，風景謫僊樓。安得騎黃鶴？隨公八極遊。

以上録自乾隆當塗縣志（凡三十三卷，乾隆十五年庚午刻本）卷三十二藝文；又見於乾隆太平府志（凡四十四卷，乾隆二十三年戊寅刻本）卷四十一藝文 詩等。

遊齊山賦 并序

齊山在池郡之南五里許，唐齊映嘗刺池，亟遊其間，後人因以映姓名山。繼又以杜牧之詩，遂顯名於海内。弘治壬戌正旦，守仁以公事到池，登茲山以吊二賢之遺跡，則既荒於草莽矣。感慨之餘，因拂崖石而賦之，以記歲月云。賦曰：

適公事之甫暇，乘案牘之餘暉。歲亦徂而更始，巾予車其東歸。循池陽而延望，見齊山之崔嵬。寒陰慘而尚濕，結浮靄於山扉。振長飈而舒嘯，麾綵見於虹霓。千巘豁其開朗，掃羣林之霏霏。羲和闖危巔而出候，到囘景於蒼磯。躡晴霞而直上，凌華蓋之葳蕤。俯長江之無極，天風颯其飄衣。窮巘洞之幽邃，坐孤亭於翠微。尋遺躅於煙莽，哀鼙悄而泉悲。感昔人之安在，菊屢秋而春菲。鳥相呼而出谷，鴈流聲而北飛。嘆人事之倏忽，晞草露於須臾。際遙矚於雲表，見九華之參差。忽黄鶴之孤舉，動陵陽之遐思。顧泥塗之溷濁，困鹽車於櫪馬。苟長生之可期，吾視去富貴如礫瓦。吾將曠八極以遨遊，登九天而視下。餐朝霞而飲沆瀣，扳子明之逸駕。豈塵網之足羈？嘆僊質之未化。

亂曰：曠觀宇宙，漠以廣兮。仰瞻却顧，終焉倣兮。吾不能局促以自污兮，復慮其謬以妄兮。已矣乎！君親不可忘兮，吾安能長駕而獨往兮！

以上録自萬曆池州府志（凡十卷，萬曆四十年壬子刻本）卷十藝文志 賦；又見於光緒貴池縣志（凡四十四卷，卷首一卷，光緒九年癸未刻本）卷二輿地志等。

遊山二首

山霧沾衣潤，溪風灑面凉。蘚花凝雨碧，松粉落春黄。古劍時聞吼，遺丹尚有光。短才慚宋玉，何敢賦高唐！

靈峭九千丈，窮躋亦未難。江山無遯景，天地此奇觀。海月迎峰白，溪風振葉寒。夜深凌絕嶠，翹首望長安。

以上録自笪蟾光审編茅山志（凡十四卷，康熙十年辛亥刻本）卷十三明詩；又見於乾隆句容縣志（凡十卷，卷首卷末各一卷，光緒二十六年庚子重刊本）卷三山川志等。

蓬萊方丈偶書二首

興劇夜無寐，中宵問雨晴。水風驚壑驟，巘日映窗明。石竇窺淵黑，雲梯上水清。福庭真可住，塵土柰浮生！

僊屋煙飛外，青蘿隔世譁。茶分龍井水，飯帶玉田砂。香細嵐光雜，窗虛峰影遮。空林無一事，盡日卧丹霞。（二）

以上録自笪蟾光审編茅山志（凡十四卷，康熙十年辛亥刻本）卷十三明詩；又見於江導岷輯茅山志輯要（不分卷，民國九年庚申印本）等。

宿聽潮軒

水心龍窟只宜僧，也許詩人到上層。江日迎人明白帽，海風吹醉掖枯藤。鯨波四面長疑動，鼇背千年恐未勝。王氣金陵真在眼，坐看西北亦誰曾？

以上録自張萊輯顧清正史魯修京口三山志（凡十卷，正德七年壬申刻本）卷五集詩三金山；又見於許國誠修高一福輯京口三山全志（凡六卷，萬曆二十八年庚子刻本）卷五金山詩類等。

題蒲菊鈺上人山房

禪扉雲水上，地迥一塵無。澗有千年菊，盆餘九節蒲。濕煙籠細雨，晴露滴蒼蕪。好汲中泠水，殽香嚼翠腴。

以上録自張萊輯顧清正史魯修京口三山志（凡十卷，正德七年壬申刻本）卷五集詩三金山；又見於盧見曾主修

［一］陽明文録外集卷一歸越詩三十五首化成寺六首第五首與本詩大同小異，參見本書正編卷一。

金山志（凡十卷，卷首二卷，乾隆二十七年壬午刻本）卷七藝文等。

金山贈野閑欽上人

江淨如平野，寒波浸録苔。地窮無客到，天逈有雲來。禪榻朝慵起，松關午始開。月明隨老鶴，散步妙高臺。

以上録自盧見曾主修金山志（凡十卷，卷首二卷，乾隆二十七年壬午刻本）卷七藝文；又見於周伯義編金山志（凡二十卷，卷首二卷，光緒三十年甲辰刻本）卷十藝文等。

贈雪航上人

身世真如不繫舟，浪花深處伴閒鷗。我來亦有山陰興，銀海乘槎上斗牛。

以上録自盧見曾主修金山志（凡十卷，卷首二卷，乾隆二十七年壬午刻本）卷七藝文；又見於盧見曾主修金山志（凡十卷，卷首二卷，續卷二卷，光緒二十七年辛丑重刊本）卷七藝文等。

贈甘露寺性空上人

片月海門出，渾如白玉舟。滄波千里晚，風露九天秋。寒影隨盃渡，清暉共梗流。底湏分彼岸，天地自沉浮。

以上録自釋了璞輯北固山志（凡十二卷，卷首一卷，道光十六年丙申刻本）卷八明詩；又見於周伯義編北固山志（凡十四卷，卷首一卷，光緒三十年甲辰刻本）卷九藝文等。

登吴江塔

天深北斗望不見，更躡丹梯最上層。太華之西目雙斷，衡山以北欄獨憑。漁舟渺渺去欲盡，客子依依愁未勝。夜久月出海風冷，飄然思欲登雲鵬。

以上録自徐崧 張大純輯百城煙水（凡九卷，康熙二十九年庚午刻本）卷四吴江縣；又見於錢穀撰吴都文粹續集（凡五十六卷，補遺二卷，乾隆四十三年戊戌刻本）卷三十四等。

仰高亭

樓船一別是何年？斜日孤亭思渺然。秋興絕憐紅樹晚，閒心併在白鷗前。林僧定久能知客，巢鶴年多亦解禪。莫向病夫詢出處，夢魂長繞碧溪煙。

以上録自徐崧 張大純輯百城煙水（凡九卷，康熙二十九年庚午刻本）卷四吳江縣。

石門曉泊

風雨石門晚，停舟問舊遊。煙花春欲盡，惆悵繞溪頭。

以上録自康熙嘉興府志（凡十六卷，康熙六十年辛丑刻本）卷十五藝文 詩上；又見於嘉慶嘉興府志（凡八十卷，卷首三卷，嘉慶六年辛酉刻本）卷七十六藝文三等。

崇玄道院

逆旅崇玄幾度來，主人聞客放舟回。小山花木添新景，古壁詩篇拂舊埃。老去鬚眉能雪白，春還消息待梅開。松堂一宿殊匆遽，擬傍鴛湖築釣臺。

以上録自正德嘉興志補（凡十二卷，正德七年壬申刻本）卷九嘉興縣題詠。

覺苑寺

獨寺澄江濱，雙刹青漢表。攬衣試登陟，深林驚宿鳥。老僧丘壑癯，古顔冰雪好。霏霏出幽談，落落見孤抱。雨霽江氣收，天虛月色皓。夜靜臥禪榻，吾筆夢生草。

以上録自康熙蕭山縣志（凡二十一卷，康熙三十二年癸酉刻本）卷十四寺庵志；又見於乾隆紹興府志（凡八十卷，卷首一卷，乾隆五十七年壬子刻本）卷三十九祠祀志四 蕭山縣等。

本覺寺

春風吹畫舫，載酒入青山。雲散晴湖曲，江深綠樹灣。寺晚鐘韻急，松高鶴夢閒。夕陽催暮景，老衲閉柴關。

以上録自乾隆紹興府志（凡八十卷，卷首一卷，乾隆五十七年壬子刻本）卷三十八祠祀志三 山陰縣；又見於嘉慶山陰縣志（凡三十卷，卷首一卷，嘉慶八年癸亥刻本）卷二十八藝文等。

寶林寺

恠山何日海邊來？一塔高懸拂斗台。面面晴峰雲外出，迢迢白水鏡中開。招提半廢空獅象，亭館全頹蔚草萊。落日晚風無限恨，荒臺石上幾徘徊。

以上録自乾隆紹興府志（凡八十卷，卷首一卷，乾隆五十七年壬子刻本）卷三十八祠祀志三府城内。

聖水寺二首

拂袖風塵尚未能，偷閑殊覺媿山僧。杖藜終擬投三竺，裘馬無勞說五陵。

長擬西湖放小舟，看山隨意逐春流。煙霞只在鷗鳧主，斷却紛紛世上愁。

以上録自康熙錢塘縣志（凡三十六卷，卷首一卷，康熙五十七年戊戌刻本）卷十四寺觀；又見於釋實懿纂雲居聖水寺志（凡六卷，補遺一卷，光緒十八年壬辰重刊本）卷三題詠等。

勝果寺

深林容鳥道，古洞隱春蘿。天逈聞潮早，江空得月多。氷霜叢草木，舟楫玩風波。巘下幽棲處，時聞白石歌。

以上録自田汝成輯撰西湖遊覽志（凡二十四卷，萬曆四十七年己未重刊本）卷七南山勝跡；又見於吴之鯨撰武林梵志（凡十二卷，乾隆四十五年庚子刻本）卷二城外南山分脈等。

春日宿寶界禪房賦

晴日落霞紅蘸水，杖藜扶客眺西津。鶯鶯喚處青山曉，燕燕飛時緑野春。明月海樓高倚遍，翠峰煙寺遠遊頻。情多漫賦詩囊錦，對鏡愁添白髮新。

以上録自嘉靖仁和縣志（凡十四卷，光緒十九年癸巳重刻本）卷十二寺觀；又見於乾隆杭州府志（凡一百一十卷，卷首六卷，乾隆四十九年甲辰刻本）卷三十一寺觀四仁和縣等。

雲龍山次喬宇韻

幾度舟人指石岡，東西長是客途忙。百年風物初經眼，三月煙花正向陽。芒碭漢雲春寂寞，黃樓楚調晚凄涼。惟餘放鶴亭前草，還與遊人藉醉觴。

以上録自乾隆徐州府志（凡三十卷，卷首一卷，乾隆七年壬戌刻本）卷二十五藝文二；又見於道光銅山縣志（凡二十四卷，卷首一卷，道光十一年辛卯刻本）卷二十一藝文等。

趵突泉和趙松雪韻

濼源特起根虚無，下有鰲窟連蓬壺。絕喜坤靈能爾幻，却愁地脈還時枯。驚湍怒湧噴石竇，流沫下瀉翻雲湖。月色照衣歸獨晚，溪邊瘦影伴人孤。

以上録自崇禎歷城縣志（凡十六卷，崇禎十三年庚辰刻本）卷十四藝文三；又見於乾隆歷城縣志（凡五十卷，卷首一卷，乾隆三十八年癸巳刻本）卷八山水考等。

謁周公廟

守仁祗奉朝命主考山東鄉試，因得謁元聖周公廟，謹書詩一首，以寓景仰之意云爾。時弘治甲子九月九日

我來謁周公，嗒焉默不語。歸去展陳篇，詩書說向汝。

以上録自呂化舜原輯東野志（凡二卷，康熙元年壬寅增修重刊本）卷二；又見於乾隆曲阜縣志（凡一百卷，乾隆三十九年甲午刻本）卷四圖考等。

御帳坪

危構雲煙上，憑高一望空。斷碑存漢字，老樹襲秦封。路入天衢畔，身當宇宙中。短詩殊草草，聊以寄吾蹤。

以上録自嘉靖山東通志（凡四十卷，嘉靖十二年癸巳刻本）卷二十二古跡濟南府；又見於乾隆泰安縣志（凡十二卷，卷首卷末各一卷，乾隆四十七年壬寅刻本）卷十二藝文選輯等。

臨水幽居自題

秋日澹雲影，松風生晝陰。幽人□絜想，甯在書與琴！

陽明山人

以上録自梁章鉅撰退庵金石書畫跋（凡二十卷，道光二十五年乙巳刻本）卷十五。

送行時雨賦

二泉先生以地官正郎擢按察副使，提學西江。於是京師方旱，民憂禾黍，先生將行，祖帳而雨，士氣蘇息，送者皆喜。樂山子舉觴而言曰：「先生亦知時雨之功乎？羣機默動，百花潛融；摧枯僵槁，茀蔚蒙茸。惟草木之日茂，夫焉識其所從？」先生曰：「何如？」樂山子曰：「昇降閉塞，品彙是出。厎羸蹇澀，痿痺扞格。地脈焦焉，罔滋土膏，竭而靡澤。勾者矛者，莢者甲者，莖者萌者，頹者鬣者，陳者期新，屈者期伸。而乃火雲嵂屼，湯泉沸騰，山靈鑠石，溝澮揚塵，田形赭色，途坼龜文，苗而不秀，槁焉欲焚。於是乎豐隆起而效駕，屏翳輔而推輪，雷伯渙汗而頒號，飛廉行辟而戒申。川英英而吐氣，山油油而出雲，天昏昏而改色，日霏霏而就曛，風翛翛於蘋末，雷殷殷於江濆。初沾濡之脈脈，漸飄灑之紛紛。始霢霂之無跡，終滂沱而有聞。方奮迅而直下，倏橫斜以旁巡。徐一一而點注，隨渾渾而更新。乍零零而斷續，忽冥冥而驟并。將悠悠而遠去，復森森而雜陳。當是時也，如渴而飲，如飲而醺，德澤漸於蘭蕙，寵渥被於藻芹；光輝發於桃李，滋潤洽於松筠；深恩萃於禾黍，餘波及於蒿蕡。若醉醒而夢覺，起精矯於邅迍。猶闕里之多士，沾聖化而皆仁。濟濟翼翼，侃侃誾誾，樂簞瓢於陋巷，詠浴沂於暮春者矣。今夫先生之於西江之士也，不亦其然哉！原體則涵泳諸子，灌注百氏，渟滀仁義，鬱蒸經史；言用則應物而動，與時操縱，神變化於晦明，狀江河之洶湧。發爲文詞，霧滃霞摛，赫其聲光，雷電翕張。仰之嶽立，風雲是出；即之川騰，旱暵攸憑。偃風聲於萬里，望雲霓於九天。嘆爾來之奚后，怨何地之獨先。則夫西江之士，豈必漸漬沐沃，澡滌沉潛！歷以寒暑，積之歲年，固將得微涓而已穎發，霑餘滴而遂勃然；詠菁莪之化育，樂豐芑之生全；揚驚瀾於洙泗，起暴漲於伊瀍。信斯雨之及時，將與先生比德而麗賢也夫！」先生曰：「是何言之易也！昔孔子太和元氣，過化存神，不言而喻，固有所謂時雨化之者矣，而予豈其人哉！且子知時雨之功，而曾未睹其患也。乃若大火西流，東作於休，農人相告，謂將有秋，須堅須實，以穫以收。爾迺庭商鼓舞，江鶴飛翔；重陰密霧，連月瀰茫；淒風苦雨，朝夕淋浪；禾頭生耳，黍目就盲；江河溢而泛濫，草木洩而衰黄。功垂成而復敗，變豐稔爲兇荒。汨泥途以何救？疽體足其曷防？空呼號於漏室，徒咨怨於頹牆。吁嗟乎！今之以爲兇，非昔之以爲功者耶？烏乎物理之逈絶，而人情之頓異者耶？是知長以風雨，歛以霜雪，有陽必陰，無寒不熱；化不自興，及時而盛，教無定美，過時必病。故先王之愛民，必仁育而義正。吾誠不敢忘子時雨之規，且慮其過而爲霪，以生患也。」於是欒山子俯謝不及，避席而起。再拜盡觴，以歌時雨。歌曰：激湍兮深潭，和煦兮沍寒。雨以潤兮，過淫則殘。惟先生兮，實如傅霖。爲雲爲霓兮，民望於今；吞吐奎壁兮，分天之章。駕風騎氣兮，挾龍以翔。沛江帝之澤兮，載自西。或雨或暘，一寒一暑。隨物順成兮，吾心何與！風雨霜雪兮，孰非時雨！

刑部主事姚江王守仁書

以上録自邵熷 吴道成同編邵文庄公年谱（凡一卷，民國十七年戊辰印本）（弘治）十三年庚申四十一歲條。

贈劉秋佩

骨鯁英風海外知，况於青史萬年垂。紫霧四塞麟鸞去，紅日重光鳳落儀。天奪忠良誰可問？神爲雷電鬼難知。莫邪亘古無終祕，屈鐵何時到玉墀？

以上録自乾隆涪州志（凡十二卷，乾隆五十年乙巳刻本）卷十一藝文志詩選；又見於道光涪州志（凡十二卷，道光二十五年乙巳刻本）卷十一藝文志詩選等。

又贈劉秋佩

檢點同年三百輩，大都碌碌在風塵。西川若也無秋佩，誰作乾坤不老人！

以上録自乾隆涪州志（凡十二卷，乾隆五十年乙巳刻本）卷十一藝文志詩選；又見於同治涪州志（凡十五卷，卷首卷末各一卷，同治九年庚午刻本）卷十五藝文志下等。

題吴五峰大參甘棠遺愛卷

遵彼江滸，樛木陰陰；亦有松栢，鬱其相參。彼行者徒，或馳以驅；載槖荷畚，傴僂遽除。昔也炎暑，道喝無所；今也蒸熾，有如室處。陰陰樛木，實獲我心；赫赫吳公，仁惠忠諶。惟此樛木，吳公所植；匪公之德，曷休以息！公行田野，褐蓋朱輪；茇於柳下，勞此農人。薰風自南，吹彼柔肄；悠悠旆旌，披拂搖曳。民曰公來，盍往迎之？壺漿車下，實慰我思。我思何極！公勿我去。天子之命，盍終我庇？公曰爾民，爾孝爾弟；食耕飲鑿，以遊以戲。民曰我公，我植我培；有若茲樹，翌其餘枚。嗟我庶民，勿翦勿伐；勿媿甘棠，公我召伯。

以上録自康熙衡州府志（凡二十三卷，康熙二十一年壬戌刻本）卷二十一藝文志下；又見於雍正湖廣通志（凡一百二十卷，卷首一卷，雍正十一年癸丑刻本）卷八十四藝文志四言詩。

絕命詩二首

學道無聞歲月虛，天乎至此欲何如？生曾許國慚無補，死不忘親恨有餘。自信孤忠懸日月，豈論遺骨葬江魚！百年臣子悲何極！日夜潮聲泣子胥。

敢將世道一身擔，顯被天刑萬死甘。滿腹文章方有用，百年臣子獨無慚。涓流裨海今真見，片雪填溝舊齒談。昔代衣冠誰上品？狀元門第好奇男。

以上録自楊儀著高坡異纂（凡三卷，萬曆十八年庚寅刻本）卷下；又見於墨憨齋編王陽明先生出身靖亂録（凡三卷，日本慶應元年乙丑弘毅館印本）卷上等。

告終辭

皇天茫茫降殃之無憑兮，杳莫知其所自。予誠何絕於幽明兮？羌無門而生訴。臣得罪於君兮，無所逃於天地。固黨人之爲此兮，予將致命而遂志。委身而事主兮，夫焉吾之可有？狗聲色以求容兮，非前修之所守。吾豈不知直道之殞軀兮？庶予心之不忘。定予志詎朝夕兮，孰顛沛而有忘！上穹林之杳杳兮，下深谷之冥冥。白刃奚相向兮？盻予視若飄風。內精神以淵靜兮，神氣泊而沖容。固神明之有志兮，起壯士於蒙茸。奮前持以相格兮，曰孰爲事刃於貞忠？景冉冉以將夕兮，下釋予之頹宮。曰受命以相及兮，非故於子之爲攻。不自盡以免予兮，夕予將浮水於江。嗚呼噫嘻！予誠媿於明哲保身兮，豈效匹夫而自經！終不免於鴟夷兮，固將遡江濤而長征。已矣乎！疇昔之夕予夢坐於兩楹兮，忽二伻來予覿。曰予伍君三閭之僕兮，盍陳辭而加璧。啓緘書若有睹兮，恍神交於千載。曰世濁而不可居兮，子奚不來遊於溟海？鬱予懷之怳愴兮，懷故都之拳拳。將夷險惟命之從兮，孰君親而忍捐！嗚呼噫嘻！命茍至於斯，亦予心之所安也。固晝夜以爲常矣，予非死之爲難也。沮陰壁之岑岑兮，猿猱若受予長條。虺結蟠於圯垣兮，山鬼吊於巇嶮。雲冥冥而晝晦兮，長風怒而江號。頹陽倏其西匿兮，行將赴於江濤。嗚呼噫嘻！一死其何之兮？念層闈之重傷也。予死之奄然兮，傷吾親之長也。羌吾君之明聖兮，亦臣死之宜然。臣誠有憾於君兮，痛讒賊之諛便。搆其辭以相說兮，變黑白而燠寒。假遊之竊辟兮，君言察彼之爲殘。死而有知兮，逝將訴於帝庭。去讒而遠佞兮，何幽之不贊於明？昔高宗之在殷兮，賚良弼以中興。申甫生而屏翰兮，致周宣於康成。帝何以投讒於有北兮，焉能啓君之衷！揚列祖之鴻庥兮，永配天於無窮。臣死且不朽兮，隨江流而朝宗。嗚呼噫嘻！大化屈伸兮，昇降飛揚。感神氣之風霆兮，溘予將反乎帝鄉。驂玉虬之蜿蜒兮，鳳凰翼而翱翔。從靈均與伍胥兮，彭咸御而相將。經申徒之故宅兮，歷重華之陟方。降大壑之茫茫兮，登裂缺而愬予。懷故都之無時兮，振長風而遠去。已矣乎！上爲列星兮，下爲江河。山嶽興雲兮，雨澤滂沱。風霆流形兮，品物咸和。固正氣之所存兮，豈邪穢而同科！將予騎箕尾而從傅說兮，凌日月之巍峨。啓帝闕而籔清風兮，掃六合之煩苛。

亂曰：予童顓知罔知兮，姿狂愚以冥行。悔中道而改轍兮，亦倀倀其焉明。忽正途之有覺兮，策予馬而遙征。搜荆其獨往兮，忘予力之不忍。天之喪斯文兮，不畀予於有聞。矢此心之無諼兮，毙予將求於孔之門。嗚呼！已矣乎！復奚言！予耳兮予目，予手兮予足。澄予心兮，肅雍以穆。反乎大化兮，遊清虛之寥廓。

以上録自楊儀著高坡異纂（凡三卷，萬曆十八年庚寅刻本）卷下。

套數 隱詞

〔步步嬌〕宦海茫茫京塵渺，碌碌何時了！風掀浪又高，覆轍翻舟，是非顛倒。算來平步上青霄，不如早泛江東棹。

〔沉醉東風〕亂紛紛，鴉鳴鵲噪；惡狠狠，豺狼當道。冗費竭民膏。怎忍見？人离散，舉疾首，蹙額相告。簪笏滿朝，干戈載道。等閒間，把山河動摇。

〔忒忒令〕平白地，生出禍苗；逆天理，那循公道！因此上，把功名委棄，如蒿草。我待要，竭忠盡孝，只恐怕，狡兎死，走狗烹，做了韓信的下稍。

〔好姐姐〕爾曹，難與共朝；真和假，那分白皂！他把孽寃自造，到頭終有報。設圈套，饒君總使機關巧，天網恢恢不可逃。

〔桃紅菊〕算留侯，其實見高，把一身名節自保。隨着赤松子學道，也免得向雲陽，赴市曹。

〔雙蝴蝶〕待學，陶彭澤，懶折腰；待學，載西施，范蠡逃；待學，張孟漢，辭朝；待學，子陵，七里灘垂釣；待學，陸龜蒙，筆牀茶竈；待學，東陵侯，把名利抛。

〔園林好〕脱下了，團花戰袍；解下了，龍泉寶刀；卸下了，朝簪烏帽。布袍上，繫麻縧；把漁鼓，簡兒敲。

〔川撥棹〕深山拗，悄沒個閒人來聒噪。跨青溪，獨木爲橋；跨青溪，獨木爲橋。小小的茆菴，蓋着。種青松與碧桃，採山花與藥苗。

〔錦衣香〕府庫充，何足道！禄位高，何足較！從今耳畔清閒，不聞宣詔，蘆花被暖度良宵。三竿日上，睡覺伸腰；對隣翁野老，飲三盃濁酒村醪，醉了還歌笑。齁齁睡倒，不圖富貴，只求安飽。

〔漿水令〕賞春時，花藤小轎；納凉時，紅蓮短棹。稻登場，雞豚蟹螯；雪霜寒，純綿布袍。四時佳景恣歡樂，也強如，羽翻營，玉珮趨朝。溪堪釣，山可樵，人間自有蓬萊島。何須用、何須用樓船綵轎！山林下、山林下盡可逍遥。

〔尾聲〕從來得失知多少，總上心來轉一遭。把門兒閉了，只許詩人帶月敲。

以上録自梯月主人選輯吴歈萃雅（凡四集，萬曆四十四年丙辰刻本）元集；又見於陳所聞輯新鐫古今大雅南宮紀

（凡六卷，萬曆三十三年乙巳刻本）卷三等。

舍利寺

經行舍利寺，登眺幾徘徊。峽轉灘聲急，雨晴江霧開。顛危知往事，飄泊長詩才。一段滄洲興，沙鷗莫浪猜。

以上録自萬曆龍游縣志（凡十卷，萬曆四十年壬子刻本）卷九藝文；又見於康熙龍游縣志（凡十二卷，康熙二十年辛酉刻本）卷七祠祀志等。

大中祥符寺

飄泊新從海上至，偶經江寺聊一遊。老僧見客頻問姓，行子避人還掉頭。山水於吾成痼疾，險夷過眼真蜉蝣。爲報同年張郡伯，煙江此去理漁舟。

以上録自嘉靖衢州府志（凡十六卷，嘉靖四十三年甲子刻本）卷十六外紀寺觀西安；又見於嘉慶西安縣志（凡四十八卷，卷首一卷，嘉慶十六年辛未刻本）卷四十四寺觀等。

靖興寺

隔水不見寺，但聞清磬來。已指峰頭路，始瞻雲外臺。洞天藏日月，潭窟隱風雷。欲詢興廢跡，荒碣滿蒿萊。

以上録自乾隆醴陵縣志（凡十五卷，乾隆九年甲子刻本）卷十三藝文；又見於乾隆長沙府志（凡五十卷，卷首一卷，乾隆十二年丁卯刻本）卷四十七藝文五言律詩等。

龍潭

老樹千年惟鶴住，深潭百尺有龍蟠。僧居却在雲深處，别作人間境界看。

以上録自乾隆長沙府志（凡五十卷，卷首一卷，乾隆十二年丁卯刻本）卷四十九藝文；又見於劉青藜等纂輯渌江書院志（凡六卷，光緒三年丁丑刻本）卷二藝文等。

望赫曦臺

隔江嶽麓懸情久，雷雨瀟湘日夜來。安得輕風掃微靄？振衣直上赫曦臺。

以上録自趙寧纂修長沙府嶽麓志（凡八卷，卷首一卷，康熙二十六年丁卯刻本）卷六藝文；又見於光緒湖南通志（凡二百八十八卷，卷首八卷，卷末十九卷，光緒十一年乙酉刻本）卷三十二地理志三十二長沙府善化縣等。

贈龍以昭隱君

長沙有翁號頤真，鄉人共稱避世士。自言龍逢之後嗣，早歲工文頗求仕。中年忽慕伯夷風，脫棄功名如敝屣。似翁含章良可貞，或從王事應有子。

以上録自乾隆長沙府志（凡五十卷，卷首一卷，乾隆十二年丁卯刻本）卷四十六藝文七言古詩；又見於同治攸縣志（凡五十五卷，同治十年辛未刻本）卷四十九藝文。

次韻自嘆

蕭寺逢僧話舊扉，無端日暖更風微。湯沸釜中魚亂沫，網羅石下雀頻飛。芝蘭却喜棲凡草，桃李那看伴野薇！媿我未持天下筭，不能爲國掃公非。

以上録自康熙雲夢縣志（凡十二卷，康熙十年辛亥刻本）卷十二藝文；又見於道光雲夢縣志略（凡十二卷，卷首卷末各一卷，道光二十年庚子刻本）卷十二藝文等。

道過子文故里有感

勝地傳於菟，名聲爵里存。神靈腓異物，忠孝錫賢孫。巉石蔚然古，風流遐不諠。誰人任剛武？乳虎在方言。

以上録自康熙雲夢縣志（凡十二卷，康熙十年辛亥刻本）卷十二藝文；又見於康熙湖廣通志（凡八十卷，卷首一卷，康熙二十三年甲子刻本）卷四十八藝文五詩五言律等。全集補編存僞。

觀音山

煙鬟霧髻動青波，野老傳聞似普陀。那識其中真色相，一輪明月照青螺。

以上録自雍正湖廣通志（凡一百二十卷，卷首一卷，雍正十一年癸丑刻本）卷十二山川志常德府沅江縣；又見於嘉慶沅江縣志（凡三十卷，嘉慶十三年戊辰刻本）卷二十九藝文志等。

棲霞山

宛宛南明水，迴旋抱此山。解鞍夷曲磴，策杖列禪關。薄霧侵衣濕，孤雲入座閑。少留心已寂，不信在烏蠻。

以上原載日本東亞同文書院編支那省別全志（凡九卷，日本東亞同文書院印本）卷三貴陽名勝古跡部分，編校者轉録自新編全集卷四十二補録四詩。

宣風公館

醉夢騰騰聽打衙，三年蹤跡類匏瓜。如今不是穿雲子，衣鉢隨身到處家。

以上録自同治萍鄉縣志（凡十卷，卷首一卷，同治十一年壬申刻本）卷六藝文；又見於道光萍鄉縣志（凡十六卷，道光三年癸未刻本）卷十六藝文。

遊焦山次邃菴韻三首

長江二月春水生，坐没洲渚浮太清。勢挾驚風振孤石，氣噴濁浪摇空城。海門青覘楚山小，天末翠飄吴樹平。不用凌飈躡員嶠，眼前魚鳥俱同盟。

倚雲東望曉冥冥，江上諸峰數點萍。飄泊轉慚成竊禄，幽棲終擬抱殘經。巘花入暖新凝紫，壁樹懸江欲墮青。春水特深埋鶴地，又隨斜日下江亭。

扁舟乘雨渡春山，坐見晴沙漲幾灣。高宇墮江撐獨柱，長流入海扼重關。北來宫闕參差見，東望蓬瀛縹緲間。奔逐終年何所就？端居翻覺媿僧閒。

以上録自吴雲輯焦山志（凡二十六卷，卷首一卷，同治十三年甲戌刻本）卷十九藝文；又見於張萊輯顧清正史魯修京口三山志（凡十卷，正德七年壬申刻本）卷六集詩四焦山等。

雙筍石

雲根奇恠起雙峰，慣歷風霜幾萬冬。春去已無班籜落，雨餘惟見碧苔封。不隨衆卉生枝節，却笑繁花惹蝶蜂。借使放稍成翠竹，等閒應得化虬龍。

以上録自萬曆上虞縣志（凡二十卷，萬曆三十四年丙午刻本）卷二輿地志二；又見於黄宗羲輯四明山志（凡九卷，康熙四十年辛巳刻本）卷一名勝等。

登妙高觀石筍峰

雙筍參差出自然，何曾穿破碧苔錢？好操勁節盟三友，懶秉虚心待七賢。縱使狂風難落籜，任教驟雨不生鞭。時人若問榮枯事，同與乾坤無變遷。

以上録自釋行正彙訂嚴行恂增輯雪竇寺志（凡十卷，乾隆四十四年己亥刻本）卷九下詩。

遊雪竇寺用方干韻

平生性野多違俗，長望雲山嘆式微。暫向溪流濯軒冕，益憐蘿薜勝朝衣。林間煙起知僧住，巘下雲開見鳥飛。絕境自餘麋鹿伴，況逢休遠悟禪機。

次同遊汪東泉韻

窮山路斷獨來難，過盡千溪見石壇。高閣鳴鐘僧睡起，深林無暑葛衣寒。壑雷隱隱連巘瀑，山雨森森暎竹竿。莫訝諸峰俱眼熟，當年曾向畫圖看。

次門人徐曰仁韻

僧居俯瞰萬山尖，六月凉飔早送炎。夜枕風溪鳴急雨，曉窓宿霧捲青簾。開池種藕當峰頂，架竹分泉過屋簷。幽谷時當思豹隱，深淵猶自媿蛟潛。

以上録自釋行正彙訂嚴行恂增輯雪竇寺志（凡十卷，乾隆四十四年己亥刻本）卷九；又見於嘉靖寧波府志（凡四十二卷，嘉靖三十九年庚申刻本）卷六山川下奉化等。

題陳貴鴈銜蘆圖

西風一夜楚雲秋，千里歸來憶壯遊。羽翼平沙應養健，知君不爲稻粱謀。

以上録自雍正歸善縣志（凡二十一卷，雍正二年甲辰刻本）卷十七人物；又見於光緒惠州府志（凡四十五卷，卷首一卷，光緒七年辛巳刻本）卷三十八人物十 善行等。

彰孝坊

金楚維南屏，賢王更令名。日星昭渙汗，雨雪霽精誠。端禮巍巍地，靈泉脉脉情。他年青史上，無用數東平。

以上録自薛綱纂修吴廷舉續修湖廣圖經志書（凡二十卷，嘉靖元年壬午刻本）卷一布政司志 詩類。

夢遊黃鶴樓奉答鳳山院長

扁舟隨地成淹泊，夜向磯頭夢黃鶴。黃鶴之樓高入雲，下臨風雨翔寥廓。長江東來開禹鑿，巫峽天邊一絲絡。春陰水闊洞庭野，斜日帆收漢陽閣。參差遙見九疑峰，中有辥業重華宮。蒼梧雲接黃陵雨，千年尚覺精誠通。忽聞孤鴈叫湖水，月明鐵笛横天風。丹霞閃映雙玉童，醉擁白髮非僊翁。僊翁呼我金閨彦，爾骨癯然僊已半。胡爲尚局風塵中？不屑刀圭生羽翰。覺來枕簟失煙霞，江上清風人不見。故人仗鉞鎮湖襄，幾歲書來思會面。公餘登眺賦詞葩，醉墨頻勞寫緗練。寫情投報媿瓊瑶，皜皜秋陽濯江漢。

以上録自康熙武昌府志（凡十二卷，康熙二十六年丁卯刻本）卷十藝文志；又見於乾隆江夏縣志（凡十五卷，卷首一卷，乾隆五十八年癸丑刻本）卷十四藝文志 詩 七言古等。

贈蔣澤

平生心跡兩相奇，誰信雲臺重釣絲！性僻每窮詩景遠，身閒贏得鬢霜遲。

以上録自光緒餘姚縣志（凡二十七卷，卷首 卷末各一卷，光緒二十五年己亥刻本）卷二十三列传十二；又見於蔣維翰等纂修餘姚蔣氏宗譜（凡十二卷，卷首一卷，民國十一年壬戌世德堂印本）卷一。

送王巴山學憲歸六合

衡文豈不重？竹帛總成塵。且脫奔馳苦，歸尋故山春。人生亦何極？所貴全其真。去去勿復道，青山不誤人！

以上録自雍正六合縣志（凡十卷，卷首一卷，雍正十三年乙卯刻本）卷十藝文志；又見於光緒六合縣志（凡八卷，附録一卷，光緒十年甲申刻本）卷七藝文志三詩。

遊羅田巗懷濂溪先生遺詠

路轉羅田一徑微，吟鞭敲到白雲扉。山花笑午留人醉，野鳥啼春傍客飛。混沌鑿來塵劫老，姓名空在舊遊非。洞前惟有元公草，襲我餘香滿袖歸。

以上録自雍正江西通志（凡一百六十二卷，卷首三卷，雍正十年壬子刻本）卷一百五十五藝文 詩九 七言律；又見於光緒江西通志（凡一百八十卷，卷首五卷，光緒七年辛巳刻本）卷五十六山川略一 山十三 贛州府等。

過安福

歸興長時切，淹留直到今。含羞還屈膝，直道媿初心。世事應無補，遺經尚可尋。清風彭澤令，千載是知音！

以上録自康熙安福縣志（凡八卷，康熙五十二年癸巳刻本）卷八詞翰志；又見於乾隆安福縣志（凡二十二卷，卷首一卷，乾隆四十七年壬寅刻本）卷二十一藝文。

遊南岡寺

古寺迥雲麓，光含遠近山。苔痕侵履濕，花影照衣班。宦況隨天遠，歸恩對石頑。一身惕夙夜，不比老僧閒。

以上録自乾隆吉水縣志（凡四十二卷，乾隆十五年庚午刻本）卷三十九藝文十三；又見於道光吉水縣志（凡三十二卷，卷首一卷，道光五年乙酉刻本）卷三十一藝文等。

明社亭

四十年來欲解簪，縶人王事益相尋。伏波欲兆南征夢，梁父空期歸去吟。深耻有年勞甲馬，每慚無德沛甘霖。武平必未遵吾化，也識尋盟契此心。

以上録自康熙武平縣志（凡十卷，康熙三十八年乙卯刻本）卷十藝文志；又見於乾隆汀州府志（凡四十五卷，卷首一卷，乾隆十七年壬申刻本）卷七古跡武平縣等。

遊陰那山

予既自宗山歸贛，而聞有此那山，隨泊舟蓬辣，快所一登，果爾佛靈山傑。以是較宗山，宗山小矣。時門人海陽薛子侃、饒平二楊子驥鸞同一翫云。

路入叢林境，盤旋五指巔。奇峰青卓玉，古石碧鋪泉。吾自中庸客，閑過隱恠阡。菩提何所樹？槃涅是其偏。輪廻非曰釋，寂滅豈云禪！有偈知誰解？無聲合自然。風幡自不定，予亦坐忘言。

以上録自乾隆嘉應州志（凡十二卷，乾隆十五年庚午刻本）卷七藝文部；又見於李闐中輯陰那山志（凡六卷，光緒六年庚辰翻刻本）卷三等。全集補編存僞。

贈芳上人歸三塔

秀水西頭久閉關，偶然飛錫出塵寰。調心亦復聊同俗，習定由來不在山。秋晚菱歌湖水闊，月明清磬塔窓閒。毘盧好是嵩山笠，天際仍隨日影還。

以上録自萬曆嘉興府志（凡三十二卷，萬曆二十八年庚子刻本）卷二十七藝文秀水縣；又見於康熙秀水縣志（凡十卷，康熙二十四年乙丑刻本）卷八藝文等。

哭孫許二公二首

去下烏紗做一場，男兒誰敢墯綱常！肯將言語階前屈？硬著肩頭劍下亡。萬古朝端名姓重，千年地裹骨頭香。史官㵎把春秋筆，好好生生斷幾行。

天翻地覆片時間，取義成仁死不難。蘇武堅持西漢節，天祥不受大元官。忠心貫日三臺見，心血凝氷六月寒。賣國欺君李士實，九泉相見有何顔？

以上録自墨憨齋編藤川太郎校正王陽明先生出身靖亂録（凡三卷，日本慶應元年乙丑弘毅館印本）卷中。

獻俘南都囬還登石鐘山次深字韻

我來扣石鐘，洞野鈞天深。荷蕢山前過，譏予尚有心。

以上録自康熙湖口縣志（凡十卷，康熙十二年癸丑刻本）卷九藝文志；又見於康熙九江府志（凡十八卷，康熙十二年癸丑刻本）卷十一藝文詩等。

登蓮花峰絶頂

靈峭九十九，此峰應最高。巑棲半夜日，地隱九江濤。天礙烏紗帽，霞生紫綺袍。翩翩雲外侶，吾亦爾同曹。

以上録自王一槐撰九華山志（凡六卷，嘉靖十五年丙申刻本）卷四詩志；又見於乾隆池州府志（凡五十八卷，卷首一卷，乾隆四十四年己亥刻本）卷九山川志青陽下等。

雜言

九華如舊青，老翁頭已白。屈指十五年，光陰如過隙。

以上録自王一槐撰九華山志（凡六卷，嘉靖十五年丙申刻本）卷四詩志；又見於蔡立身修九華山志（凡六卷，萬曆二十三年乙未刻本）卷六文翰下。

九華雜言〔一〕

長風掃浮雲，天開翠萬重。玉鈎掛新月，露出青芙蓉。

〔一〕本詩後兩句與陽明文録外集卷一歸越詩三十五首之蓮花峰後兩句同，參見本書正編卷一。

以上録自乾隆池州府志（凡五十八卷，卷首一卷，乾隆四十四年己亥刻本）卷八山川志青陽上；又見於光緒青陽縣志（凡十二卷，光緒十七年辛卯刻本）卷十藝文志等。

雜言三首

老翁八十餘，猶記壯年事。從我九華山，同登化城寺。

其二

老翁兩脚健，日行百里途。候我至銅埠，登高不用扶。

其三

老翁索我書，手持四幅紙。只寫舊時詩，當年曾記許？

以上録自王一槐撰九華山志（凡六卷，嘉靖十五年丙申刻本）卷四詩志。

何石山招遊燕子洞

石山招我到山中，洞外煙浮濕翠濃。我向巉崖尋古句，六朝遺事寄松風。

以上録自乾隆銅陵縣志（凡十六卷，乾隆十二年丁卯刻本）卷十六藝文下。

石屋山

雲散天寬石徑通，清飈吹上最高峰。遊僊船古蒼苔合，伏虎巉深緑草封。丈室尋幽無釋子，半崖呼酒喚奚童。憑虛極目千山外，萬井江樓一望中。

以上録自同治臨江府志（凡三十二卷，卷首一卷，同治十年辛未刻本）卷二疆域志上山川清江。

遊龍山〔一〕

探奇淩碧嶠，訪隱入丹丘。樹老能人語，麋馴伴客遊。雲崖遺鳥篆，石洞祕靈湫。吾欲鞭龍起，爲霖徧九州。

〔一〕本詩尾聯與陽明文録外集卷四江西詩一百二十首觀九華龍潭尾聯同，參見本書正編卷四。

梵天寺

晴日下孤寺，春波上淺沙。頹垣從草合，虛閣入松斜。僧供餘紋石，經牖落繡花。客懷煩渴甚，寒嗽佛前茶。

以上録自嘉靖安慶府志（凡三十一卷，嘉靖二年癸未刻本抄本）卷十六藝文志；又見於康熙安慶府志（凡三十二卷，康熙六十年辛丑刻本）卷三十藝文志 詩等。

練潭館二首

春山出孤月，寒潭淨於練。夜靜倚闌干，窓明毫髮見。魚龍互出沒，風雨忽騰變。陰陽失調停，季冬乃雷電。依依林棲禽，驚飛復遲戀。遠客正懷歸，感之涕欲濺。風塵暗北陬，財力傾南甸。倏忽無停機，茫然誰能辨！吾生固逆旅，天地亦郵傳。行止復何心？寂寞時看劍。

其二

風塵暗惜劍光沉，拂拭星文坐擁衾。靜夜空林聞鬼泣，小堂春雨作龍吟。不湏盤錯三年試，自信鑪錘百鍊深。夢斷五雲懷朔鴈，月明高枕聽山禽。

以上録自康熙安慶府志（凡十八卷，康熙十四年乙卯刻本）卷十七藝文下 詩；又見於康熙安慶府志（凡三十二卷，康熙六十年辛丑刻本）卷三十藝文志 詩等。

雲巘

巘高極雲表，溪環疑磬折。壁立香爐峰，正對黃金闕。鐘響天門開，笛吹巘石裂。掀髯發長嘯，滿空飛玉屑。

以上録自魯點編輯齊雲山志（凡五卷，萬曆二十七年己亥刻本）卷四藝文；又見於魯點編輯齊雲山志（凡五卷，康熙五年丙午刻本）卷四藝文。

端陽日次陳時雨寫懷寄程克光金吾

陽明山人守仁書

以上原載日本蓬佐文庫藏周汝登選王門宗旨（凡十四卷，萬曆十三年乙酉刻本）附從吾道人語録，編校者轉録自新編全集卷四十六補録八；書法全集著録浙江省博物館藏陽明先生詩手跡刻石拓本（局部）。

登峨嵋歸經雲門

一年忙裏過，幾度夢中遊。自覺非元亮，何曾得惠休！亂藤溪屋邃，細草石池幽。囬首俱陳跡，無勞說故丘。

以上録自張元忭纂輯雲門志略（凡五卷，萬曆二年甲戌刻本）卷五皇明詩；今浙江省紹興市柯橋區雲門寺内存陽明先生詩手跡殘碑。

與諸門人夜話二首

翰苑爭誇儤吏班，更兼年少出塵寰。敷珎摛藻依天仗，載筆抽毫近聖顔。大塊文章宗哲匠，中原人物仰高山。譚經無事收衙蚤，得句嘗吟對酒閒。羽飛皦雪迎雙鶴，硯洗元雲注一灣。諸生北面能傳業，吾道東來可化頑。久識金甌藏姓字，暫違玉署寄賢關。通家自媿非文舉，浪許登龍任往還。

與諸門人夜話。陽明山人王守仁

以上録自英和等輯欽定石渠寶笈三編（不分卷，嘉慶二十一年丙子精鈔本）延春閣藏四十元明書翰。

翫江樓

越嶠西來此閣横，隔波煙樹見吳城。春江巨浪兼天湧，斜日孤雲傍雨晴。塵海茫茫真斷梗，故人落落已殘星。年來出處嗟無累，相見休教白髮生。

以上録自康熙蕭山縣志（凡二十一卷，康熙三十二年癸酉刻本）卷六古跡志；又見於乾隆紹興府志（凡八十卷，卷首一卷，乾隆五十七年壬子刻本）卷七十一古跡志一等。

曹林菴

好山兼在水雲間，如此湖須如此山。賸有卜居陽羨興，此身爭是未能閒！

以上録自康熙蕭山縣志（凡二十一卷，康熙三十二年癸酉刻本）卷十四寺庵志；又見於乾隆紹興府志（凡八十卷，卷首一卷，乾隆五十七年壬子刻本）卷四十祠祀志等。

贊春草齋集

緬想先生每心折，論其文章并氣節。羣芳有萎君不朽，削盡鉛華無銷歇。

以上録自鄔斯道撰春草齋集（凡十一卷，附録一卷，崇禎二年己巳刻本）卷六附名公贊春草集歌詠；又見於鄔斯道撰春草齋集（凡十二卷，民國二十四年乙亥印本）卷十二題辭。

御校場

絕頂秋深荒草平，昔人曾此駐傾城。干戈消盡名空在，日夜無窮潮自生。巘口閒雲揚殺氣，路邊踈樹列殘兵。山僧似與人同興，相趂攀蘿認舊營。

以上録自康熙杭州府志（凡四十卷，卷首一卷，康熙二十五年丙寅刻本）卷五古跡錢塘；又見於康熙錢塘縣志（凡三十六卷，卷首一卷，康熙五十七年戊戌刻本）卷三十三古跡上等。

題聖壽教寺壁

蘭谿山水地，卜築趂雲岑。况復經行日，方多避地心。潭沉秋色靜，山晚市煙深。更有楓山老，時堪杖履尋。

以上録自萬曆蘭溪縣志（凡九卷，萬曆三十四年丙午刻本）卷六雜志類；又見於光緒蘭溪縣志（凡十八卷，卷首卷末各一卷，光緒十五年己丑刻本）卷三建置。

恭吊忠懿夫人

夫人興廢蚤知幾，堪嘆山河已莫支。夜月星精歸北斗，秋風環珮落西池。仲連蹈海心偏壯，德曜投山隱未遲。千古有誰長不死？可憐羞殺宋南兒。

以上録自乾隆江山縣志（凡十六卷，卷首 卷末各一卷，乾隆四十一年丙申刻本）卷十五藝文；又見於同治江山縣志（凡十二卷，卷首 卷末各一卷，同治十二年癸酉刻本）卷十一藝文等。

和理齋同年浩歌樓韻

長歌浩浩忽思休，拂枕山阿結小樓。吾道蹉跎中道止，蒼生困苦一生憂。蘇民曾作商家雨，適志重持渭水鈎。歌罷一篇懷馬子，不思怒後佐成周。

以上録自同治弋陽縣志（凡十四卷，卷首一卷，同治十年辛未刻本）卷十三藝文志 文徵，又見於乾隆弋陽縣志（凡十三卷，卷首一卷，乾隆四十九年甲辰刻本）卷三建置 古跡等。

伏波廟二首〔一〕

英主規恢開遠績，丈人韜略見雄才。却看銅柱標南極，似有龍光燭上台。江上煙波秋駐馬，雲中烽火夜登臺。明時未報銷金甲，山鳥林猿亦可哀。

矍鑠猶傳定遠謨，白頭心事半馳驅。瀧流漂潑投鞭斷，島嶼依微發嘯孤。志託風雲堪躍馬，身依日月尚還珠。百年論定君何在？庭木蕭蕭客自呼。

以上録自乾隆南寧府志（凡五十六卷，乾隆八年癸亥刻本）卷五十五藝文志 七言律；又見於乾隆橫州志（凡十二卷，光緒二十五年己亥重刻本）卷十二藝文志等。

謁增江祖祠

〔一〕乾隆南寧府志（凡五十六卷，乾隆八年癸亥刻本）卷五十五藝文志 七言律本題共四首，其第一、第二首詩録 存稿 陽明文録有著録，參見本書正編卷四；其第三、四首以上各本未載。

海上孤忠歲月深，舊壝荒落杳難尋。風聲再樹逢賢令，廟貌重新見古心。香火十年傷旅寄，烝嘗兩地嘆商參。隣祠父老皆仁里，從此增城是故林。

以上録自雍正廣東通志（凡六十四卷，雍正九年辛亥刻本）卷六十一藝文三詩集明；又見於嘉慶增城縣志（凡二十卷，卷首一卷，嘉慶二十五年庚辰刻本）卷八祠祭等。

陽明先生詩歌集附録

疑詩

棋落水詩

象棋終日樂悠悠，苦被嚴親一旦丟。兵卒墮河皆不救，將軍溺水一齊休。馬行千里隨波去，象入三川逐浪遊。砲響一聲天地震，忽然驚起卧龍愁。

以上録自褚人獲纂輯堅瓠集（凡四卷，康熙二十九年庚午刻本）卷一棋落水條。

題溫日觀葡萄次韻

龍扃失鑰十二重，驪珠迸落鮫人宫。鑌刀翦斷紫瓔珞，纍纍馬乳垂金風。樹根吹火照殘墨，冷雨松棚秋鬼哭。熊丸嚼碎流沙氷，鴨酒呼來漢江緑。鐵削蚪藤劍三尺，雷梭怒穴陶家壁。瞿曇卧起面秋巘，一索摩尼掛空壁。

以上録自雍正山西通志（凡二百三十卷，雍正十二年甲寅刻本）卷二百二十二藝文四十一七古上；釋大圭撰夢觀集（凡六卷，日本永禄十年丁卯鈔本）卷一七言古詩著録本詩。

墜馬行

我昔北關初使歸，匹馬遠隨邊檄飛。涉危踰險日百里，了無塵土沾人衣。長安城中乃安宅，西涯却倒東山屐。疲騾歷塊誤一蹶，啼鳥笑人行不得。伏枕兼旬不下庭，扶携稚子或能行。勘譜尋方於油皮，間窓藥果羅瓶罌。可憐不才與多福，步屧已覺今令輕。西涯先生真繆愛，感此慰問勤拳情。入門下馬坐則坐，往往東來湏一過。詞林意氣薄雲漢，高義誰云在曹佐！少頃夷險已秦越，幸而今非井中墮。細和丁丁伐木篇，一盃已屬清平賀。拂拭牀頭古太阿，七星寶□金盤蛇。血誠許國久無恙，定知神物相撝訶！黄金臺前秋草深，不湏感激荊卿歌。嘗聞所□在文字，我今健如筆揮戈。獨慚著作非門户，明時尚阻康莊步。却尚驊留索惆悵，俯首風塵誰復顧！昆侖瑶池事茫惚，善御未應逢造父。物理從來天如此，濫名且任東曹簿。世事紛紛一芻狗，爲樂及時君莫誤！憶昨城東兩月前，健馬疾驅君亦僕。黄門宅裏赴拯時，殿屎共惜無能助。轉首黄門大顛蹶，倉遑萬里滇南路。幻泡區區何足驚！安得從之黄叔度！佩擷馨香六尺軀，婉娩去隔坐來暮。

余墜馬幾一月，荷菊先生下問，因道馬訟故事，遇出倡和，奉觀間，録此篇求教萬一，走筆以補，甚幸。時在玉河東第。八月一日書，陽明山人

以上原載蓬累軒編姚江雜纂（日本陽明學第一六二號），編校者轉録自新編全集卷四十二補録四；邵珪撰邵半江詩（凡五卷，正德十年乙亥刻本）卷五七言長短篇著録墜馬歌，即本詩。

鐵筆行爲王元誠作

王郎宋代中書孫，鑄鐵爲筆書堅珉。畫沙每笑唐長史，扳毫未數秦將軍。高堂落筆神鬼怒，九萬鸞箋碎如霧。鉛淚霏霏灑露盤，金聲錚錚入秋樹。鳥跡微茫科斗變，柳薤凋傷悲籀篆。皷文已裂岐陽石，漆燈空照山陰繭。王郎筆藝精莫傳，幾度索我東歸篇。毛錐不如鐵錐利，吾方老鈍君加鞭。矢爾鐵心磨鐵硯，淬鋒要比婆留箭。天平天子封功臣，脱囊去寫黄金券。

以上録自蔣廷錫等校欽定古今圖書集成（凡一萬卷，雍正四年丙午刻本）理學彙編字學典卷一百四十七筆部藝文二；釋大圭撰夢觀集（凡六卷，日本永祿十年丁卯鈔本）卷一七言古詩著録本詩。全集補編存僞。

登譙樓

千尺層欄倚碧空，下臨溪谷散鴻濛。祖陵王氣蟠龍虎，帝闕重城鎖蝃蝀。客思江南惟故國，鴈飛天北凝長風。沛歌却憶囬鑾日，白晝旌旗渡海東。

以上録自康熙鳳陽府志（凡四十一卷，康熙二十三年甲子刻本）卷三十五藝文一詩；光緒鳳陽縣志（凡十六卷，卷首一卷，光緒十三年丁亥刻本）卷十三藝文上著録本詩，署名李夢陽。

地藏塔

渡海離鄉國，辭榮就苦空。結茆雙樹底，成塔萬花中。

以上録自光緒青陽縣志（凡十二卷，光緒十七年辛卯刻本）卷十藝文志；光緒青陽縣志（凡十二卷，光緒十七年辛

卯刻本）卷一封域志古跡金地藏塔條著録本詩，署名唐一夔。

惠濟寺

停車古寺竹林幽，石壁煙霞澹素秋。趺坐觀心禪榻靜，紫薇花上月華浮。

以上録自康熙紹興府志（凡六十卷，康熙五十八年己亥刻本）卷二十三祠祀志五寺蕭山；萬曆紹興府志（凡五十卷，萬曆十五年丁亥刻本）卷二十一祠祀志三、康熙蕭山縣志（凡二十一卷，康熙三十二年癸酉刻本）卷十四寺庵志著録本詩，均署名王守。

坐功

春噓明目夏呵心，秋呬冬吹肺腎寧。四季常呼脾化食，依此法行相火平。

以上録自游日陞于高父纂臆見彙考（凡五卷，萬曆四十年壬子刻本）卷三修真剖梵；高濂編次雅尚齋遵生八牋（凡十九卷，萬曆十九年辛卯刻本）卷一清修玅論牋上卷著録孫真人衛生歌，有本詩前三句。

普陀山十二景

梅灣春曉

梅老丹成幾百秋，灣頭僊種爲誰留？春風秀孕和羹味，曉日光生索笑眸。有主未須論代謝，無詩何以慰觀遊？還當喚起羅浮子，爲問靈鐘若個不？

茶山夙霧

好山遠峙海濤南，瑞草瑶花自不凡。鐵色青籠煨榾鼎，寶珠紅暎老禪龕。夜來陰靄層層鎖，曉去靈氛欸欸緘。所幸東方烘慧日，高枝猶得帶春銜。

古洞潮音

開闢而來洞即恢，萬年潮汐此中囬。玲瓏不假人雕琢，吞吐惟聞聲傑魁。遮莫陽侯驅萬馬，依俙長子逐犇雷。慈悲大士濳光地，孰是真修許後陪？

龜潭寒碧

靈潭誰錫寶龜名？神后儲精脈絡并。氣逼層霄天一色，光含觀日玉雙清。百花工部饒唫句，紫石蚍王空釣鯨。竊勺願將充鼎用，調元贊化壽堯氓。

天門清梵

石門高敞自天開，撑住乾坤一柱臺。萬斛紅塵飄不到，千聲贊唄送頻來。喃喃盡把凡心洗，渢渢如將智果栽。我亦欲除煩惱髮，此中小住勝蓬萊。

盤陀曉日

疊石峨峨聳玉盤，登登曉望日團團。蒼涼難決兒童辨，和煦旋生寒士歡。駕海不須崔昱捧，過磚應笑李程寬。僧窓影透休相問，且看乘風鵬翮摶。

千步金沙

廣演清虚塵不揚，靈沙入望鬪玄黃。不煩湏達金鋪遍，自是周王馬歕光。鳥篆平風分闔闢，僧炊作飯示行藏。大千世界無踰此，有主新營選佛塲。

蓮洋午渡

金蓮曾訝滿洋生，大士神通成此名。萬衆朝宗心月皎，千航爭渡午風輕。中流不辨王侯貴，兩岸惟聞祝頌聲。所願鱷波寧法界，光昭海宇荅昇平。

香爐翠靄

日照鑪峰一炷飄，亭亭煙靄翠翻濤。恍疑龍腦焚金鴨，不是婆膏散玉稍。瑞氣氤氲籠海甸，祥光繚繞拂奎杓。衆生見此真如境，萬刼塵心隨篆消。

鉢盂鴻灝

巨浸南來一鉢浮，奇形惟肖守清留。隨波上下涵天鏡，共艇飄揚傍蜃樓。紛若千流歸一白，茫然萬頃漾三洲。望洋媿我徒興嘆，彼岸先登讓比丘。

洛伽燈火

海涯絕處洛峰青，永夜誰然大智燈？爲彼昏迷沉苦海，引他癡暗出夷庚。半明半滅風濤壯，時去時來龍岡鷲。珎重緇流動頂禮，莫孤大士顯神靈。

靜室茶煙

習靜修禪佛即心，地爐茶鼎不燒琴。松風響處龍團沸，宿火燃時瀣氣森。一抹青青鷲鶴侶，幾枝細細起檀沉。客來五碗清肌骨，聽講陀羅觀世音。

以上録自屠隆撰補陀洛伽山志（凡六卷，萬曆十七年己丑刻本）卷五藝文；屠隆撰補陀洛伽山志（凡六卷，萬曆十七年己丑刻本）卷五藝文著録龍德孚補陀十二景，其序有云「志載陽明先生十二詩，大非先生口吻，疑解事癡兒借先生以傳。德孚湧借其目詠之，得無後人復笑後人也」。

吊易忠節公墓

金石心肝熊豹姿，煌煌大節繫人思。長風撼樹聲悲壯，仿佛當年罵賊時。

以上原載易炳中纂修湘陰易氏族譜（凡二十卷，卷首二卷，光緒五年己卯派湘堂印本）卷首之二，編校者轉録自全集補編詩。

南鄉子 湘江秋懷

秋半并梧稀，碎杵零砧攢客衣。一榻流黄眠不穩，花迷，夢到紅橋月正低。酒薄被愁欺，許大心兒萬感齊。滴盡銅蓮天未曉，牆西，多謝花冠盡力啼。

浣溪沙 湘江客懷

摇落關河嬾問津，扁舟萬里送孤身，亂山秋色又斜曛。江上怕逢吹笛客，月中難作倚樓人，可憐愁殺鮑參軍！

以上録自蔣廷錫等校欽定古今圖書集成（凡一萬卷，雍正四年丙午刻本）方輿彙編職方典第一千二百十六卷長沙府部藝文三。全集補編存僞。

晚泊沅江

古洞何時隱七僊？僊蹤欲叩竟茫然。惟餘洞口桃花樹，笑倚東風自昔年。

以上録自嘉慶沅江縣志（凡三十卷，嘉慶十三年戊辰刻本）卷二十九藝文志；嘉靖常德府志（凡二十卷，嘉靖十七年戊戌刻本）卷十九賦詠著録吳珍僊洞晴霞，其首尾兩聯四句即本詩。

謁武侯祠

殊方通道是誰功？漢相威靈望眼中。八陣風雲布時雨，七擒牛馬壯秋風。豆籩遠壘溪蘋緑，燈火幽祠夕照紅。千載孤貞獨凛烈，口碑時聽蜀山翁。

給書諸學

汗牛誰著五車書？累牘能逃一掬餘。欲使身心還道體，莫將口耳任筌魚。乾坤竹帙堪尋玩，風月山窗任捲舒。誨爾貴陽諸士子，流光冉冉勿躊躕！

以上録自萬曆貴州通志（凡二十四卷，萬曆二十五年丁酉刻本）卷二十四藝文 詩類 七言律；嘉靖貴州通志（凡十二卷，嘉靖三十四年乙卯刻本）卷十一藝文 詩類著録本詩，署名王杏。全集補編存僞。

寄京友

不籍東坡月滿庭，鴈來嘗寄硯頭青。自從惠我莊騷句，始見山中有客星。

正德二年立秋前二日，邸龍場署中作句復都門友人，時有索字，因筆以應。餘姚王守仁

以上録自張大鏞著自怡悅齋書畫録（凡三十卷，道光十二年壬辰刻本）卷四立軸類。全集補編存僞。

宿谷里

石門風高千樹愁，白霧猛觸羣峰流。有客驅馳暮未休，山寒五月仍披裘。飢烏拉沓搶驛樓，迎人山鬼聲啾啾。殘月烱烱明吳鈎，竹牀無眠起自謳。

飯金鷄驛

金鷄山頭金鷄驛，空庭荒草平如席。瘴雨蠻雲天杳杳，莫恠金鷄不知曉。問君遠遊將抵爲？脫粟之飯甘如飴。

以上録自萬曆貴州通志（凡二十四卷，萬曆二十五年丁酉刻本）卷二十四藝文 詩類 七言古；吳國倫撰甑甀洞稾（凡五十四卷，萬曆十二年甲申刻本）卷八著録二詩。

套數 恬退

〔甘州歌〕歸來未晚，兩扇門兒，雖設常關。無縈無絆，直睡到曉日三竿。情知廣寒無桂攀，不如向緑野堂前學種蘭。從人笑，貧似丹，黄金難買此身閒。村庄學，一味懶，清風明月不須錢。

〔前腔〕携筇傍水邊，嘆人生翻覆，一似波瀾。不貪不濫，只守着暗中流年。虀鹽歲月，一日一兩餐，茆舍踈籬三四間。田園少，心地寬，從來不會皺眉端。居顔巷，人到罕，閉門終日枕書眠。

〔解酲排〕把黄粱，懶炊香飯；任教他，恣遊邯鄲。假饒位至三公顯，怎如我，野人閒！朝思暮想，人情一似掌樣翻。試聽那，狂士接輿歌未闌，連雲棧，亂石灘，煙波名利大家難。收馮鋏，築傅版，盡教三箭定天山。

〔前腔〕嘆浮生，總成虛幻；又何須，苦自熬煎！今朝快樂今朝宴，明日事，且休管。無心老翁，一任蓬鬆兩鬢班。直喫到，緑酒牀頭磁甕乾。妻隨唱，子戲班，弟酬兄勸共團圞。興和廢，長共短，梅花窗外冷相看。

〔尾聲〕嘆目前，機關漢，色聲香味任他瞞，長笑一聲天地寬。

以上録自梯月主人選輯吳歈萃雅（凡四集，萬曆四十四年丙辰刻本）亨集；圻山山人撰新刻三徑閒題（凡二卷，萬曆六年戊寅刻本）卷下著録本篇，署名王尚書。

滿江紅 題安化縣石橋

兩溪之間，桃花浪瀉空漲緑。臨望躊躕搔首，舟維古木。立極三山鰲競峙，盤渦千丈龍新浴。問垂虹，壯觀似渠無？嗟神速！ 潺潺流，清如玉；團團夜，光堪掬。對嫦娥弄影，舉盃相屬。休笑主人痴事了，幾多行客雲生足。料他年，何以慰相思？雲間屋。

以上録自蔣廷錫等校欽定古今圖書集成（凡一萬卷，雍正四年丙午刻本）方輿彙編 職方典第一千二百十六卷長沙府部 藝文四；乾隆長沙府志（凡五十卷，卷首一卷，乾隆十二年丁卯刻本）卷四十九藝文 詩餘著録本篇，署名王與權。

魯公搗衣石

平原世家古猶今，千載能留一片砧。秋盡每聞霜杵搗，年深不受雨苔侵。摩挲自有世人看，守護那無鬼物臨！自是魯公名不泯，祠陰松栢尚森森。

以上録自顔棣華等主修寧鄉顔氏續修族譜（凡十二卷，民國二十六年丁丑希聖堂印本）卷五顔魯公事實文集。

墨池遺跡

千載招提半畝塘，張顛遺跡已荒涼。當時自號書中聖，異日誰知酒後狂！驟雨斜風隨變化，秋蛇春蚓久潛藏。惟餘一脈涓涓水，流出煙雲不斷香。

以上録自蔣廷錫等校欽定古今圖書集成（凡一萬卷，雍正四年丙午刻本）方輿彙編 職方典第一千二百六十二卷常德府部 藝文二；嘉靖常德府志（凡二十卷，嘉靖十四年乙未刻本）卷十九藝文 詩詠著録本詩，署名應履平。全集補編存僞。

贈侍御柯君雙峰

九華天作池陽東，翠微堤邊復九峰。兩華亘起鎮南極，一萬七千羅漢松。松林繁陰靄靈祕，疑有神物通其中。大者孕精儲人傑，次者凝質成梁虹。盪摩風雷壯元氣，推演八卦連山重。大華一百四峰出愈奇，芙蓉開遍花叢叢。小華二十四洞華蓋虛，連珠纍纍函崆峒。雲門高士禱其下，少微炯炯沕漠冲。華山降神尼父送，寧馨兒子申伯同。三歲四歲貌岐嶷，五歲穎異如阿蒙。六歲能知日遠近，七歲默思天際窮。十歲卓犖志不羈，十四五六詩書通。二十以外德義富，仰止先覺陟高風。謫僊遺躅試一蹴，文晶吐納奔霓虹。陽明山人亦忘年，傾蓋獨得斯文宗。良知親惟吾道訣，荒翳盡掃千峰融。千峰不斷連一脈，巑岏崷崒咸作容。中有兩峰如馬耳，壁立萬仞當九空。龍從此起雲潑岫，膏霖海宇資化工。化工一贊兩儀定，上有丹鳳鳴雝雝，鳴雝雝。和氣充餐松，齧芝欲不老，飄飄灑逸如僊翁。小華巨人跡，可以匡天步。大華僊人坂，可以登鴻濛。雙華之顛真大觀，尚友太華峨岷童。俯瞷八荒襟四瀆，我欲躋攀末由從，登登復登安所止？太乙三極羅胸中，雙華之居夫子宮。

以上録自乾隆池州府志（凡五十八卷，卷首一卷，乾隆四十四年己亥刻本）卷四十六列傳八 儒林。全集補編存僞。

春雨客皖江竹西僧舍

僧舍經春雨，囂塵晝閉門。茶煙清欲濕，苔色緑無痕。問偈空前夢，焚香靜客魂。蕭踈看解鐸，迸石又生孫。

以上據中國嘉德國際拍賣有限公司二〇一七年嘉德四季第四十八期拍賣會 中國古代書畫專場二（作品編號：二七二六）行書五言詩録入。

望夫石二首

山頭恠石古人妻，翹首巍巍望隴西。雲鬢不梳新樣髻，月鈎懶畫舊時眉。衣衫歲久成苔蘚，脂粉年深化土泥。兩眼視夫别去後，一番雨過一番啼。

一上青山便化身，不知何代怨離人？古來節婦皆銷朽，爾獨亭亭千古新。

以上録自乾隆廣德州志（凡三十卷，乾隆四年己未刻本）卷三十藝文志；同治德安縣志（凡十五卷，同治十年辛未刻本）卷二地理志 山川録本題第一首，署名無名氏；胡曾撰詠史詩（凡二卷，宋鈔本）卷二著録望夫石，即本題第二首。全集補編本題二詩存偽。

題倪雲林春江煙霧

煙渚曉日候，高林清嘯餘。輕舟來何處？幽人遺素書。笋脯煮菰米，松醪薦菊俎。子有林壑趣，天地一迂疏。

以上録自張大鏞著自怡悅齋書畫録（凡三十卷，道光十二年壬辰刻本）卷一立軸類；倪瓚撰清閟閣全集（凡十三卷，康熙五十二年癸巳刻本）卷三著録寄張景昭，即本詩。

平冦囬駐龍南甠玉石巗雙洞奇絕徘徊不忍去因寓以陽明小洞天之號兼留此作〔一〕

〔一〕同治贛州府志（凡七十八卷，卷首一卷，同治十二年癸酉刻本）卷五輿地志 山 龍南本題共五首，本詩爲其第三首，其第一、第二、第四首即陽明文録 外集卷三贛州詩三十二首 囬軍駐龍南小甠玉石巗雙洞絕奇徘徊不忍去因寓以陽明别洞之號兼留此作三首，其第五首即陽明文録 外集卷三贛州詩三十二首 再至陽明别洞和邢太守韻二首之第一首，參見本書正編卷三。

處處人緣山上巔，夜深風雨不能前。山靈叢鬱休瞻日，雲樹瀰漫不見天。猿叫一聲聳耳聽，龍泉三尺在腰懸。此行漫說多辛苦，也得隨時草上眠。

以上録自同治贛州府志（凡七十八卷，卷首一卷，同治十二年癸酉刻本）卷五輿地志山龍南縣；嘉靖崇義縣志（不分卷，嘉靖三十一年壬子刻本）藝文著録本詩，文字略有異同，題作平峯詩，署名季斅。

石溪寺

杖錫飛身到赤霞，石橋閒坐演三車。一聲野鶴波濤起，僊風吹送寶靈花。

以上録自同治新淦縣志（凡十卷，卷首一卷，同治十二年癸酉刻本）卷二建置志寺觀；張岱紬夜航船（凡二十卷，清觀術齋鈔本）卷十四九流部佛教著録本詩，署名徐玉泉。

遊白鹿洞歌

何年白鹿洞？正傍五老峰。五老去天不盈尺，俯窺人世煙雲重。我欲攬秀色，一一青芙蓉。舉手石扇開半掩，緑鬟玉女如相逢。風雷隱隱萬壑瀉，憑崖倚樹聞清鐘。洞門之外百丈松，千株化盡爲蒼龍。駕蒼龍，騎白鹿，泉堪飲，芝可服。何人肯入空山宿？空山空山即我屋，一卷黄庭石上讀。

辛巳三月書此。王守仁

以上原載蓬累軒編姚江雜纂（日本陽明學第一五八號），編校者轉録自新編全集卷三十九補録一；李應昇重訂白鹿書院志（凡十七卷，天啓二年壬戌刻本）卷十四文翰著録本詩，署名紫霞道人。全集補編存僞。

無題詩

青山晴壑小茆檐，明月秋窺細阱簾。折得荷花紅欲語，浄香深處續華嚴。

以上據上海中天拍賣有限公司二〇〇五春季中國書畫拍賣會中國書畫專場二（作品編號：〇五三八）行書立軸録入。

世派歌二首

世守儒宗訓，家傳正學書。宏綱開瑞運，嘉祉錫禎符。勤業前徽遠，通經聖緒孚。時雍元會合，雅化紹唐虞。

朝廷尚文德，萬國景賢良。忠信正常泰，嚴恭體益壯。孝慈家道善，仁厚祖功長。誠正修齊治，隆平世永昌。

時正德十五年庚辰孟春上元日，陽明山人王守仁拜撰

以上原載志堅堂重修青山黃氏世譜（凡四卷，卷首一卷，民國八年己未志堅堂印本）卷首重修宋儒黃文肅公幹家譜序，編校者轉録自新編全集卷三十九補録一。全集補編存僞。

遊北固山

北固山頭偶一行，禪林甘露幾時名？枕江左右金焦寺，面午中節鋏甕城。松竹兩崖青野兵，人煙萬井暗吟情。江南景物應難望，入眼風光處處清。

以上據北京瀚海拍賣有限公司二〇一一春季拍賣會 慶雲堂—中國書畫專場（作品編號：一八一九）行書七言律詩立軸録入。

送啓生還丹徒

乃知骨肉間，響應枹鼓然。我里周處士，伏枕逾半年。靡神罔不禱，靡醫罔不延。巫覡與藥餌，抱石投深淵。懿哉膝下兒，兩丱甫垂肩。惶惶憂見色，迫切如熬煎。袖中封臂肉，襍糜進牀前。一餐未及已，頓覺沈痾痊。廼知至孝德，誠能格蒼天。我聞古烈士，長征負戈鋋。苦戰救國難，有軀甘棄捐。守臣禦社稷，一旦離迍邅。白刃加於首，丹心金石堅。忠孝本一致，操守無頗偏。但知國與父，寧復身求全！因嗟閭閻間，孩提累百千。大兒捉迷藏，小兒舞蹁躚。狎恩復恃愛，那恤義禮愆！所以周氏子，舉邑稱孝賢。我知周氏門，福慶流綿綿。作詩警薄俗，冀以薦永傳。

以上據霍鎮方修京口三山志選補（凡二十卷，附録一卷，萬曆三十九年辛亥刻本）卷十七京口選詩録入。全集補編存僞。

歌詩

何者堪名席上珎？都緣當日得師真。是知佚我無如老，惟喜放懷長似春。得志當爲天下事，退居聊

作水雲身。胸中一點分明處，不負高天不負人！

以上録自孫慎行裁閲張鼒參閲虞山書院志（凡十卷，萬曆三十四年丙午刻本）卷四院規 歌法 九聲全篇；邵雍撰伊川擊壤集（凡二十卷，外集一卷，成化十六年庚子重刻本）卷十二著録自述二首，其一即本詩。

書扇詩

秋水何人愛？清狂我輩來。山光浮掌動，湖色盈胸開。黄鵠輕千里，蒼鷹下九垓。平生濟川志，擊節使人哀。

以上録自潘正煒著聽颿樓書畫記（凡五卷，宣統三年辛亥印本）卷四集明人行草書扇；王寵撰雅宜山人集（凡十卷，嘉靖十七年戊戌刻本）卷五著録同諸公泛石湖遂登草堂燕集二首，其一即本詩。全集補編存僞。

狀元干公像贊

鑑湖釣隱士，博學喜吟詩。佳句芬人齒，驚聯壓衆思。始爲有司屈，終蒙聖主知。一朝賜及第，不怕狀元遲。

以上録自方焕文纂修潛陽牧亭方氏宗譜（凡四卷，光緒十三年丁亥陽牧堂印本）卷一。

玉山斗門

胼胝深感昔人勞，百尺洪梁壓巨鰲。潮應三江天塹逼，山分兩岸海門高。濺空飛雪和天白，激石衝雷動地號。聖代不憂陵谷變，坤維千古護江臯。

以上録自萬曆會稽縣志（凡十六卷，萬曆三年乙亥刻本）卷八戸書四 水利；陳宗洛纂傅月樵補纂三江所志（紹興縣志資料第一輯第五册，不分卷，民國二十七年戊寅印本）塘閘著録本詩，署名王十鵬

賀孫老先生入泮

廿載名邦負笈頻，循循功業與時新。天池朝展柔楊枝，泮水先藏細柳春。

恭賀孫老先生入泮之禧。

以上據北京東方藝都拍賣有限公司二〇〇八迎春書畫拍賣會 中國書畫專場（作品編號：〇〇一五）書法立軸録入。

壽靜齋太守八十

五馬歸休梓里光，況逢清世是成康。居家亦見經綸手，憤俗常懷鐵石腸。階下瓊芝春并秀，尊前黃菊晚逾香。壽筵不用長生祝，見說曾傳却老方。

以上據朱鄂基撰朱鄂生日記（凡十六册，上海圖書館藏，稿本）民國十六年丁卯九月初二日條録入；是年九月初八日條補録詩後題識：「大郡伯靜齋公舊與先公同舉於鄉，今年壽七十，大司冦韓公賀之以詩，次韻奉祝。嘉靖丙戌孟冬，特進光祿大夫柱國新建伯兼南京兵部尚書參贊機務陽明王守仁頓首」，條内有云「壽詩所稱靜齋必是其人，何以年份相去如是之遠，且字體著筆有極幼稚之處，決爲贋鼎無疑」。

僞作

秋思

秋天一夜靜無雲，斷續鴻聲到曉聞。欲寄征人問消息，居延城外又移軍。

以上據中貿聖佳國際拍賣有限公司二〇〇一春季拍賣會中國書畫（古代）專場（作品編號：〇三九二）書法軸録入；曹寅、彭定求編修全唐詩（凡九百卷，康熙四十六年丁亥刻本）第六函第四册著録張仲素秋思二首，其第二首即本詩。全集補編存僞。

書詩一首

野橋軃水落，江泉暝煙微。白日又言午，高人猶未歸。青外依古塔，虛舘靜柴扉。坐久思題字，翻憐樹葉稀。

以上據中國嘉德國際拍賣有限公司二〇〇四年第八十三期週末拍賣會中國書畫專場（作品編號：〇二三〇）書法立軸録入；戴叔倫撰戴叔倫集（凡二卷，明刻本）卷上著録過龍灣五王閣訪友人不遇，即本詩。全集補編存僞。

乩僊詩三首

鞭龍笞虎住崑崙，挹剖元機孰共論？袖裏青萍三尺劍，夜深長嘯出天根。

其二

天根頂上即崑崙，水滿華池石鼎溫。一卷黄庭真訣祕，不教紅液走旁門。

其三

杖掛真形五嶽圖，湛然心跡似冰壺。春來只貰餘杭酒，不問蓬萊水滿無。

以上據上海朵雲軒拍賣有限公司二〇〇五秋季藝術品拍賣會古代書畫專場（作品編號：〇一六〇）行書手卷録入；馬星翼撰東泉詩話（凡八卷，道光二十一年辛丑刻本）卷八附録乩詩著録呂僊閣乩僊詩筆石刻七言絶句九首，署名青蓮，其第七、第八、第九首即本題三詩。

古詩五首

秋山日摇落，秋水急波瀾。獨有魚龍氣，長令煙水寒。誰窮造化力？空向兩崖看。

其二

山葉傍崖赤，千峰秋色多。夜泉發清響，寒渚生微波。稍見沙上月，歸人爭渡河。

其三

寂寞對伊水，經長行未還。東流自朝暮，千載空雲山。惟見白鷗鳥，無心洲渚間。

其四

松路向清寺，花龕歸老僧。閑雲低錫杖，落日低金繩。入夜翠微裏，千峰明一燈。

其五

誰識徃來意？孤雲長自閑。風寒未渡水，落日更看山。木落衆山出，龍宫蒼翠間。

以上據中國嘉德國際拍賣有限公司中國嘉德二〇〇六秋季拍賣會角茶軒珎藏明清書畫專場（作品編號：〇七五四）行書古詩五首扇面録入；劉長卿撰劉隨州文集（凡八卷，弘治十一年戊午刻本）卷四著録龍門八詠，其中闕口水東渡、福公塔、遠公龕、下山五首即本題五詩。全集補編存僞。

題畫詩

緑樹陰陰復野亭，緑波漾漾没沙汀。短蓑記得尋幽處，一路鶯聲酒半醒。

以上據中國嘉德國際拍賣有限公司二〇〇七年嘉德四季第十二期拍賣會中國書畫專場四（作品編號：二〇

六〇）山水立軸録入；曹學佺編石倉歷代詩選（凡五百六卷，乾隆四十五年庚子刻本）卷四百八十七明詩次集一百二十一著録劉泰小景（三首），其第二首即本詩。全集補編存僞。

秋風詩

秋風嫋嫋湘江曲，秋水瀟瀟湘水緑。湘江之人美如玉，翠袖天寒倚修竹。鷓鴣時來林外啼，鳳凰夜向枝頭宿。我欲因之泛長江，歷蒼梧兮覽瀟湘。天高海闊白日静，九嶷山色雲茫茫。雲茫茫，增煩行。忽憶山中二三月，茹有紫筍食有魚。開軒賦就淇園句，都向琅玕節上書。

以上據上海工美拍賣有限公司二〇〇八春季藝術品拍賣會中國書畫專場（作品編號：〇六八六）行書秋風帖册頁録入；虞謙撰玉雪齋詩集（凡三卷，宣德年間刻本）卷二著録題湘江竹林圖，即本詩。全集補編存僞。

謁文山祠

汗青思仰晉春秋，及拜遺像比靈遊。浩氣乾坤還有隘，孤忠今古與誰侔？南朝未必當危運，北虜烏能卧小樓？百世綱常須要立，千山高峙贛江流。

正德十四年秋七月，謁宋文山祠，有賦一則。

以上據山西省寶晉齋藝術總公司寶晉齋二〇〇八書畫古董交流會（作品編號：一二一六）書法册頁録入；嘉靖固始縣志（凡十卷，嘉靖二十一年壬寅刻本）卷十著録許逵過贛吊文丞相，即本詩。

滿庭芳 四時歌

春風花艸香，遊賞至池塘。踏花歸去馬蹄忙，邀嘉客，醉壺觴，一曲滿庭芳。

初夏正清和，魚戲動新荷。西湖十里好煙波，銀浪裏，擲金梭，人唱採蓮歌。

秋景入郊墟，簡編可捲舒。十秊讀盡五車書，出白屋，步雲墨，潭潭府中居。

冬欲秀緑松，六出舞迴風。烏鵲爭棲飛上桐，梅影瘦，月朦朧，人在廣寒宫。

以上據中國嘉德國際拍賣有限公司二〇〇九年嘉德四季第十七期拍賣會中國書畫專場五（作品編號：一六九八）行書詩詞立軸録入；民國和順縣志（凡十卷，民國三年甲寅印本）卷十下著録楊廷采吟四景詩，即本題四首。

懷鄉

去國三巴遠，登樓萬里情。傷心江上客，客是故鄉人。

以上據上海大衆拍賣有限公司二〇一〇年新海上雅集——第三届藝術品拍賣會 海外回流書畫專場（作品編號：一〇一二）草書立軸録入；曹寅 彭定求編修全唐詩（凡九百卷，康熙四十六年丁亥刻本）第二函第六册著録盧僎南望樓，即本詩。全集補編存僞。

去鄉詩

去鄉之感，猶之遲遲。矧伊代謝，觸物皆非。哀哀箕子，云胡能夷？狡童之歌，悽矣其悲，悠然其懷。

以上據中國嘉德國際拍賣有限公司二〇一二年嘉德四季第三十期拍賣會 中國書畫專場七（作品編號：一八九八）行書立軸録入；陶淵明集（凡八卷，嘉靖二十九年庚戌刻本）卷五雜文 讀史述九章之二箕子，即本詩。全集補編存僞。

苕溪

松竹留因夏，溪山去爲秋。久賡白雪詠，更度採菱謳。縷玉鱸堆案，團金橘滿洲。水宮無限景，載與謝公遊。

以上據保利（廈門）國際拍賣有限公司二〇一五年秋季拍賣會 中國書畫專場（作品編號：〇一三六）行書苕溪詩帖立軸録入；北京 故宮博物院藏米芾手跡苕溪詩帖（天津人民美术出版社，二〇一三年版）書詩六首，其第一首即本詩。

五言詩

山中何所有？嶺上多白雲。但可自怡悅，不堪持贈君。

以上據日本關西美術競賣株式會社二〇一六年春季拍賣會 中國古代書畫專場（作品編號：〇九七四）行書五言詩録入；陶弘景撰陶貞白集（凡二卷，明刻本）卷一著録詔問山中何所有賦詩以答，即本詩。

社日

秀湖山下稻粱肥，豚栅雞棲對掩扉。桑柘影斜春社節，家家扶得醉人歸。

以上據中國嘉德國際拍賣有限公司二〇一七年嘉德四季第四十八期拍賣會 中國古代書畫專場二（作品編號：二七六四）行書七言詩立軸録入；曹寅 彭定求編修全唐詩（康熙四十六年丁亥刻本）第十函第八册著録王駕社日，即本詩。

憶舊遊

陵陽舊地昔年遊，謝朓青山李白樓。惟有日斜溪上思，酒旌風影落春流。

以上據安徽省東藝拍賣有限公司二〇一八年迎春藝術品拍賣會中國書畫專場（作品編號：〇〇八二）草書立軸録入；陸龜蒙撰唐甫里先生文集（凡二十卷，成化二十三年丁未刻本）卷十二著録懷宛陵舊遊，即本詩。

西湖詩

畫舫西湖載酒行，藕花風渡管弦聲。餘情未盡歸來晚，楊柳池臺月又生。

以上據書法全集著録貴州省貴陽孔學堂文化傳播中心藏摹刻畫舫西湖詩刻石拓本録入；錢謙益輯列朝詩集（凡六集八十一卷，順治九年壬辰刻本）乙集卷七著録賀甫題畫次橋以明韻，即本詩。

夜歸

夜深歸來月正中，滿身香帶桂花風。流螢數點樓臺外，孤鴈一聲天地空。沽酒喚回茆店夢，狂歌驚起石潭龍。倚欄試看青鋒劍，萬丈寒光透九重。

以上據廈門伯雅文化藝術經紀代理有限公司二〇〇九年秋季藝術品拍賣會閩籍書畫及中國書畫名家硯臺印章專場（作品編號：〇二八八）行書王陽明詩録入；宋長白撰柳亭詩話（凡三十卷，康熙四十六年丁亥刻本）卷六著録戴顒應試出闈口占，即本詩。

誤讀

地藏洞再訪老道不遇

路入巗頭別有天，松毛一片自安眠。高談已散人何處？古洞荒涼散冷煙。

以上録自墨憨齋編王陽明先生出身靖亂録（凡三卷，日本慶應元年乙丑弘毅館印本）卷上，無署名。新編全集補編有録。

中和堂主贈詩

十五年前始識荆，此來消息最先聞。君將性命輕毫髮，誰把綱常重一分！寰海已知誇令德，皇天終不喪斯文。武夷山下經行處，好對青尊醉夕醺。

以上録自楊儀著高坡異纂（凡三卷，萬曆十八年庚寅刻本）卷下，無署名；墨憨齋編王陽明先生出身靖亂録（凡三卷，日本慶應元年乙丑弘毅館印本）卷上著録本詩，無署名。新編全集 全集補編有録。

奉和陽明先生□韻

奇石臨江渚，輕敲度遠聲。鼓鐘名世久，音韻自天成。風送歌傳谷，舟迴漏轉更。會湏參雅樂，同奏太階平。

以上録自道光辰谿縣志（凡四十卷，卷首卷終各一卷，道光三年癸未刻本）卷十一古跡，署名「門人太和曾□漢」。新編全集 全集補編有録。

題察院時雨堂

三代王師不啻過，來蘇良足慰童皤。陰霾嵓谷雷霆迅，枯槁郊原雨澤多。紓策頓能清海岱，洗兵真見挽天河。時平復有豐年慶，滿聽農歌畣凱歌。

以上録自嘉靖汀州府志（凡十九卷，嘉靖六年丁亥刻本）卷十七詞翰詩賦，題下署有「御史華亭周鵷爲陽明先生頌」。新編全集 全集補編有録。

感夢有題

夢中身拜五雲録銜，亹亹家人婦子懷。犬馬有心知戀主，孤寒無路可爲階。風塵滿眼誰能息？竽瑟三年我自乖。默媿無功成老大，退休爛醉是生涯。

以上録自嘉靖汀州府志（凡十九卷，嘉靖六年丁亥刻本）卷十七詞翰詩賦，署名「僉事建平宗璽」。新編全集 全集補編有録。

無題一首

銅鼓金川自古多，也當軍樂也當鍋。偶承瀑布疑兵響，嚇倒蠻兵退太阿。

以上録自冒廣生輯批本隨園詩話（凡上下二册，民國五年丙辰印本）下册補遺卷四，無署名。全集補編存僞。

望江南 四時

西湖景，春日最宜晴。花底管弦公子宴，水邊綺羅麗人行，十里按歌聲。

西湖景，夏日正堪遊。金勒馬嘶垂柳岸，紅妝人泛採蓮舟，驚起水中鷗。

西湖景，秋日更宜觀。桂子岡巒金谷富，芙蓉洲渚綵雲間，爽氣滿前山。

西湖景，冬日轉清奇。賞雪樓臺評酒價，觀梅園圃訂春期，共醉太平時。

以上録自墨憨齋編王陽明先生出身靖亂録（凡三卷，日本慶應元年乙丑弘毅館印本）卷上，無署名；瞿佑撰樂府遺音（凡一卷，天順七年癸未鈔本）著録望江南，即本題四首。新編全集 全集補編有録。

投贈西亭

吳門山水窟，是處足清遊。深醉寧辭晚，微涼欲近秋。千年憐謝屐，百尺仰陳樓。斜日懸高樹，因君更少留。

以上録自施南初纂修施氏宗譜（凡三十二册，民國二十三年甲戌湖州施氏印本）施氏家乘附録，本題共三首，本詩爲第二首。署名都穆；新編全集 全集補編有録，題作簡施聘之；茅一相編寶翰齋國朝書法（凡十六卷，萬曆十三年乙酉刻本）卷八王守仁與聘之憲長書三通與施南初纂修施氏宗譜（凡三十二册，民國二十三年甲戌湖州施氏印本）有簡施聘之，書内無詩。

同李沖涵年丈遊嶽麓書院抒懷十四韻

光嶽開南極，星沙擁上游。千峰雲氣接，一徑水聲幽。結搆先朝遠，宫墻數仞周。禹碑遺鳥篆，拜石立松丘。靈傑三湘會，朱張兩月留。學承濂洛係，名與漢江流。夏至今仍在，春衣得共遊。初來山色暗，中渡日光浮。歌詠偕童冠，蒸嘗薦棗脩。嘐嘐狂者志，點點杞人憂。任重吾何敢！昇高爾自優。明宜虚户牖，寢莫媿衾裯。九十途方半，二三道不侔。好將今日意，努力紹前脩！

以上録自張元忭撰不二齋文選（凡七卷，萬曆三十年壬寅刻本）卷七詩 五言古二十七首；趙寧纂修長沙府嶽麓志（凡八卷，卷首一卷，康熙二十六年丁卯刻本）卷五藝文 書院詩題作嶽麓自勉；新編全集 全集補編録有「靈傑三湘會，朱張兩月留。學承濂洛係，名共漢江流。」四句，題作朱張祠書懷示同遊；趙寧纂修長沙府嶽麓志（凡八卷，卷首一卷，康熙二十六年丁卯刻本）卷五藝文 書院詩著録朱張祠書懷示同遊一題二詩，無「靈傑三湘會」等四句。

石牛山

一拳恠石老山巔，頭角崢嶸幾百年。毛長紫苔因夜雨，身藏青草夕陽天。通宵望月何時喘？鎮日看雲自在眠。惱殺牧童鞭不起，數聲長笛思凄然。

以上録自褚人獲纂輯堅瓠集（凡四卷，康熙二十九年庚午刻本）丙集卷三嫁女題石牛條，無署名。新編全集有録，全集補編存僞。

盤車圖題詩

功名身外即浮爾，邱壑胸中實過之。盤車壽康懷李愿，輞川瀟灑友王維。何人使筆鐵如意？老子放懷金屈卮。市井收聲良夜永，竹風山月亂書帷。

以上録自李葆恂撰海王村所見書畫録（凡一卷，民國五年丙辰印本），詩後署有「庚午暮春中浣 鐘峰 王守仁識」。新編全集有録，全集補編存僞。

唐律二首

裁冰疊雪不同流，妃子宮中釵上頭。一縷紅絲歸趙璧，滿階明月戲吳鈎。春情難斷銀爲翦，舊壘猶存玉作樓。莫向尋常問行跡，杏花深處語悠悠。

流澌臘月下河陽，草色新年發建章。秦地立春傳太史，漢宮題柱憶僊郎。歸鴻欲度千門雪，侍女新添五夜香。蚤晚薦雄文似者，故人今已賦長楊。

寒夜獨坐，篝燈握管，爲書唐律二首，新建伯王守仁

以上録自裴景福編撰壯陶閣書畫録（凡二十二卷，附録一卷，中華書局，民國二十六年丁丑印本）卷十明王陽明書唐律卷；李頎撰唐李頎集（凡三卷，正德十年乙亥刻本）卷三著録送司勳盧員外，即本題第二首，第一首未詳。新編全集有録。